통증의 언어

통증의 언어

2019년 11월 16일 초판 1쇄 펴냄

지은이   방민호
편집   난류
디자인   정하연
펴낸이   최병수
펴낸곳   예옥
등록   2005년 12월 20일 제2005-64호
주소   서울시 서대문구 신촌로 1 쓰리알 유시티 606호
전화   02)325-4805
팩스   02)325-4806
e-mail   yeokpub@hanmail.net

ISBN 978-89-93241-64-8 03810

이 도서는 한국출판문화산업진흥원의 '2019년 출판콘텐츠 창작 지원 사업'의
일환으로 국민체육진흥기금을 지원받아 제작되었습니다.

이 도서의 국립중앙도서관 출판예정도서목록(CIP)은 서지정보유통지원시스템
홈페이지(http://seoji.nl.go.kr)와 국가자료종합목록 구축시스템(http://kolis-net.nl.go.kr)
에서 이용하실 수 있습니다. (CIP제어번호 : CIP2019045022)

통증의 언어

방민호 문학산문집

예옥

작가의 말

지난 몇 년간 나는 온갖 통증에 시달려 왔다. 처음에는 허리 디스크였다. 골반뼈가 금이 가는 듯한 증상이 첫 시작이었고 이 금이 여러 갈래로 잔금이 가듯 퍼졌다 아물다 하다가 급기야 증상이 심각해지기 시작했다.

별일 없으려니 했으나 전혀 그렇지 않았다. 병은 오기 전에 막아야 하고 일단 출발하고 나면 늦었다고 보는 것이 맞다. 그로부터 잠깐 사이에 증상이 날로 깊어졌다. 급기야 일본 돗토리 현으로 학술 행사를 하러 갔을 땐 한두 걸음도 떼지 못하는 상황에 직면하고 말았다.

모든 것은 시작이 있으면 끝도 있다는 어느 분 말씀은 맞다. 그렇게 심각해진 허리 디스크는 서지도, 앉지도 못하고 오로지 중력 법칙에 따라 누워 있어야 하는 상황으로까지 번졌지만 그로부터 서서히 가라앉았다. 곧 죽을 것 같던 통증도 어느덧 만성으로 변하는 때가 왔다. 참으로 다행스러운 일이었다.

그것이 통증의 끝은 아니었다. 그 후 몇 년이 흐르면서 내게는 새로운 통증이 생겼다. 어깨가, 등이 아프기 시작했고 목이 뻣뻣해졌다. 급기야 목부터 어깨를 지나 팔로 내려가는 통증 때문에 잠자리에 드는 일이 무서워지는 상황에 다다르고야 말았다. 간신히 잠에 들기는 들더라도 눈을 뜨자마자 찾아오는, 아니 눈을 억지로라도 띄우고야 마는 무거운 통증을 막아낼 도리가 없었다.

이름하여 목 디스크였다. 허리 디스크는 아예 일어나지도, 걷지도 못하게 하지만 목 디스크는 걸어 다닐 수는 있었다. 하지만 밤이 무서운 병, 아침까지 몇 번이고 깨게 만드는 통증은 무서운 병이었다. 하지만 이 디스크만 병이 아니라 올해로 벌써 8년째 약을 먹는 고혈압이며, 지난 몇 주 사이에 피크에 오른 통풍까지, 그리고 경계성 당뇨라는 무서운 진단에 이르기까지 실로 '성인다운' 질병을 고루 갖춰 끌고 다니고 있다.

통증이라는 것은 참으로 무섭다. 요즘 거리 어디서나 '통증클리닉'이 많은 것은 사람들이 드디어 통증 그 자체를 질병으로, 즉 병에 따르는 증상이 아니라 질병 그 자체로 인식하고 있음을 알려준다.

이 목 디스크는 나를 얼마나 오래 끌고 다닐 속셈일까? 최근 한두 주 사이에 내게는 또 다른 종류의 깊은 통증이 찾아왔다. 등 뒤 위쪽 '날갯죽지' 달린 그 밑 어딘가 깊은 곳에 어떤 무서운 통증이 도사리고 있어 그로부터 어깨와 팔과 팔꿈치의 깊은 안쪽 어딘가로 자신의 존재를 지치지 않고 실어 나르기 시작한 것이다. 등 안쪽에 그렇게 깊은 어둠이 도사리고 있는 줄 어찌 알았으랴.

아주 오랜만에 새 산문집을 펴내려는데, 문득 문학은 내가 수년째 그치지 않고 앓아온 통증과 같은 것인지도 모르겠다는 생각이 든다. 문학은 그러니까 문학이라는 이름의 통증이라고나 할까. 이 산문집은 그렇다면 통증의 기록이라고도 말할 수 있을지 모르겠다. 고통스러운 사유를 수반하는 통증, 말이다.

이러한 통증으로 나는 무엇을 그렇게 낳고 싶었던 걸까? 삼백여 편의 산문 가운데 육십오 편, 통증의 언어를 골라 이 산문집을 엮는다.

2019년 가을

방민호

1부

고단하고 외로웠던 문명의 탐색자여
풍랑 치는 현대 바다 위 고독한 항해자여

통영·백석·박경리

통영은 내가 어렸을 때는 충무라고 했다. 통영으로 돌아오고 나니 더 정겹다. 용산발 마산행 8시 25분. 동대구까지는 냅다 달리고 밀양에선가 속도를 줄인다. 마산이 창원의 일부가 된 후에도 마산역 이름은 살아남았다.

역 앞에 이은상의 〈가고파〉 시비가 있다. 고향 마산 앞바다를 그리워하는 노래다. 시구를 새겨놓은 돌도 좋다. 그 바로 옆에 그가 해방 이후 독재에 협력했다는 흑역사를 쓴 철제 비석도 있다. 씁쓸하다.

아시아, 아프리카 많은 나라의 민족주의자, 사회주의자들이 해방이 되자 장기집권을 하며 독재의 길을 걸었다. 한국은 여기에 대일협력 전력을 가진 사람까지 장기집권을 했다. 한 민족 집단의 '총체적' 역량에는 '지혜' 또는 '슬기' 같은 것까지 포함되어야 한다. 우리가 자주권을 빼앗겼던 것에서 역량의 결핍을 볼 수 있다면, 많은 이들이 대일협력을 하고도 해방 후 득세를 하고, 같은 민족인데도 이념을 앞세워 전쟁을 도발하고 세습 독재를 계속하고, 반공 우산 밑에서 민주주의를 왜곡한 것도, 다 결핍의 소산이라 진단하지 않을 수 없다. 지금도 자기 안의 반목과 적대를 못 보고 모든 문제를 상대의 탓으로만 돌린다면 민족적 어리석음의 총량은 크게 줄지 못할 것이다.

마산 역에서 버스 두 대가 우리 일행을 통영으로 데려간다. 기차며 버스를 오래 탔으니 일단 점심밥. 화가 이중섭의 자취가 남아 있는 거리에서 점심밥을 먹는다. 메뉴는 생선구이. 이중섭은 한국전쟁 중인 1952년 늦은 봄부터 1954년 6월까지 통영에 연 나전칠기 기술원 강습소에 적을 붙이고 작품 활동을 했다.

생선구이는 고등어, 서대, 조기, 볼볼락으로 이루어진 4종 세트. 일행 중 한 분이 서대와 박대의 차이를 명쾌하게 짚어 낸다. 서대는 남해안에서 박대는 서해안에서 나고, 서대가 박대보다 살이 깊단다. 어렸을 적 예산 외갓집에서 서산 앞바다에서 잡힌 박대를 실컷 먹어본 나는 그게 무슨 말인지 알 것 같다.

옛날에 함흥 영생고보 선생으로 간 시인 백석이 동해의 아름다움을 맛깔스럽게 열거해 가던 중에 "그리고 한 가지 그대나 나밖에 모를 것이지만 공미리는 아랫주둥이가 길고 꽁치는 윗주둥이가 길지"라고 외는 장면이 있다. 꽁치는 누구나 다 아는 유명한 물고기, 그럼 공미리는? 이름하여 학꽁치다. 그 왜 동해 바다에서 껑충껑충 튀어오르는 물고기 말이다. 백과사전 같은 데서 아랫턱이 바늘처럼 길게 툭 튀어나왔다고 설명하는.

백석은 통영 여성 박경련을 사모했고 그래서 그때 머나먼 통영까지 세 번씩이나 왔고 통영 시편도 셋씩이나 남겼다. 그중 내가 가장 좋아하고 외우기까지 하는 것은 「통영 1」.

옛날엔 통제사統制使가 있었다는 낡은 항구港口의 처녀들에겐
옛날이 가지 않은 천희千姬라는 이름이 많다
미역오리같이 말라서 굴껍지처럼 말없이 사랑하다 죽는다는
이 천희千姬의 하나를 나는 어느 오랜 객주客主집의 생선 가시
가 있는 마루방에서 만났다
저문 유월六月의 바닷가에선 조개도 울을 저녁 소라방등이 붉
으레한 마당에 김냄새 나는 비가 나렸다

통영에는 옛날에 경상, 전라, 충청 삼도 수군을 통솔하는 통제영이 있었고, 이순신 장군을 기리는 충렬사도 있다. 통영이라는 이름은 여기서 유래된 것. 백석은 「통영 1」에서 이 역사의 기억을 환기하면서 '천희'라는 이름을 생각한다. 천희는 '처녀'를 뜻하는 '체니'에 한자를 붙인 것이라고들 하는데, 그처럼 천희는 통영의, 아무 이름 없는, 말 없는 성품을 가진 여성을 가리킨다. 얼마나 말이 없고 자신의 감정을 잘 드러내지 않는 성품이냐. 그녀는 "미역오리 같이 말라서

굴껍지처럼 말없이 사랑하다 죽는다"는 여자인 것이다.

옛날 통제영의 위엄을 말해주는 듯한 세병관, 서울의 경회루, 여수 진남관과 함께 남아 있는 목조건축을 대표한다는 건물이다. 여기서 '몇 발자국만' 서문고개 쪽으로 걸어가다 보면 작가 박경리 선생의 생가가 나온다. 생가는 물론 변했고 지금은 다른 사람이 산다. 비좁은 골목을 낀 벽에 벽돌 두 장 크기로 이곳이 박경리 선생이 난 곳임을 말해준다. 1990년대 중반쯤 통영 이야기를 그린 『김약국의 딸들』이며 『파시』를 탐독했고, 그것은 『시장과 전장』보다 확실히 재밌었다.

한 인간의 기억력, 장소에의 몰두와 집중은 참으로 놀랍다. 『김약국의 딸들』 첫 장 제목이 바로 '통영'. 여기서 작가는 놀라울 정도의 간명함, 더불어 유려함으로 통영 전경을 묘사해 나간다.

어떻게 해서 박경리는 대하소설 『토지』로 나아갈 수 있었던 것일까? 할 때 바로 이 통영에 해답의 열쇠가 있다. "통영 가서 돈 자랑 하지 마라." 통영은 바다의 땅, 외부를 향해 열리고 그만큼 돈이 흔한 곳이어서, 백석은 「통영 2」에서 이렇게 써놓았다.

　　집집이 아이만한 피도 안 간 대구를 말리는 곳

　　황화장사 령감이 일본말을 잘도 하는 곳

　　처녀들은 모두 어장주漁場主한테 시집을 가고 싶어한다는 곳

예나 지금이나 돈은 위대하다. 여성들은 부자를 좋아하고, 어떤 사람들은 『김약국의 딸들』에 나오듯 생노랭이가 되고 『파시』에 나오듯 밀수까지도 한다. 돈이 많은 통영, 그러나 통영의 역설은 여기에 이순신의 싸움의 기억이 면면히 이어져 내려오는 데 있다.

세상에 나기를 한없이 외롭게, 긴 밤과 싸우며 글만 써야 하는 운명의 소녀가 이 고장에 태어났다. 어려서부터 아버지는 가출 상태, 세상의 궂은 일들을 일찍부터 갈파할 수 있는 눈을 지녔다. 이 어린 소녀는 문학에 일찍 눈떠 학창시절에 일본사람 서점에서 도스토옙스키 전집을 서서 읽는다. 도스토옙스키란 『죄와 벌』이며 『카라마조프의 형제들』이며 『지하생활자의 수기』의 작가, 황제의 연출에 의해 사형 집행 직전에 살아난 후 인간의 운명을, 그 정신과 심리의 심연을, 구제 불가능함과 구원에의 의지를 깨달은 사람이다.

그처럼 박경리 또한 사람이 이 차안에 갇혀 있음을, 피안을 꿈꾸되 주어진 이승의 삶에서 한 치도 벗어날 수 없음을 안다. 이것저것 바늘이나 실이나 담배쌈지 같은 자질구레한 일용품을 팔러 다니는 황화(황아) 장사 영감도 일본말을 잘하는 땅, 개화를 따라 전통, 역사의 기억과 외래 문물이 부딪쳐 소용돌이를 이루는 땅에서 이 소녀도 일본말도 잘 하는, 그러면서도 역사의 격류마저 품어 안을 수 있을 만큼 깊고 넓은 영혼을 품은 사람으로 자라났다.

뿐만 아니라 그녀는 결벽증이 있었다. 통영 저잣거리에서 벌어지는 일들을 낱낱이 보고 들으면서도 스스로는 타락에 물들 수 없는 그녀는 물질에 기우는 대신 정신의, 문학의 사람으로 나아간다. 전쟁의 소용돌이 속에서 남편과 아들을 잇달아 잃고 암에 걸리는 가혹한 운명이 그녀를 채찍질한다. 문학 앞에서 그에 전념할 수 있는 두루마리 같은 시간을 갖고 싶었던 그녀는 서울을 뒤로 하고 원주로 내려가 한없이 깊은 밤과 뜨거운 낮과 평생을 싸웠다.

서피랑, 박경리 생가 터에서 몇 걸음 걸으면 곧 서쪽 벼랑이다. 여기서 화가 전혁림의 그림 같은 통영 포구를 한눈에 내려다 볼 수 있다. 하늘색에 흰 빛을 풀어놓은 것 같은 바다, 자글자글한 이야기들이 숨 쉬는 시장통, 백석과 이순신과 박경리와 이중섭 같은 옛날의 사연들.

이른 봄날이요, 추위를 타는 봄이다. 통영은 그 많은 것들을 품고도 고요하기만 하다. 찬 바람만 아직 봄이 이름을 깨닫게 한다.

묵默하는 정신

　백석은 우리에게 이제는 아주 잘 알려진 시인이다. 나는 그가 쓴 시들을 언젠가 책을 들고 다니면서 읽은 적이 있다. 그래도 남들에게 나도 백석을 좋아한다는 말은 하지 못했다. 다들 좋다고 하는데 나까지 그 대열에 합류하고 싶지는 않았기 때문이다.

　그래도 백석을 참 좋아했기에 그의 시를 외우려고까지 했던 적도 있다. 그중에서도 그가 통영에 대해서 쓴 시들 가운데 하나는 내가 가끔 사람들 앞에서 읊어 보이기도 할 정도다. 그 시를 여기 한 번 옮겨 본다.

　　옛날엔 통제사統制使가 있었다는 낡은 항구港口의 처녀들에겐

　　옛날이 가지 않은 천희千姬라는 이름이 많다

　　미역오리같이 말라서 굴껍지처럼 말없이 사랑하다 죽는다는

　　이 천희千姬의 하나를 나는 어느 오랜 객주客主집의 생선 가시

가 있는 마루방에서 만났다

저문 유월六月의 바닷가에선 조개도 울을 저녁 소라방등이 붉
으레한 마당에 김냄새 나는 비가 나렸다

백석은 낭만적인 사람이었다. 평안북도 정주 출신으로 신
춘문예에 소설이 당선되는 바람에 일본 유학 기회를 얻게
되었지만, 대학을 졸업한 후에는 시를 쓰기 시작했고, 많은
사람들이 아는 주옥같은 시들을 써냈다.

나는 위에 인용한 시 중에서도 특히 "미역오리같이 말라
서 굴껍지처럼 말없이 사랑하다 죽는다는", 이 두 번째 행을
너무나 아낀다. 천희라는, 처녀를 뜻하는, 흔한, 이름다운 이
름을 갖지 못한 여인의 절실한 사랑의 태도를 이렇듯 아름
답게 표현해 놓을 수 있을까?

그런 백석이 1940년경에는 훌쩍 만주로 떠났다. 만주라
면 그 시대에는 만주국이라 해서 일본 괴뢰국가의 영토였으
니까 일본 천지였다고 해도 과언이 아니다.

그곳에서 백석은 이른바 북방을 지향하는 시라는 것을 몇
편 남겼다. 아름다운 시들인데, 그것은 우리 민족의 뿌리를
저 시베리아, 만주, 중앙아시아를 이루는 대륙적인 풍정에
서 찾는 것들이었다.

그렇잖아도 1940년대 들어 많은 작품을 남기지는 않은
백석이지만 그런 그의 시와 산문이 1942년 하반기가 되면
뚝 끊기는 것을 볼 수 있다. 도대체 왜 그는 '갑자기' 말문을

닫아버린 것일까. 이유를 찾던 내게 한 산문이 눈에 들어왔다. 그 산문의 구절이 한없이 무겁게 느껴졌다.

민족의 경중을 무엇으로 달 것인가. 그 혼의 심천深淺을, 나아가서 존멸의 운명까지도 무엇으로 재고 점칠 것인가. 생각이 이곳에 미칠 때, 우리는 놀라 두렵지 않을 수 있을까. 우리는 동양과 서양을 가려 본다. 그리고 서양보다 동양이 그 혼이 무겁고 깊은 것을 예찬하고 이것에 심취한다. (그러나) 동양은 무엇을 가졌는가. 동양에 무엇이 있어서 그렇게 말하는가. 조선은, 동양의 하나는 무엇을 잃어버렸다. 잃어서는 아니 될 것을 잃고도 통탄할 줄 몰라 한다. 무엇인가 묵黙하는 정신을 잃은 것이다. 잃고도 모르는 것이다.

그때는 '내지' 일본이고, 조선반도이고, 만주이고, 어디든 가리지 않고 대동아주의니, 동양주의가 횡행했다. 백석은 그런 시끄러운 소리가 정말 듣기 괴로웠던 모양이다. 그는 말한다. 동양의 혼이 서양의 혼보다 무겁고 깊다고 깝치지 말라. 동양에 그런 무엇이 있단 말인가. 이 엄혹한 시대를 견디는 가장 슬기로운 태도는 바로 '묵黙'하는 것임을 알라.

요즘 사방을 둘러보면 정말 흥성스러운 말잔치가 많다. 그러나 값이 없다. 고민한다. 과연 문학은 잘 말하고 있는 것일까? 깊은 '黙'의 시간 속에서만 진짜 말이 솟아오르는 게 아닐까. 그러나 그것이 어찌 문학에서만의 일일까. 정치도,

교육도 그런 것이다.

죽음을, 삶을 생각하는 날

—최인훈 선생의 『화두』를 생각하며

세 번째 시집을 내야겠다고 생각한 후 고민이 많았다. 해설은 누구에게 부탁할 것인가? 표사는 어느 분께 받을 것인가? 시집을 어떤 시들로 채울 것인지, 어떤 시를 버릴 것인지 하는 생각보다 해설이며 표사 고민이 더 깊었다고 할까.

과장이라면 말이다. 고심 끝에, 해설은 나와 같은 연배이다시피 하면서 시 평론으로 널리 알려진 분께 요청했다. 『서정시학』, 『문학의 오늘』 편집위원을 10년 이상, 5년 이상 함께해 온, 그이만큼 나라는 사람, 나의 문학이라는 것을 잘 아는 사람도 드물리라.

표사는 어떻게 한다? 시집 뒷면에, 이 시집을 낸 시인은 어떤 사람이고 시집 내용은 어떻다 하는 것을 200자 원고지 2~3매 분량으로 짧게 써서 소개해 주는 글말이다. '표4'에 들어가는 글이 무슨 보통명사가 되었다. 군이 한자를 써 붙이면, 겉 표 자에 말씀 사 자를 붙여 '表辭'라고나 할까?

요컨대 다른 사람 시집이나 소설집 뒷면에 이건 어떻다 하고 소개해 주는 글이다. 해당 시집, 소설집이나 그 작가를 나쁘다고 말하기 어려운 글이다. 터무니없이 좋다고만 해도 품위 없고 인사치레, 겉치레가 되기 쉽다. 해설만큼이나 빈축을 사기 쉬운 글, 비평계에 한때 유행한 '주례사 비평'이라는 말의 주된 과녁 중 하나다.

헌데, 사실, 표사를 주례사 하듯 쓰지 않고 엄정하게만 쓸까?

표사를 어느 분께 받느냐가 결코 쉽지 않음은, 그것이 그 책을 내는 사람의 성향이나 가치 지향까지, 또 그 사람의 인간관계까지 압축적으로 드러내 보이기 때문이다.

나이 많은 사람이 시집 내면서 젊고 유명한 시인한테 받는다? 새로워 보이는 게 이점이다. 자칫 젊은 세대에 '아부'하는 모양새가 될 수 있다. 유명한 분께 받는다? 정작 평가받아야 할 것은 자기 시집 시들인데, 남의 이름에 의지하는 것 같다. 한 분께 받으면 적어 보이고 세 분께 받으면 너무 많이 받는 것 같다. 두 분께 받으면 이 둘을 어떻게 배치할까, 고민이 심히 아니 될 수 없다.

세 번째 시집의 제목은 일찍부터 '숨은 벽'으로 정했다. 정기복이라는 동료 시인이 있다. 그가 숨은 벽을 알려 주었다. 일산에서 택시 운전을 하면서 쉬는 날이면 날마다 산을 탄다. 그 숨은 벽 이름에 끌려 이걸 가지고 시를 쓰겠다고 일년 넘게 벼르고 별렀다. 그러다 어렵게 얻어 걸린 표현들을 갈고 다듬은 「숨은 벽」을 표제 시로 삼은 것이다.

이 시집 제목에 생각이 미치니, 표사를 요청할 분이 한 분밖에 안 계시다. 안 써 주시겠다면 모르거니와 주시기만 한다면 한반도에서 그보다 더 유명한 시인은 없다. 아하, 나는 오갈 데 없는 속인이다! 그보다 그분, 정릉에 사시면서 벌써 몇십 년을 북한산을 타오셨다. 언젠가 한 번은 산을 오르다 내려오시는 그분을 뵌 적이 있다. 인연이 되려고 그러는지, 심지어는 저 만주 하고도 명동촌, 윤동주의 고향에서 뜻하지 않게 마주친 적도 있다.

그래도 연세도 많으시고 어려운 분이시다. 어떻게 해야 하나, 몇 날 며칠 고민하다 마침내 전화를 걸었다.

"내가 요즘 수술하고 몸이 좋지 않아요. 이달에는 어렵고 사월에 다시 한번 연락해 주시게."

어디가 안 좋으신 걸까.

선뜻 써 주시겠다고는 하시면서 날짜를 미루시는 것이 뭔가 큰 병 아닌가 싶다. 그래도 그 '중대한' 표사 글을 포기할 수는 없다. 서두르려는 마음을 애써 억누르고 사월을 그대로 지나쳐 오월이 되어, 기어코 전화를 하고 찾아뵈었다.

오월 어느 날 정릉 동태찌개 집에서 만난 선생은 영 편치 않아 보이신다. 병원에 두 번 더 가야 한다 하신다. 예전에 그 '날렵하게' 산을 타시던 모습은 아니시다. 그래도 늘 산을 벗하며 지내 오셨기에 이만큼이나 하시는 것이려니.

그렇게 해서 바로 어제 선생으로부터 그 귀한 글, 200자

죽음을, 삶을 생각하는 날

원고지 2.8매에 해당하는 글을 받아들었다. 이렇게 읽고 저렇게 읽어도 칭찬 같아서 좋고, 그러면서 기품도 있어 보여 좋다. 다시 한번, 나는 영락없는 속인이다!

그러나 그 좋은 어제가 실은 아주 마음 아픈 날이기도 했다. 며칠 폴란드에 갔는데, 거기서 한 통의 연락을 받았다. 최인훈 선생께서 몹시 아프시다고, 병상에서 나를 한번 보자 하신다 했다.

토요일에 귀국해서 완전히 뻗어 있다 월요일에서야 전화를 했다. 그리고 바로 어제 일산 어느 병원으로 찾아뵈었다. 겨울에 서울대학교에서 명예 졸업장 받으시는 일로 여러 번 뵈었던 게 마지막, 봄날 내내 한 번도 뵙지 못했다. 그 몇 달 사이에 그야말로 큰 일이 벌어진 것이다. 그래도 아무도 만나지 않겠다고 하시다 심경의 변화를 겪으셨다고 한다.

병원에 가면서 여러 생각이 났다. 최인훈 선생과 나의 인연은 깊다. 내 편에서 깊고 그 분 편에서는 아니지만. 1994년 봄에 그분의 말년의 대작 『화두』가 나왔다. 1994년 《중앙일보》 신춘문예에 응모했다 '미역국'을 먹어버린 몸, 신춘문예 철도 아닌 여름에 새로운 도전 기회가 생겼다. 고심했다. 무엇 때문에 떨어졌을까? 아무래도 신인 작가를 대상으로 삼은 탓이었다. 좋다. 이번에는 중견작가를 '다루자'! 그때 그즈음 선생의 『화두』가 출간된 것이었다. 두 권짜리 대작을 서둘러 읽었다. 감동이 깊었다. 한 인간이 자신의 삶을 걸고 사력을 다해 쓴 작품이었다. 『화두』 재판본의 서문 몇 문장을 여기 옮겨 본다.

사람은 한 번밖에 살 수 없어서 슬프다.
살다 보면 인생 한 벌만 가지고는 풀 수 없는 숙제가 사람이
산다는 일이다.

이 지구 위에 생겨서 진화해 온 생물의 고급 종류에 속하는 모
든 개체가 밟게 된 이 조건이 고통스러워진 종이 인간이다. 이것
이 종교의 뿌리다.

(중략)

'부활'과 '윤회'는 인류에게 꼭 필요한 환상이고, 희망이고, 꿈
이었다.
'지금의 나'를 되풀이하고 싶다는 희망.

『화두』를 만난 그 1994년에 내 인생도 한 번 몸을 뒤채었
다. 병원에 누워계신 선생은 마치 선생의 작품의 서문처럼
쓸쓸하시다. 내게 선생의 소식을 전갈해 준 사람의 말에 따
르면 선생의 삶은 이제 불과 한 달을 헤아리신다 한다.
생각한다. 인생은 아무리 길어도 짧다. 모든 삶이 그렇게
끝나게 되어 있다. 그러니 딱히 슬퍼하기만 할 것도 없다.
『화두』의, 『광장』의, 『회색인』의 선생이시여! 저는 당신을

죽음을, 삶을 생각하는 날

잊지 않겠나이다.

그리고 이 '졸속한' 사람에게 귀한 글을 주신 신경림 선생님께도, 더 빛나는 나날들이, 오래 계속하시기를, 두 손 모아 기원하겠나이다.

고독한 항해사 최인훈 선생

이 글을 쓰는 오늘 아침 열 시 사십육 분 작가 최인훈 선생이 일산 명지병원에서 영면에 드셨다. 공식적으로는 1936년생이라지만 실제로는 1934년생, 1·4 후퇴를 앞두고 북한 원산에서 부산으로 월남해서 목포에서 고등학교를 다니셨다. 원래 원산에서 고등학교를 다니고 계셨지만 여기 와서 다시 입학해야 했고 부모님이 학교를 다시 다니기 좋게 출생 연도를 낮춰 주었다고도 한다.

나는 요즘 이른바 월남문학이라는 것에 관심이 간다. 처음 이 말을 쓸 때는 국문학자가 베트남 문학을 공부하느냐는 말까지 나올 정도였지만 지금은 그렇지만은 않다. 1945년 8월 15일 해방부터 1948년의 남북한 단독정부 수립을 거쳐 1950년 6월 25일부터 1953년 7월 27일에 이르는 약 8년의 세월 동안 남으로 내려올 사람들은 '전부' 내려오고 북으로 올라갈 사람들은 '전부' 올라갔다. 최인훈 선생은 원산고등학교 1학년 학생으로 이른바 원산철수라는, 흥남철수 직전의 철수 작전 때 일가족 모두가 미군 수송선을 타고 남쪽으로 내려왔다.

최인훈은 바로 이러한 '월남'이 낳은 문학이라고 할 수 있다. 이 문제는 결코 간단치 않은데, 왜냐하면 소년 최인훈은 해방부터 월남하기까지 모두 5년 정도 북한 초기 사회주의 체제를 경험한 사람이 되었고 이것이 그의 문학에 결정적인 영향을 미쳤기 때문이다.

해방이 되자 소년 최인훈의 모든 것이 달라졌다. 나중에 최인훈은 그의 긴 소설에서 해방이 되자 가장 많이 달라진 것은 무엇보다 사람을 때리지 않는 것이었다고 했다. 해방이 되기 전에 조선 사람은 어디서든 얻어 맞았다고 했다. 병원에서까지 사람을 때렸다는 문장을 읽을 때 나는 가슴이 아팠다. 해방이 되자 북한 사회주의 정권은 학교나 병원에서 아이들을 때리지 않는 대신 유산자들의 재산을 몰수하고 살던 곳에서 추방시키고 학교에서는 계급주의 사상교육을 기계적으로 시행했다. 함경북도 회령에서 목재소를 운영하던 최인훈의 부친은 유산자 계급으로 몰려 재산을 내놓아야 했고 원산으로 이주했다. 원산 중학교의 소년 최인훈은 소설에 따르면 공부를 잘 했어도 계급이 다르다는 이유로 담임선생이 사주하는 냉혹한 '자아비판'에 시달려야 했다.

원산 고등학교에 가서는 경험의 빛깔이 달라지기는 한다. 그러나 전체주의-사회주의 체제에 대한 체험적 인식은 월남 후 그가 자신의 이념적 방향을 조율해 나감에 있어 결정적인 역할을 하게 된다.

과연 이상적인 사회는 어떤 사회인가? 자본주의냐, 사회주의냐 하는 이분법적 대립을 거절하는 최인훈 문학의 고유한 특질에 주목해야 한다. 그의 문제작『광장』의 주인공 이명준은 친일파가 득세하는 남한 사회를 떠나 월북하지만 북한 체제에 대한 환멸을 느낀다. 그는 6·25 전쟁 중 거제도 포로 수용소에 갇혔다 남과 북이 아닌 제3국을 선택한다. 『회색인』이라는 소설 속 주인공 독고준은 '임박한 파국'을 앞두고 혁명에 뛰어들어야 한다는 친구의 주장을 거절하고 사랑을 원리로 삼는 이상적 사회를 구상하기 위한 고독한 작업에 몰두한다. 앙가주망, 곧 참여냐, 순수냐 하는 이분법적 선택을 거절하는 독고준의 '회색빛' 이념은 순백색이나 순적색보다 진실에 가까운 빛이라고, 나는 늘 생각하고 있고, 지금도 그것은 그러하다.

미군 수송선을 타고 월남했던 그는 그 자신을 '난민'으로 간주했고 전후의 한국 사회 또한 '난민촌'과 같은 것이라 생각했다. 오늘날 한국사회는 스마트폰, 인터넷에 온갖 첨단 문화로 들썩이고 있으므로 이런 규정은 비록 비유적일지라도 마음에 들지 않을지 모른다.

그러나 이 고도 사회의 이면을 들여다보면 현대 문명이라는 거친 바다를 풍파에 휩쓸려 이리저리 떠도는 폐선의 이미지를 떠올릴 수 있으리라. 아무리 높이 쌓아 올리는 고층

아파트에서도 싸구려 임시가옥 냄새가 나지는 않던가? 오래된 것들은 어느 사회에서보다 일찍 제 빛을 잃고 혼탁한 대기 속으로 사라져버리지는 않던가?

최인훈은 한국 사회가 난파선으로 현대의 바다를 이리저리 표류하는 상태에서 벗어나기 위해서는 무엇이 필요한지, 어떻게 해야 하는지 고민한 작가였다. 그러기 위해 그는 『화두』라는 소설이 보여주듯 미국과 구소련이라는 두 개의 제국을 차례로 순례했다. 제국과 식민지, 좌와 우, 남과 북이라는 이항대립의 주박에서 벗어나기 위해 그는 평생을 건 긴 여행을 했다.

고단하고 외로웠던 문명의 탐색자여, 풍랑 치는 현대 바다 위 고독한 항해자여, 이제 고이 안식을 취하소서. 그대의 오랜 손때 묻은 키를 누군가는 이어 받을 수 있으리니.

한국사회의 고독한 이방인 손창섭, 잠에 들다

　도쿄 인근 히가시구루메 시에 있는 허름한 공영아파트로 우에노 여사를 방문했을 때, 그날은 8월 12일, 아파트 입구 7동 208호 우편함에는 "공가공사空家工事"중이라는 안내 전단이 붙어 있었다. 어디로 사라진 것일까? 이사를 가버린 것일까? 그렇다면 병원에 있는 손창섭은 어떻게 되었단 말인가? 혹시 타계한 것은 아닐까? 그렇지 않다면 여사가 그를 두고 몇십 년 동안 살아온 집에서 떠났을 리는 없지 않은가? 혹시 여사마저 무슨 나쁜 일이 생긴 것은 아닐까?

　불안한 마음으로 손창섭의 흔적을 찾아 니가타까지 간 것이 공교롭게도 8월 15일. 따님의 안내를 받아 들어간 우에노 여사의 집 거실 텔레비전에서는 일본인데도 한국의 광화문 앞에서 개최된 광복절 기념행사가 비중 있게 다루어지고 있었다.

　이 날 나는 손창섭이라는 한 고독한 인간이 이제는 더 이상 이 세상 사람이 아니라는 사실을 어렵게 납득해야 했다. 이로써 우리는 한 사람의 가장 예외적인 인간, 법칙에서 벗어난 인간 하나를 잃어버린 것이었다. 그는 한 줌 유골이 되어 니가타 인근의 한 절에 모셔져 있었다. 나는 그의 영전에 보랏빛 꽃을 바쳤다.

손창섭孫昌涉. 일본명 우에노 마사루上野昌涉. 한국에 돌아와 이 소식을 알린 며칠 후 네이버를 검색하다 보니 그의 이름 손창섭 옆 괄호 안에 우에노 마사루라고 부기되어 있는 것이 보였다. 이렇게 부기됨으로써 그가 생전에 일본인이 되었고 한국, 한국인으로부터는 너무나 멀리 떨어진 존재가 된 것 같았다.

그는 언제까지 한국인이었을까? 《국민일보》의 정철훈 기자는 "73년 도일 이래 93년까지 귀화하지 않고 한국인으로 살아왔으나 일본의 외국인 등록법에 따라 매년 등록을 갱신해야 하는 번거로움 때문에 98년 아내의 성을 따라 귀화"했노라고 했다. 내가 그날 들추어 본 손창섭의 수첩에는 그 자신의 필체로 우에노 마사루가 아닌 손창섭의 여권번호와 여권 발행일, 만료일이 기록되어 있었다. 발행일은 2002년 4월 2일, 만료일은 2007년 4월 2일이었다. 또한 외국인등록증의 "차회 확인 신청 기간"이 2004년 5월 20일로 기록되어 있었다. 이것은 손창섭이 지금껏 알려진 것보다 훨씬 늦게 귀화했을 가능성이 있음을 의미한다.

이 문제는 간단하지만은 않다. 우리 문학은 국민적, 국가적 정체성에 예민하기 때문이다. 어디선가는 분명 그가 최후에는 일본인이 되었기 때문에 그의 문학의 가치 또한 그만큼 평가절하 되어야 한다고 주장할 수도 있을 것이다. 그러나 그는 신념에 따라 일본인이 된 것이 아니고 생로병사의 긴 여정 속에서 불가피하게 일본인이 되어야 했을 것이다. 우에노 여사에 따르면 손창섭은 말년에 이르러 폐질환(폐기종)을 앓았다고 한다. 그는 2008년 9월경부터 노인전문병원에 입원해야 했고 끝내 병원을 떠나지 못한 채 타계했다.

손창섭이 일본에 있으면서 《한국일보》(1976.1.1 - 1976.10.28)에 연재한 『유맹』에는 그를 꼭 닮은 화자가 등장해서 이렇게 말하고 있다. "가사 일본이 지상낙원이라 하더라도 나는 일인의 냄새(자세)와 그들의 세속 풍정이 싫다. 이유나 조건을 떠나서 생리적으로 그렇다. 원래 나는 한국인도 좋아하지는 않지만 이것은 숙명이라 체념할 수가 있다. 반면 한국의 산하와 풍토는 무조건 좋다. 그 속에서 살다 죽고 싶다."

그럼에도 손창섭은 일본으로 건너간 후 은둔자로 긴 여생을 살다 세상을 떠나버렸다. 그의 이름에는 언제나 전후문학인이라는 레떼르가 붙어 다닐 뿐 그가 1960년대와 1970년대에 걸쳐 장편소설의 긴 목록을 가진 작가임을 아는 이는 드물다. 『낙서족』, 『세월이 가면』, 『저마다 가슴속에』, 『내 이름은 여자』, 『부부』, 『인간교실』, 『결혼의 의미』, 『아들들』, 『이성연구』, 『길』, 『삼부녀』, 『유맹』, 『봉술랑』. 이 긴 장편소설 목록은 그가 단순히 전후 작가가 아니라는 사실을 웅변해 준다.

그는 「비 오는 날」과 「잉여인간」과 같이 전후의 피폐한 인간상을 그린 작가일 뿐 아니라, 무엇보다 인간 개체의 삶의 여정을 인생론, 인간론의 견지에서 탐구하고자 했던 문제적 작가였다. 내가 최근에 펴낸 『삼부녀』나 『인간교실』, 그리고 그의 문학을 페미니즘적 시각에서 고찰하고자 하는 여성연구자들의 관심을 사곤 하는 『부부』나 『이성연구』 같은 작품들이 모두 그런 면모를 보여준다.

이들 작품에 나타나는 인간 개체들은 역사적, 정치적 삶을 사는 인간이기 이전에 자신에게 부여된 일회적인 생명을 이어가는 존재이며, 이 존재의 영위 속에서 남자 혹은 여자로서 부부관계나 가족 관계를 맺어 나가는 존재다. 그의 소설을 보면 한국 현대소설의 중심적 유형 가운데 하나인 국가 체제의 문제가 대부분 전면에 드러나지 않고 잠복되어 있는 것을 알 수 있다. 이것은 그가 국가니 국민이니 민족이니 하는 집단적 층위의 삶을 인생의 본질적 성격에 비추어 부차적인 것으로 이해하고 있었음을 의미한다.

때문에 그의 문학은 '자전적' 소설인 「신의 희작」이 보여주듯이 한 개체적 개인이 살아간다는 것 자체에 집중하며, 『삼부녀』나 『부부』나 『이성연구』가 보여주듯이 이 개체적 개인이 부부 또는 가족 관계 속에서 인생을 살아나가는 문제에 집중한다. 그 귀결점 가운데 하나는 한국사회의 인습적 체질 가운데 하나인 가부장제에 대한 질문이다. 이 질문에 대해 그가 추구한 해답의 방향은 모계적 사회를 꿈꾸는 것이다. 왜 그는 아내의 성을 따라 일본 이름을 가졌던 것일까? 그것은 그가 모계적 사회를 상상하고 있었기 때문이다.

평양에서 태어나 만주를 거쳐 일본에 가서 성장한 그에게 한국, 한국인은 무엇이었을까? 해방이 되자 목숨을 걸고 찾아 돌아온 한국은 산하와 풍토는 무조건 좋되 전쟁과 분단과 독재로 점철되어 갔다. 뿐만 아니라 순혈 민족주의나 혈연적 가족주의가 말해주듯이 '힘'과 '피'에 집착하는 사람들의 사회였다. 그는 그런 것들이 불편했고 그런 것들에 의해 지배되지 않는 세계를 추구했다. 그것은 한국 아닌 일본이라는 식의, 국가적, 국민적 이념의 카테고리에 갇힌 유토피아가 아니었다. 그것은 야만적인 '힘'과 편집적인 '피'를 대신해서 삶을 조율해줄 새로운 원리에 대한 것이었다. 그의 장편소설들에는 그런 은밀한 시도의 흔적들이 곳곳에 남아 있다.

그렇다면 그는 정녕 단순한 전후 작가는 아니었던 것이다. 이제는 전후戰後라는 주박의 카테고리에 갇힌 그를 풀어내 그 고독한 삶의 궤적에 담긴 깊은 의미를 새롭게 발견해야 할 때다.

한국사회의 고독한 이방인 손창섭, 잠에 들다

그는 마지막까지 한국인이었다

—손창섭의 시조를 소개하며

이역 일본에서 세상을 떠난 손창섭. 그는 생의 마지막 시기에 일본 국적을 취득한 것으로 알려졌다. 그의 마지막 이름은 우에노 마사루였다. 아내의 성을 빌린 일본인이 된 것이다. 1922년 5월 20일에 세상에 나서 2010년 6월 23일에 타계했다. 그가 세상을 떠난 곳은 일본 히가시구루메 시에서 가까운 요양원, 정철훈 기자가 그의 마지막 모습을 목도할 수 있었다.

나는 손창섭이 마지막 시기에 일본 성을 가지게 된 것을 몹시 애석하게 여겨왔다. 이 '귀화'가 손창섭 문학의 의미와 가치를 훼손시킬 것을 염려한 때문이다. 어째서 그는 일본 사람이 되고 말았는가? 나는 그의 장편소설 『유맹』에 나타나는 강렬한 한국인 의식과, 귀화 사이의 모순을 해결하기 어려워 오랫동안 곤혹스러워 했다. 그 '해결책' 가운데 하나가 바로 그의 수첩에 남겨진 여권 만료 일자를 인용하는 것이었다. 이 수첩에는 손창섭이라는 한자 이름으로 JA 0219691의 여권번호를 가지고 있으며, 이 여권은 2002년 4월 2일에 발행되어 2007년 4월 2일에 만료되는 것이었다. 다시 한 번 상기해 보면 그가 세상을 떠난 것은 2010년 6월 23일이고, 이 말년을 그는 요양원에서 보냈다. 여기서 나는 손창섭이 요양원에 들어가야 할 필요성으로 인해, 아내에 의해 일본인 국적을 취득'당한' 것으로 추론하고자 했다. 말년에 그는 자신의 작가로서의 정체성조차 또렷이 기억하지 못할 정도로 어려운 상황에 처해 있었다.

그러나 모든 것이 명료하지 않은 상태에서 일본인으로 끝난 손창섭의 삶을 한국인들의 시선의 창 안으로 건져 올릴 수 있는 명쾌한 방법을 강구할 수는 없었다. 그런 중에 나타난 것이 문제의 손창섭 시조 노트다. 이 굉장한 자료를, 나는 니가타 쪽에서 손창섭의 따님으로부터 직접 건네받을 수 있었다. 그러니까 2015년 7월 초순경이다. 그때 다른 몇몇 유품들과 함께 내게 주어진 손창섭의 노트를 넘겨보다 나는 실로 깊은 충격과 감동에 사로잡힐 수밖에 없었으니, 이 노트에 정리된 시조야말로 그가 인생의 말년에 이르기까지 한국인으로서의 자기의식을 지켜갔음을 보여주는 중요한 근거가 되기 때문이다. 그렇게 손창섭의 시조는 세상 밖으로 모습을 드러냈다.

이 노트에 따르면 그는 1993년 2월부터 시조 창작을 시작했고, 마지막 작품을 정리한 때는 2001년 1월로 되어 있다. 써서 정리했다 X표를 크게 그어놓은 작품들까지 세어보면 작품 수는 모두 70편이며, 이 중에 두 연으로 이루어진 연시조가 두 편 포함되어 있고, 그중 한 편을 포함하여 X표 처리되어 있는 시조는 모두 4편이다. 나는 이 시조들을 참으로 귀중한 자료라고 생각한다. 손창섭을 연구하거나 그에 대해 관심을 가진 분들 모두 그럴 것이다.

함부로 다룰 수 없는 이 시조들을, 이번에 《작가세계》 겨울호를 통하여 10편을 소개하고자 한다. 한꺼번에 다 공개하지 못하는 것은 무엇보다, 거의 전적으로 내 일신상의 사정 때문이다. 정밀한 텍스트 비평과 독해를 거쳐야만 하는 작업을 감당하기에, 요즘의 나는 너무 많은 일과 생각에 휘둘려 있다. 그러나 손창섭을 작가 특집으로 삼은 마당에 이처럼 좋은 기회를 그냥 넘겨버릴 수도 없다. 여타 전체 작품과 그에 대한 분석은 이번 겨울에서 봄 사이에 시급히 정리하여 보여드릴 것을 약속한다.

自嘆 (93.2.)

受難의 七十星相 돌이켜 따져보니
이몸이 그얼마나 덜돼먹은 醜物인고
어째서 사람의길을 좀더닦지 못했나.

動物讚 (93.2.)

人間을 짐승보다 누가낫다 하였더냐
차라리 곧게사는 길짐승 날짐승이
부럽다 그깨끗함을 사람에다 비기랴.

隱遁 (93.10.)

이몸은 약삭빠른 재간군이 아니어서
名利에 새고지는 俗世間이 지겨워서
사람과 因緣을 끊고 숨어서만 사옵네.

벗 (94.4.)

만나면 덮어놓고 반가운 벗이있다
利害를 벗어나서 그리운 벗이있다
어쩌다 만날적마다 때가는줄 몰라라.

얼 (95.3.)

나라꼴 어찌됐던 그世情 어떠하든
내비록 故國山川 등지고 살더라도
韓나라 얼이야말로 가실줄이 있으랴.

그는 마지막까지 한국인이었다

戱作 (95.8.)

主張은 오줌이요 無言은 똥이랄까
어차피 꺼질人生 할말은 하고살세
精神的 排泄物이란 生의表示 이리니.

難事 (96.2.)

어떻게 사는 것이 사람답게 사는건가
어떻게 사는 것이 참되게 사는건가
眞實로 바로살기란 難事인가 하노라.

死卽空 (98.6.)

누구나 때가오면 이世上을 떠나리니
죽으면 萬事가다 空에돌아 가는 것을
왜그리 貪欲에 미쳐 한平生을 보내나.

나부터 (99.10.)

세상엔 이런저런 사람도 많건마는
眞實로 사람답게 사는者가 얼마일꼬
나부터 하늘을向해 낯들들 수 없어라.

人間社會 (01.1.)

世上엔 왜이토록 슬픈일이 넘치는고
굶어서 죽는사람 戰亂통에 죽는사람
이것이 人間社會의 眞相이란 말인가.

비록 이번에 공개하는 시조가 열 편에 지나지 않는다 해
도 손창섭 시조의 면모를 살펴보는 데 큰 부족함은 없으리
라고 생각한다. 그는 시조를 써서 무엇을 하려 한 것일까?
하고 물을 때 위에 인용해 놓은 시조의 전문들이 큰 힌트 역
할을 한다.

무엇보다 우리는 1995년 3월에 정리해 놓은 「얼」이라는
제목을 가진 시조에 주목해야 한다. 여기서 그는 "나라꼴 어
찌됐던 그世情 어떠하든 / 내비록 故國山川 등지고 살더라
도 / 韓나라 얼이야말로 가실줄이 있으랴"라고 노래하고 있
다. 이 시구들은 1995년 전후의 손창섭의 심리적, 의식적 상
태를 잘 보여준다. 우선, 그는 한국의 나라 사정에 촉각을 곤
두세우고 있었음이 드러난다. 비록 나라를 떠난 지 오래였
으나 그는 모국에 결코 무관심하지 않았으며 한국 사회가
어떻게 돌아가는가에 변함없이 관심을 기울이고 있었다. 또,
그는 여전히 한국의 "나라꼴"과 "세정"을 불편하게, 그리고
부정적으로 생각하고 있음도 드러난다. 손창섭이 한국을 떠
난 1973년경은 이른바 유신독재가 바야흐로 시작되는 때였

고, 이 시조가 쓰인 때는 최근에 세상을 떠난 김영삼 정부가 태동, 전개되던 때였다. 그는 1970년대와 1980년대 내내 군부독재 세력에 맞서 싸웠으나 노태우, 김종필과 함께 3자 합동으로 민자당을 탄생시키면서 군부독재와 타협하는 동시에 망국적인 지역패권주의를 한층 심화시키면서 마침내 대통령의 지위에 올랐다. 이 사태는 앞으로 두고두고 평가와 재평가를 거칠 수밖에 없을 테지만, 손창섭이 이 김영삼 정부 시대를 지극히 불편한 시선으로 건너다보고 있었음이 이 시조를 통해 드러난다. 시조는 그 한자어를 통해 볼 때도 '때'를 노래하는 것이니, 시대의 추이를 바라보는 손창섭의 심리나 의식이 결코 만족스럽지 못했음이 이로써 드러난다 할 것이다. 그러나 이 시조가 선사하는 가장 큰 보람은 그 종장에 해당하는 시구에 있다. "韓나라 얼이야말로 가실줄이 있으랴." 이 시구는 무엇인가 그 전대에 있었던 시조를 단박에 연상시키지 않던가?

이 몸이 죽고 죽어 일백 번 고쳐 죽어
백골이 진토 되어 넋이라도 있고 없고
임 향한 일편단심이야 가실 줄이 있으랴

그렇다. 바로 포은 정몽주의 「단심가」다. 그가 "임 향한 일편단심이야 가실 줄이 있으랴"라고 했듯이, 손창섭은 "韓나라 얼이야말로 가실줄이 있으랴"라고 노래했다. 자신의 절의를 노래한 정몽주의 시조, 특히 그 종장의 시구를 패러디하듯 한민족의 일원으로서의 자신의 "얼"을 노래한 이 대목을 통하여 우리는 그가 인생의 말년에 이르러서도 한국인으로서의 정체성을 잃지 않았으며, 바로 그 심리와 의식을 시조라는, 한국의 전통적 시가 형식에 실어 노래했음을 확인할 수 있다.

이 시조 한 편의 가치가 놀랍고도 무서운 것이라 생각한다. 이 시조 한 편, 한 수가, 바로 손창섭이 죽을 때까지 한국인으로서, 그 자의식을 잃지 않고 살아갔음을 입증하고 있기 때문이며, 이로써 그가 끝까지 한국어로 쓰는 문학을 고수했고, 한국어문학의 세계에 머물러 있었음이 확인된다.

이는 아주 중요한 사실이다. 그는 중학교 시절부터 일본에서 살았고, 일본인 여성과 결혼했으며, 일본에서 문학의 뜻을 키웠다. 그럼에도 그의 한국어 문장은 그의 당대의, 같은 세대의 어느 작가보다도 정확한 것으로 정평이 나 있다. 「비 오는 날」이나 「잉여인간」 같은 그의 단편, 중편 소설들은 그 주제뿐만 아니라 문장과 플롯에서 완미한 구성력을 '과시'하고 있다. 나는 이것을 한국인으로서의, 한국어에 대한 깊은 자의식의 소산으로 해석하고자 하는데, 바로 지금 공개한 이 시조들은 그러한 손창섭의 의식의 심층을 드러내고 있는 결정적 자료라 하지 않을 수 없다.

한편으로, 위에 인용한 손창섭의 시조들은 그의 지극히 윤리적이면서도 탈세속적인 의식을 직설적 어법으로 드러내고 있다. 그는 한국에 있을 때와 마찬가지로 일본에서도 은둔적이면서 동시에 고독한 삶을 이어갔다. 그는 물욕과 명리에 집착하는 대신 삶의 진실에 가닿기를 원했으며 인간 세계의 고통의 근원을 직시하고자 했다.

이 시조들이 손창섭이라는 한 인간과 그의 문학의 가치를 재인식하는 데 도움이 되기를 바라마지 않는다. 그는 먼 곳에서 외롭게 세상을 떠났지만 우리가 마음놓고 사랑해도 되는 우리의 작가다.

작가 김사량을 생각한다

　작가 김사량의 본명은 김시창이다. 그는 1914년에 평양의 잘 사는 집안의 아들로 태어나 공부도 잘한 사람이었다. 평양고등보통학교를 거쳐 일본 도쿄제국대학에 독문학을 공부하려 유학까지 했다.

　본디 잘 사는 사람은 래디컬한 생각을 갖기 어렵건만 그는 달랐던 것 같다. 고등보통 1학년때 광주학생의거가 일어나자 시위에 참가해서 일본 관헌에게 쫓겨 다녔고 5년 졸업반 때는 일본 장교의 학교 배속에 반대하는 동맹휴교에 참가하여 끝내 졸업하기 어려운 지경으로 몰렸다. 손창섭 장편소설『낙서족』주인공이 그러하듯이 김사량도 반도 안에서는 공부하기 어렵게 되자 일본에 밀항해서 공부를 계속하고자 한다. 안우식이 쓴『김사량 평전』에 따르면 그의 형이 이미 도쿄대학에 재학 중이었다. 부산까지 갔는데 거기서 특고들 눈에 띄어 경찰서까지 끌려갔다 도망 나왔고 형이 소식을 알고 보내준 학생복이며 위조한 학생증을 갖고 일본으로 건너가 고등학교에 들어갔다. 그때부터 본격적인 문학수업을 시작하여 동인 그룹에서 창작으로 나아갔고 도쿄 제대에 들어가서도 동인 활동을 했다.

물론 일본어를 통한 문학 창작활동이었다. 그러나 김사량은 확실히 달랐던 것이 이른바 세틀먼트 운동이라 해서 빈민 지역에 몸소 들어가 거주하면서 그들의 삶과 의식을 개량하는, 일종의 도시 '나로드니키'로 활동하다 다시 경찰서에 체포된다. 이로써 김사량은 3개월 구류 처분되었고 뿐만 아니라 일종의 블랙리스트에 오르는 인물이 되었다. 읽은 지 오래되어 명확하지 않으나 대학교 재학 중에 '조선예술좌' 같은 연극운동단체에 적을 붙인 것도 그로 하여금 시련의 길을 걷게 한 일로 남았다.

세틀먼트 운동의 경험을 소설로 옮긴 것이 바로 일본어로 쓴 단편소설 「빛 속으로」, 그에게 아쿠타가와 상 후보의 '영예'를 안겨 준 작품이다. 그는 한국어와 일본어 두 개의 언어로 창작활동을 했는데, 이 세대의 작가들에게 언어 선택이라는 문제는 지금 생각하기보다 아주 미묘하고도 어려운 문제였다. 고등보통 시절에 중국 유학을 꿈꾸었고 나아가 미국으로 가 영어소설을 쓸 생각을 했던 그이니만큼 일본을 괄호에 넣고자 하는 반제국주의 성향이 강했다. 그러나 아이러니하게 일본에 유학하고 아쿠타가와 상 같은 제도 문단권으로부터 인정을 받으면서 그의 문학 언어 선택은, 일본인들에게 조선인들의 삶의 실상을 제대로 알린다는 명분 아래 일본어 쪽에 더 많이 기울었다. 이런 상황에서 문제작이라 할 만한 「천마」라는 일본어 소설이 나왔고 이것이 한국어로도 남겨지지 않은 것을 무척 아쉽게 생각하지 않을 수 없다.

더욱 흥미로운 것은 그 다음 국면이다. 1941년 벽두부터 조선사상범 예방 구금령이라는 것이 발동되자 사상범 전력이 있던 김사량은 일본에서 본때 보여주기 격으로 체포되었다 부친의 도움으로 간신히 풀려난다. 이 법령은 전두환 정부 시절의 사회안전법 같은 것으로 이미 치안유지법 사범, 즉 오늘날의 국가보안법 사범이 되었던 자는 다시 죄를 저지를 우려가 있다는 '추측'만으로 잡아 가둘 수 있는 이상한 법이었으며, 이것이 당대 사람들에게 미친 영향은 작가 김남천의 단편소설 「등불」에 아주 잘 묘사되어 있다. 이 일제 말기 체제 아래서 김사량은 3,4년 '보호색'을 띠고 체제에 동화될 수 있는 사람처럼 살았지만, 1943년이 되자 중국으로 파견된 틈에 냅다 탈출의 길을 선택, 연안으로 들어가 저항군이 된다.

이런 그에게 해방은 무엇이었을까? 나는 요즈음 문학인들의 1945년 8·15 이후에 관해 생각한다. 그는 해방이 되자 북한으로 '돌아갔고' 6·25 전쟁 중에 참전, 남쪽으로 내려왔다 9·28 수복의 와중에 전사해 버리고 만다. 그는 정말 사회주의자였을까? 왜 그는 북한을 선택했던 것일까? 조국의 현실에 괴로워하는 양심가였던 그는 왜 그렇게 덧없이 희생되어야 했던가? 참으로, 지혜가 필요한 시대였다고 생각한다. 그리고 지금도 다르지 않다. 눈에 보이는 상황이 달라 보일 뿐, 험한 세상은 지식을 쌓은 사람들에게 냉정할 것을 요구하는 것이다.

카인

황순원 소설 중에 『카인의 후예』라는 것이 있다. 제목부터 매우 종교적인 인상을 풍기는데, 해방 후 북한 지역의 토지개혁을 배경으로 지주 집안의 후예 박훈과 마름의 딸 오작녀의 삶의 행로를 그린 것이다.

왜 제목이 카인의 후예이어야 했나, 하고 물을 때 우리는 성경 속에 등장하는 카인에 관해 생각하지 않으면 안 된다.

카인은 아담과 이브 사이에서 난 맏아들이다. 그는 농사를 지었고, 동생 아벨은 양치기였다. 두 사람은 하느님께 공물을 바치는데, 아벨의 것은 기쁘게 받으면서 카인의 것은 받지 않았다. 이에 질투를 이기지 못해 카인은 아벨을 죽이고, 하느님의 저주를 받아 떠돌아다니다 에덴의 동쪽 놋땅에 정착하게 된다.

이러한 사실에서 황순원이 자신의 소설을 카인의 후예라 한 것은 우리 한민족이 농경민들임을 상징적으로 지칭한 것이었음이 드러난다. 우리들은 땅에 붙박혀 농사를 지으며 살아가는 카인의 후예들이다. 그러나 카인의 후예라는 말은 우리가 단지 농사를 짓는 민족인 것만을 의미하지 않는다. 성경 속에서 카인은 최초의 살인자다. 그는 질투심으로 동생을 죽이고 떠돌다 자신의 죄를 받아들이고 겨우 정착해서 살아갈 수 있게 된다. 이 카인의 아들이 에녹이요, 이로부터 많은 자손이 생겨났다. 에녹은 그가 건설한 도시의 이름이기도 하다. 따라서 카인의 후예란 죄를 짓고 그 죄에 기반해서 문명을 이루고 살아갈 수밖에 없는 인간의 숙명을 가리키는 것이기도 하다.

부언하면, 이로부터 존 스타인벡의 거작 『에덴의 동쪽』이 나왔고, 이것이 다시 영화화되어 제임스 딘이라는 불멸의 청춘 초상을 낳았던 것이다.

이야기를 조금 더 진전시켜 보면, 카인의 아들 에녹은 수많은 자녀를 갖게 되고, 그중에 유목민의 아버지인 야발도, 대장장이의 조상인 두발카인도, 최초의 음악가인 유발도 나오게 된다. 그런데 이 유목이며, 대장장이며, 음악이라는 것은 곧 문명을 이루는 원초적인 것들이 아니겠는가?

여기서 우리는 결국 문명은 죄로부터, 죄의 인식으로부터 생겨났다는 것을 알 수 있다. 우리가 문명을 이루며 살아간다는 것은 자신의 죄를 인식하고, 인정하며, 그 기반 위에서 살아간다는 것을 의미한다. 그리고 이것은 다시 자신의 죄를 부인하는 태도로부터는 진정한 자기 향상이 이루어질 수 없음을 의미하기도 한다.

이 카인에 관한 어떤 책 가운데서 전후의 일본과 독일을 비교하는 구절을 발견하게 된 것은 신선한 경험이었다. 거기서 이렇게 썼다. "문명이 건설된 것은 잘못을 인정했기 때문이 아닐까? 역사가 불행한 반복에 의해 피로 물들지 않게 된 것은 범죄가 저질러졌다고 인정한 사실에 의해서가 아닐까?"

전후에 독일은 자신의 죄를 근본적으로 반성했던 데 반해 일본은 그것을 부인하려는 시도를 포기하지 않았다.

어제 신문에 네덜란드에서 일본의 고노 담화 검증을 비판하는 시위가 있었다고 났다. 일본은 제2차 세계대전 중에 네덜란드 식민지였던 인도네시아를 점령한 뒤 네덜란드 사람들을 11만 명이나 수용소에 가뒀고, 이 가운데 1만 3천명이 죽고, 200명은 위안부로 끌려갔다고 한다. 그러나 이 위안부가 수천 명이나 된다는 기록도 있다. 또 최근에는 그 생존자들 몇 사람의 증언을 담은 책이 나오기도 했다고 한다.

그러니, 이 일본 문제는 단순히 한중일 삼국의 문제가 아니라는 것을 확신할 수 있다. 일본이 자신의 과오를 승인하고 이를 성찰하려 하지 않는 한 진정한 문명국의 위상을 확보하지 못할 것이라고 생각할 수 있다. 집단 자위권이라는 미국, 한국, 일본 삼각동맹의 필요성에 기대어 과거를 부정, 부인하려 드는 것은 큰 나라로 가는 길을 스스로 막는 우행이라 하지 않을 수 없다.

카인

구원을 비는 마음

황순원의 장편소설 『일월』에 관한 논문을 준비하고 있다는 이야기로부터 시작해 본다. 이 소설은 1962년부터 1964년에 걸쳐 잡지에 단속적으로 연재되어 오랜 시간을 들여서야 결말을 본 작품이다.

황순원은 작품에 공을 들이는 작가로 잘 알려져 있지만 이 소설을 쓰면서는 특히 취재에 신경을 쓴 것으로 보인다. 작중에는 도수장에서 소를 잡는 광경이 묘사되어 있는데, 이를 위해 작가는 아마도 도수장을 여러 번 찾아가 실제 장면을 포착하기에 애썼을 것이다. 그 때문인지 이 장면은 소설 안에서 세부적 리얼리티가 가장 실감나게 살아 있다고 할수 있다.

이 『일월』은 어느 날 자신이 백정의 후예인 것을 알게 된 젊은이의 이야기다. 대학원에서 건축을 전공하는 미래 양양한 청년이 어느 날 자신의 집안 내력을 알게 된다. 그러자 그는 자기 자신이 어떤 사람인지 고민하게 된다. 어제까지의 자신과 오늘의 자신이 다르게 느껴지고 어떤 기준과 감각으로 세상을 살아가야 하는지 고민하게 된다.

이 소설을, 나는 일종의 전후소설로 읽고자 하는데, 왜냐하면 작가는 어쩌면 의식적으로 모든 낡은 계급, 계층과 사회구조가 해체되고 재구성되는 것으로서 한국전쟁을 읽어내려 했을 것이기 때문이다.

그런데 이러한 『일월』의 분석에는 꼭 필요한 논의가 하나 있는 것으로 믿어진다. 그것은 일본 작가 시마자키 도손이 1906년에 자비 출판하여 문단의 큰 반향을 얻어냈다는 『파계』라는 소설이다. 이 역시 백정 부락 출신의 24세 청년, 소학교 교사인 우시마쓰의 내면 풍경을 그린 작품으로 황순원은 아마도 이 소설을 다분히 의식했을 것이다.

소설 『파계』의 시대적 배경은 메이지 유신이 있고 나서 얼마쯤 지난 때, 백정 계급은 유신에 의해 신평민의 지위를 획득했지만 사람들의 차별의식은 여전히 강력하게 남아 있는 상황이다. 일본의 '부라쿠' 문제는 한국의 백정 계급 문제와는 비교할 수 없을 정도로 뿌리가 깊다고 하는데, 그 실체를 이 소설을 통해 확인할 수 있다.

우시마쓰는, 절대로 출신 계급을 발설하지 말라는 아버지의 당부를 가슴에 새기며 새로운 사회에 적응, 입신출세하고자 하는 꿈을 간직해 왔다. 그러나 그를 둘러싼 상황은 점점 심상치 않게 돌아가 그는 마침내 부친의 계율을 어기고 자신이 백정의 자식임을 고백, 자백하지 않을 수 없는 사태에 직면한다.

황순원의 『일월』의 주인공 인철을 방불케 하는 청년 우시마쓰의 고독과 우울은 이 작품이 왜 작가를 일약 문제 작가로 만들어 주었는지 알 수 있게 한다. 산중 세계의 폐쇄성과 더구나 겨울을 중심으로 한 소설의 이야기 전개는 마침내 아버지의 계율을 깨뜨릴 수밖에 없는 청년의 고뇌를 일층 심각한 것으로 의식하게 한다.

두 소설의 이야기는 여기까지다. 요점은 『일월』과 『파계』로 이어지는 독서의 시간 내내 이 소설들의 주인공의 절망과 우울이 마치 나 자신의 것이라도 되는 것 같은 괴로움을 맛보지 않을 수 없었다는 것이다. 마침 겨울이 미처 다 끝나지 않은 춘한 때문인지 지난 금요일 헌법재판소에서 탄핵 인용이라는 판결이 내려질 때까지, 그리고 그 인용이 사회 구성원들을 새로운 시대로 밀어 넣어준 이후에도 이 괴로움은 가셔지지 않았으니, 그것은 마치 나 자신이 괴롭게 고백하지 않으면 안 될 죄를 짊어진 것 같은 이상한 죄책감이라고 할 수 있었다.

왜일까. 무엇이 나로 하여금 마치 목구멍까지 손가락을 밀어 넣고 무엇이라도 토해 놓지 않고는 견딜 수 없는 헛구역질의 시간을 강요하는 것일까.

이 몇 년 사이, 우리들에게는 실로 기막힌 일들이 많았다. 삼백 명 넘는 아이들, 어른들이 가라앉는 배속에 갇힌 채 생명을 잃어야 했던 끔찍한 기억을 어떻게 쉽게 지워버릴 수 있을까. 민주적이라는 사회에서 쉽사리 있을 수 없는 온갖 종류의 비정상을 싫도록 맛보아야 했고 심지어는 강요당하기도 했다. 감시와 낙인 같은 음험, 음침을 떨쳐버린다는 것은 결코 쉬운 일은 아니었다.

모든 것이 순리대로 돌아간 것 같다. 그러나 우리에게 드리워진 인철과 우시마쓰의 고통, 우울, 고독은 아직 그대로 있는 것 같다. 그리하여 우리는 마치 구원이라도 빌고 싶은 죄의 자식 같은 심정으로 새로운 날을 어둡게 맞이하고 있는 것이다.

구원을 비는 마음

신동엽을 읽는 봄

황사라는 말이 미세먼지로 바뀐 지 얼마나 되었나. 오늘은 실로 오랜만에 깨끗한 공기를 맛보는 날이다. 봄꽃들 피었으나 다시 춥고 어둡고 비까지 내려, 봄은 왔으되 봄 같지 않다.

과연 깨끗한 눈으로 세상을 본다는 건 얼마나 어려운 일이던가. 한갓 큰 것 같지만 작은 정치에 눈이 흐려져 옳은 것, 근본적인 것을 보지 못하던 일이 그 얼마나 많던가.

큰 배를 타고 수학여행 가던 학생들이 기가 막힌 일들을 겪고 수중 원혼이 되고 이로부터 수 년 내내 이어진 항의가 모여 새로운 정부가 세워졌건만 그로부터 벌어진 일들 맑기만 했던가.

마흔 살 나이로 세상을 떠난 신동엽 시인의 시전집을 펼쳐들고 서사시 『금강』의 페이지를 열었다. 『금강』은 아주 긴 시, 그중에서도 나는 다른 사람들처럼 제9장을 사랑한다. 그는 외쳤다.

누가 하늘을 보았다 하는가,
누가 구름 한 송이 없이 맑은
하늘을 보았다 하는가.

네가 본 건, 먹구름
그걸 하늘로 알고
일생을 살아갔다.

닦아라, 사람들아.
네 마음속의 구름.

아침저녁
네 마음속, 구름을 닦고
티 없이 맑은 영원의 하늘을
볼 수 있는 사람은,

외경畏敬을
알리라.

외경, 참으로 어려운 말이다. 공경하면서 두려워함을 이름이다. 그러나, 무엇을 공경하며 두려워한다는 말일까.『금강』은 동학의 이야기다. 제4장에 수운 최제우의 역사가 나온다. 그는 집에 있는 '노비 두 사람을 해방시켜 하나는 며느리로, 하나는 양딸로 삼았다. 가지고 있던 금싸라기 땅 열두 마지기를 땅 없는 농민들에게 무상으로 나누었다.' 무상 소리만 나오면 자라 보고 놀란 가슴들 솥뚜껑도 보고 놀라는 우리.

'바다의 달' 최시형은 관헌의 추적을 피해 전국 방방곡곡 가지 않은 곳이 없다. 어느 여름 동학교도 서 노인의 집에서 저녁상을 받을 때 바깥에서 베 짜는 소리가 들려왔다. 해월이 무슨 소리냐고 묻자 며느리가 베를 짜고 있노라고 대답한다. 이에 해월이 이렇게 말한다. "서 선생, 며느리가 아닙니다. 그분이 바로 한울님이십니다. 어서 모셔다가 이 밥상에서 우리 함께 다순 저녁 들도록 하세요." 하룻밤을 자고 나오는데 그 집 막내아들이 따라 나오며 우는 것을, 서 노인이 쫓아버리려 한다. "이 어린 분도 한울님이세요. 소중히 받드세요."

혁명이란 무엇이냐, 신동엽 시인이 생각하기에 그것은 모두가 평등하게, 아니 한울님처럼 되는 것이었다. 그것은 그러면 경제적 평등이냐, 하면 그렇지 않다. 옛날부터 천도교, 곧 동학에 이르기를, 이 우주의 삼라만상, 산천초목, 짐승과 사람은 모두들, 남자나 여자나 어른이나 아이나 양반이나 상민이나 돈 가진 사람이나 못 가진 사람이나 큰 하나인 한울로부터 나온 것이니 같다. 평등하다. 높고 낮음 없다.

사람들은 평등을 말하면 경제적 평등을 가리키는 것으로만 알고 대경실색들을 한다. 부자도 얼마나 한없이 불쌍하며 가난한 사람도 그 얼마나 깨끗하게 행복한가. 그러나 먹구름을 하늘로 알고 살아오는 우리는 진짜 하늘을 보지 못한다.

　'누가 하늘을 보았다 하는가, 누가 구름 한 송이 없이 맑은 하늘을 보았다 하는가.'

　과연 우리는 하늘을 보았는가. 나는 하늘을 보았는가. 구름 한 점 없이 깨끗한 하늘을, 영원의 하늘을 본 사람은 외경을 알런만.

　우리는 아무것도 모른 채 각자 자신이 하는 일이 옳은 일이니, 바른 주장이려니, 행동이려니, 한다.

　외경이란 참으로 어려운 말이다. 공경할 것을 공경할 줄 알고 두려워해야 할 것을 두려워 할 줄 아는, 그런 사람 되기는 참말 어려운 말이다.

　우리들 하늘에는 지금 얼마나 두꺼운 구름이 몇 겹씩 끼어 눈부신 햇살을 가로막고 있는가. 그래도 저마다 하늘을 보았노라고 한다. 심지어는 스스로가 하늘이라고도 한다. 아무도 두려움을, 공경을 알지 못한다.

박완서가 겪은 전쟁

박완서 선생이 세상을 떠난 지 벌써 3년이나 흘렀다. 세월은 무심하다. 사람은 가고 나는 그가 남겨놓은 글을 읽으며 그에 관해 생각한다. 그가 세상을 본 것을 보고 나도 세상을 어떻게 봐야 할 지 생각한다.

등단작인 장편소설 『나목』을 읽고, 또 『그 많던 싱아는 누가 다 먹었을까』와 『그 산이 정말 거기 있었을까』 연작을 읽고 그가 겪은 전쟁에 대해 생각했다.

『그 산이 정말 거기 있었을까』에 관해서 김병익은 이 작품이 1·4후퇴 이후의 서울에 관한 흔치 않는 기록임을 밝게 지적했다.

그랬다. 박완서는 6·25전쟁 발발 이후 9·28수복까지의 국면을, 그리고 1·4후퇴 이후 휴전이 성립하기의 과정을, 단지 정치 이념적 차원에서가 아니라 생체험의 차원에서 소상히 기록해 놓은 흔치 않은 작가였다.

그의 소설들을 읽다 보면 전쟁이 사람들에게 미치는 파괴적 영향을 사람살이의 저층에서부터 아주 실감나게 맛볼 수 있다. 아마도 그가 그 시기를 문학인으로서도, 정치인으로서도 살아내지 않고, 오로지 하나의 '작은' 시민으로 살아냈고, 그 산 체험이 나중에 쓰게 된 그의 소설에 오롯이 담길 수 있었기 때문일 것이다.

그래서 우리는 전쟁에 대해, 이데올로기적 대립에 대해 다른 누가 가르쳐주는 것보다도 그에게서 더 많이 배울 수 있다. 세상은 그런 때 어떤 괴물의 모습을 띠게 되는지, '작은' 인간들은 그런 위기의 시대에 어떤 일들에 시달리게 되는지, 그런 격랑 속에서 살아남으려면 그들에게는 어떤 지혜가 필요한지 생각할 수 있게 한다.

그런 묘사들 가운데 이른바 도강파와 잔류파에 관한 것이 있다. 도강파란 6·25가 발발하고 서울이 함락 위기에 빠졌을 때 한강을 건너 이남으로 도피해간 사람들을 가리키는 말이다. 잔류파란 그러니까 그 반대쪽, 서울에 남아 있다 수복을 맞은 사람들을 가리키게 된다.

서울 수복이 되자, 소설을 보면, 잔류파들은 죄인 아닌 죄인이 되게 된다. 아와 비아를 나누는 경계선이 마치 폭파된 한강교의 이쪽과 저쪽 사이에 있었던 것처럼, 도강파들은 잔류파를 '포로' 다루듯이 다루었다. 약간 과장을 더한다면 말이다.

그러나 그것은 과장만도 아닌 것이, 그때는 어느 편에 섰느냐가 삶과 죽음을 가르는 구분선이 되는 때였다. 죽음은 어디서나 볼 수 있는 흔한 것이었고, 아주 우연히도, 전혀 예기치 못한 사태가 발단이 되어 사람들은 어떤 나락에 굴러 떨어지곤 했다.

사람들이 잠자고 있는 캄캄한 방안에 전짓불 하나가 불쑥 비쳐들면서 너는 어느 편이냐고 묻는, 그래서 대답 여하에 따라서는 살 수도, 죽을 수도 있는 상황이 펼쳐졌던 것, 그 것이 이른바 적 치하 100일이요, 수복 후의 서울이요, 1·4후퇴와 밀고 밀리는 공방전 속에서 '작은' 시민들이 처한 현실이었다.

여기서 이야기를 잠시 비약시켜 보자. 이것은 하나의 상상일 뿐이지만 한반도의 통일 또는 통합 과정은 이미 시작되었다고 보아야 할 것이다. 북한 체제가 이 상태로 얼마나 버틸 수 있느냐가 관건이겠지만, 이 시간이 길든 짧든 북한 체제는 지금 해체 일로에 접어든 것이라 해도 좋다. 국민을 먹여 살리지 못하고 억압하기만 하는 '산채' 정권의 말로는 명약관화하기 때문이고, 그 남루함과 교활함이 극에 달했기 때문에 끝이 가까워졌다.

이는 또 현재 가능한 통일 또는 통합의 방식에 대한 생각을 조금 더 구체적으로 더듬어보게 한다. 남과 북이 각기 하나의 책임 주체가 되는 방식은 이제 현실적인 대안으로서는 기능하기 어려워졌다. 앞으로 전개될 상황은 대한민국이 주도하고 북쪽이 따르거나 또는 그쪽 스스로 와해되는 쪽으로 귀결되기 쉽다. 한몫을 제대로 감당하기에는 북쪽 체제는 너무 낡고 병들었다.

그렇다면, 지난 분단의 역사를 체제경쟁이라고 보면, 한쪽은 승리를 구가하게 될 것이고, 다른 한쪽은 비참한 몰락에 처하게 될 것이다.

문제는 다시 '작은' 시민들이다. 그들이 갑자기 전짓불을 쏘이게 되는 일이 이때는 벌어지지 않을까? 또 문제는 '작은' 지식인들의 것이 될 수도 있다. 승리를 자부하는 힘들이 전짓불을 들이밀고 너는 누구의 편이었느냐고 대답을 강요하는 것, 나는 앞으로 새롭게 펼쳐질 희망의 연대가 이런 '야만'에 의해 지배될 수도 있을지 모른다고 생각한다. 그리고 이러한 '야만'을 야만이라 명명하는 것 자체가 죄라고 재차 이름 붙이는 일이 벌어질 수도 있다고 생각한다.

이를 미연에 방지하고, 다가오는 남북통합, 통일의 시대가 진정한 공동체로 나아가기 위해서는 좌우의 양극단에 서지 않는 이들, 진보냐 보수냐 하는 이름을 붙이고 떼는 대신에 실질적인 지혜를 찾는 이들의 힘이 더 강해져야 한다고 생각한다. 그리고 이들이 우리 사회에 조정력을 행사해야 한다.

지금 무슨 얘기를 하고 있느냐고 말할 분도 있을지 모르겠다. 별 얘기가 아니다. 다만, 살아 있는 동안 힘을 다해 소설을 썼던 한 작가의 혜안을 빌려 앞날을 잠시 들여다보았을 뿐이다. 이것이 지금의 현실이기도 하니까 말이다.

박완서가 겪은 전쟁

김윤식의 『한국근대문예비평사연구』

　며칠 전 가끔 들르는 헌책방에서 문득 김윤식 선생의 월
평집을 만났다. 헌책을 사는 재미는 역시 운 좋게 초판본 책
을 만나는 것. 1985년경에 펴낸 월평집이니 평생 월평을 쓰
신 이분으로서도 매우 초창기 월평들을 모아놓은 것일 테니
값어치가 크다. 예전에 충북대학교 김승환 선생님 연구실에
갔더니 김윤식 선생의 연구 저서들이 책장 하나에 가지런히
모여 있는 것을 보았는데, 이분은 선생의 대학원 제자였던
것이다. 나는 선생의 책이 많지 않은 것은 아니로되 여기저
기 흩어져 있어 얼마나 갖고 있는지 알 수 없다. 사람들 말
에 따르면 200여 권을 쓰셨다 하는데, 찾아보면 한 오십 권
쯤 갖고 있지 않을까. 그중 내가 아끼는 그분 책은 『한국근
대문예비평사연구』의 가장 초창기 버전이다. 그 다음에는
일지사로 옮겨 계속해서 재판을 펴냈고 국문학도들의 필독
서가 되었다. 워낙 많이 팔린 책이고 고전이지만 헌책방에

서 우연히 만난 초판본『한국근대문예비평사연구』는 일지사가 아닌, 한얼문고인가 했다. 이 책만은 몇 권 다른 고전들과 함께 내 책장 어딘가에 잘 꽂혀 있다.

지난 10월 25일 저녁에 선생은 82세를 일기로 세상을 떠나셨다. 경상남도 진영에서 1936년에 태어나 마산상고를 졸업하고 서울대학교 사범대 국어과에 입학, 대학원은 인문대학에서 공부했고 1968년에 같은 대학 교양과 교수가 되고 1975년부터는 국문과 교수가 되셨다. 나는 1984년에 국문과에 입학했는데, 전두환 군사독재 체제라서 몹시도 뒤숭숭하고 시끄럽던 그 시절 지방학생이 처음 겪는 서울대 풍경은 을씨년스럽기 그지없었다. 전경들은 교문 밖으로 물러났다 하지만 정보계 형사들이 여전히 드나든다는 소문이 돌았고 인문대학 가까운 어느 건물은 그보다 더한 기관 사람들이 상주한다는 말도 돌았다. 확인되지 않았으니 알 수 없지만 그때는 떠도는 소문이 무서운 시절이었다. 예나 지금이나 학생들은 어떻게 소문이 났는지 모르는 강의를 따라 듣게 마련인데, 선생의 강의를 들어야 한다는 말이 꽤나 높았다. 그때도 지금도 나는 공부에 서툰 사람이지만, 그렇게 해서 접한 선생의 강의는 원색의 경상도 사투리에 낯선 용어들로 인해 적응하기 무척 어려웠던 것으로 기억된다. 르네 웰렉과 오스틴 워렌의 고전적인『문학의 이론』에서 말하는 문학이며 문학학이라는 것은 그런대로 무슨 얘기인지 알 수 있었지만, 헤겔이라든가 마르크스 얘기는 당시 학생들 유행

김윤식의『한국근대문예비평사연구』

이 그런 책을 다투어 읽는 판이라 지적 허영심에 들뜬 학생의 귀에는 어딘지 모르게 불편하게 느껴지는 면이 없지 않았다. 더구나 나는 그때 출석을 잘 못하는 학생이기도 했다. 새로 들어간 대학교라는 곳은 도대체 어디에 나를 처분해야 할 지 모르는 이상한 자유의 공간이었다. 어디나 오리엔테이션이 필요하지만 대학 들어가는 학생들에게는 가서 무엇을 어떻게 얻어야 하는가에 대한 상세한 소개가 정말 필수적이라고나 할까. 나는 오리엔테이션이 제대로 안 된 학생이었고 강의실보다는 기숙사와 도서관, 잔디밭에 앉아 있는 학생이었다.

그로부터 몇 년 후 나는 다른 동기들보다 한두 해 늦게 대학원에 진학했다. 1990년이니, 바야흐로 세상이 격심하게 뒤바뀌던 때다. 1987년에는 '6월항쟁'이 있었고, 1988년에는 서울 올림픽이 있었으며, 1989년 겨울에는 독일의 베를린 장벽이 무너져 내렸다. 세상은 숨 가쁘게 변해가고 있었다. 1985년 11월 17일 민정당 연수원 농성에 합류했다 구속, 기소유예 처분을 받고, 1986년을 숨죽여 지내다 1987년 초겨울부터 과대표를 하면서 6월 항쟁을 맞이한 나였다. 1987년 8, 9월부터 다른 급진적 학생들의 유행을 따라 무슨 조직 같은 데를 연거푸 서너 군데를 옮겨 다니던 나는 1989년 2월에야 '정신을 차리고' 국문학 공부를 시작했다.

첫 관문은 대학원 시험, 수험생들은 몇몇 그룹을 지어 시험공부를 시작했으니, 지금이나 그때나 시험 과목은 전공,

영어, 제2외국어 셋이다. 영어나 제2외국어는 각자 하는 것이요, 전공 공부는 함께 스터디를 하는데, 가장 먼저 읽어내야 하는 것이 바로 선생의 『한국근대문예비평사연구』라는 것이었다. 일지사 판 『한국근대문예비평사연구』는 두께도 두께지만 1970년대식 책으로 국한문 혼용, 그것도 한주국종체에 가까운 한자들이 들어차 당시 내 한문 실력으로는 적응하기가 무척이나 어려웠다.

형식도 형식이지만 사실 이 책은 일제시대 한국문학에 대한 방대한 지식 창고와 같아서, 비평사 연구이기는 하되 한국문학의 전개 양상을 상세히 알아볼 수 있는 온갖 논쟁들, 논의들을 그 전개 순서에 따라 중요 평론들의 요점을 깨알같이 적어놓은 것이었다. 학부 때 공부가 부족했던 사람으로는 진도 나가는 게 결코 쉽지 않고, 더구나 비평이라는 것은 대개 창작물에 대한 논의를 겸하게 마련이며, 당대의 문학 논의 수준은 지금으로서도 감당하기 어려운 깊이가 있었던 때다. 지식은 날로 급전, 급진하고 있는 것처럼 보이지만 사실은 버전을 달리하며 변해가기만 할 뿐 사상의 깊은 줄기는 옛것을 극복한 것을 찾기 어렵다 생각한다. 일제시대는 그 시대대로 정심한 논의를 전개하고 있었고 그것은 지금과 같은 인문학 외면 시대에는 찾아보기 어려운 장려함, 태도의 깊이가 있다. 『한국근대문예비평사연구』는 그러한 시대의 아우라를 한 권 책에 빼곡히 집적해 놓은 것이었다.

그로부터 오랜 세월을 나는 『한국근대문예비평사연구』와

함께 지내왔다. 뭔가 새로 정리하거나 확인할 내용이 있을 때는 매번 이 책으로 돌아와 그 논의가 어떻게 되었던 거지? 하고 사실 관계를 들여다 보곤 했고, 그때마다 도대체 복사기도 없던 시절에 어떻게 이렇게 많은 자료를 찾아 읽고 정리할 수 있었는지 감탄에 감탄을 거듭해야 했다. 이 책 하나로 선생은 확실히 괴물은 괴물이라고 해야 했다고나 할까. 그렇게 많은 배움의 빚을 졌으니 선생에 대한 감사의 마음은 어느 때까지든 놓지 말아야 한다고 생각하고 있다.

이 책은 한국에서 근대비평이란 무엇이냐 하는 질문에서부터 시작한다고 할 수 있다. 한국문학이 근대에 접어들었다는 것을 확실히 알 수 있게 해주는 영역이 바로 비평 쪽이고, 이 비평이 근대를 어떻게 인식하고 있느냐 하는 것이 이 책이 해명하고자 한 주요 과제라고도 할 수 있으니, 이 책을 쓸 때부터 별세하실 때까지 선생은 근대라는 어휘에 정신을 내준, 최인훈 식으로 말하면 근대의 주박에 걸린 사람이었다고 할 수 있다. 이 책은 대담하게 카프비평에서부터 논의를 시작하는데, 그것은 바로 이 마르크시즘 비평이야말로 근대라는 시대를 확실히 의식하고 상대하고자 한 비평 조류라는 것 때문이며, 따라서 한국문학의 근대성을 확인할 수 있는 필요충분의 문학현상이기 때문일 것이다. 이와 같은 담론적 논리를 그러나 나는 지금 다소 불편하게 생각하는데, 그 하나는 한국에서 이 근대라는 현상은 과연 1910년대나 1920년대에 이르러서나 확연해진 것이어야 하는 이른바

'기점'을 둘러싼 이 책의 견해 때문이고, 다른 하나는 이 책이 젊은 시절 선생의 사상적 편력을 보여주듯 마르크시즘 비평을 중심으로 당대를 들여다보는 시각을 취하고 있다는 점 때문이다.

1860년에 최제우(1824~1864)가 동학을 창건하고 여러 편의 가사를 지었는데, 새로운 세계에 대한 인식을 담은 것이었고, 이를 전후로 세상은 격심한 변화의 시대를 맞이하고 있었다. 임진왜란 중이던 1593년 12월 27일에 벌써 스페인 사람 세스뻬데스 신부가 경남 진해 웅천 사도마을에 당도해서 천주교 전파를 위한 활동을 벌였다는 것이 최근에 밝혀졌지만, 정조 때인 1784년 이승훈(1756~1801)이 북경에서 세례를 받고 돌아왔고 김대건(1821~1846)이 중국 상하이에서 사제 서품을 받고 조선에 돌아와 순교하기도 했다. 신해박해(1791), 신유박해(1801), 기해박해(1839), 병인박해(1866)가 이어지는 사이에 정약용(1762~1836)과 그의 형제들도 천주교를 믿어 순교하거나 오랫동안 유배를 가기도 했다. 임진왜란 때부터 서양은 직간접적으로 조선인들에게 의해 인식되기 시작했고, 뿐만 아니라 그 내부로부터 왕조체제에 대한 의문이 확산되면서 세상은 다른 세계를 향해 나아가고 있었으니, 임화도 자신의 「개설 조선 신문학사」(인문평론, 1940.11~1941.4)에서 이 '개방화'의 과정을 상당히 길게 서술해 놓았고, 근대라는 이 서구식 역사 개념을 그 편의를 보아 적극 수용한다 하면 앞에서 언급한 종교적 맥락에서만 봐도 그 변화의 시기는 아주 오래전으로 거슬러 올라가야 하는 것이 아닐까? 이러한 과정에서 쓰인 여러 문명비평적 논의 대신 카프 비평을 명실상부한 근대비평이라 '치환'함으로써 얻어지는 인식상의 손실은 적지만은 않다고도 할 수 있지 않을까.

사실, 논쟁 중심으로 문예비평사를 서술한 점 역시 비평의 본의를 '본의 아니게' 오해하도록 하는 점도 없지 않다. 비평이란 무엇이냐 할 때 그것은 논쟁으로 환원되어서는 안 되고, 무엇보다 대상에 대한 탐구로서, 이해를 위한 시도로서, '그것'을 둘러싼 사유의 전개로서 재정립되어야 할 필요가 특히 한국문학에는 있다. 일제시대 비평사를 보면, 신문이나 잡지 비평이 문제를 제기하고 논점을 날카롭게 하고 나면 그 결과의 하나로 신문비평, 잡지비평을 넘어서는 탐구물이 나타남을 알 수 있고, 이런 작업들이 다시 새로운 비평사를 형성하고 있음을 볼 수 있으나, 이 부분의 연구는 지금 걸음마 단계에나 와 있을 뿐이다. 『한국근대문예비평사연구』에 가득한 신문비평, 잡지비평이 그 이후 비평적 논의의 대부분을 차지해 버렸기 때문이다.

선생의 이 책을 거듭해서 읽다 보면 처음에는 보이지 않던 것이 보이고, 처음에 공부할 때는 중요하게 보이지 않던 대목이 다시 새로운 중요성을 부여받으며 부각된다는 사실을 여러 번 실감하게 된다. 이것은 이 책처럼 고전의 반열에 오른 작품들이 가진 진정한 가치의 하나일 것이라 생각한다. 그리고 나는 이 자리에서 몇 가지 이의를 말했지만, 이 책『한국근대문예비평사연구』처럼 훌륭한 저작은 세월이 흘러도, 또 어떤 사람이 문제를 제기한다 해도 영원히, 또 근본적으로 부정되는 법이 없다. 옛날에 막스 베버는 학문은 예술과 달리 극복되는 것이 운명이라 했지만, 어떤 책은, 고전인 이상에는 극복이라는 것을 알지 못한다. 다만 망각과 문제 설정의 변화가 극복이라는 환상을 불러일으킬 뿐.

선생은 가셨고, 이제 나는 후학으로서 이 세계에 남겨졌다. 허전하고 쓸쓸한 이 감정을 안고 나는 또 무엇이라도 할 수 있는지 생각해야 한다.

이상과 반 고흐

이상은 27세에 세상을 떠났다. 반 고흐는 37세에 세상을 떠났다. 이상은 폐결핵으로 죽었지만, 자신의 병을 방치하듯 살아 죽음을 불러들였고, 고흐는 자신의 귀를 자르는 기행 끝에 정신병원에서 스스로 목숨을 끊었다. 두 사람 모두 인생을 오래 누리지 못했다. 그들은 재능 있는 사람답게 일찍 세상을 떠나야 할 운명을 타고 태어났다.

이상은 처음에는 그림을 그리려고 했다. 그러다 문학으로 길을 돌렸다. 큰아버지 김연필은 총독부 기술관리였고 본명이 김해경인 이상이 경성고등공업학교에 들어간 것도 그런 큰아버지의 뜻에 따른 것이었다. 이상은 학교를 우수한 성적으로 졸업하고 조선총독부 기사로 들어가지만 큰아버지가 세상을 떠나자 '공무원' 직을 버리고 본격적인 문학의 길로 나서게 된다.

고흐는 처음에는 자신의 집안 사업이기도 했던 그림 판매상의 점원으로 일했지만 곧 목사가 되기로 결심하고 신학 공부를 하고 목회자의 길을 걷고자 한다. 고흐의 부친이 바로 목사였다. 하지만 그 길은 생각했던 것과 달리 자신의 성격에 맞지 않았다. 고통과 번민 속에서 그는 마침내 마음속에 키워오던 화가의 길로 나아가고자 한다.

이상은 식민지 시대에 태어나 식민지 체제의 한복판에서 인생을 마친 사람이었다. 그는 그럼에도 가장 현대적인 문학의 길을 개척하고자 했다. 보들레르, 니체, 도스토옙스키 같은 19세기 거장들의 문학과 철학이 그들에게는 하나의 현실 자체였다. 자신을 둘러싼 19세기의 문학적 현실을 딛고 그는 20세기의 현대성이란 무엇이며 이를 문학적으로 상대한다는 것은 무엇인지 생각에 생각을 거듭하며 고심했다. 그는 당나라 시인 이백부터 일본의 아쿠타가와까지 많은 작가를 섭렵했다. 그들을 알되 그들을 넘어서야 한다는 강렬한 자의식이 그의 소설들에 점철되어 있다. 그는 말년에 문제작 「날개」를 발표하고는 일본 도쿄로 건너갔다. 거기서 자신이 구상해온 작품들을 완성시켜 나갔다. 「종생기」, 「실화」, 「권태」 같은 명작들이 그때 피어났다.

고흐는 네덜란드의 프로트 즌델트라는 이름 없는 곳에서 출생했고 그림을 그리고자 결심하면서 처음에는 어두운 색조의 그림들을 그렸고 〈감자 먹는 사람들〉 같은 명작을 그렸다. 그러나 그는 이에 만족하지 않고 인상파 거장들의 도시, 프랑스 파리로 나아갔다. 그의 그림들 중에는 쇠라의 점

묘화를 방불케 하는 것도, 마네나 르누아르 같은 것도 있다. 그는 네덜란드 때부터 자신이 좋아하는 그림과 화가들에 심취했고, 모방을 두려워하지 않았다. 그러나 그것은 새로운 창조를 기약한 것이었다. 프랑스에서 그는 툴루즈 로트렉의 살롱에 출입하며 많은 화가들을 만나 교유를 나눴다. 하지만 그들은 먼 시골에서 온, 파리의 세련된 매너와는 거리가 먼 촌뜨기 화가의 재능을 쉽사리 인정하지 않았다. 그는 아를르라는 곳으로 물러났지만 그곳에서 그 자신만의 독특한 화풍을 수립했다. 〈해바라기〉 같은 불후의 명작이 이때 출현했다.

이상은 살아 있는 동안 세인들의 오해와 악평에 시달렸다. 경제적 궁핍은 그의 병세를 악화시켰고 죽음이 어른거리는 무대에서 그는 최후까지 자신의 길을 버리려 하지 않았다. 그의 문학을 알아준 이는 박태원이나 김기림밖에 없었다. 바로 그 이상처럼 살아서 자기 그림을 몇 점도 팔지 못한 사람이 고흐였음은 잘 알려져 있다. 그는 자신의 경제를 동생 테오에게 내맡겨야 했다. 그가 보내주는 용돈으로 생활을 겨우 충당한 끝에 그는 삶을 이르게 마감했다.

이상과 고흐, 그들은 모두 문화의 변방에서 태어났으되, 가장 현대적이고 그럼으로써 보편적인 예술을 성취한 사람들이었다. 그들의 시대는 예술혼을 가진 이들로 풍성했지만 그들을 위해서는 불행한 시대였다. 하지만 그들은 자신의 길을 포기하지 않았고, 그때 경제적 궁핍과 질병, 죽음은 그렇게 두려워 할 것이 못되었다.

요즈음 나는 이상과 고흐, 이 두 사람의 불행했던 삶과 그들이 남긴 '불멸의' 명작들을 생각한다. 그리고 그들이 걸어간 길, 외줄기 길을 생각한다. 문학과 회화를 자기가 걸어가야 할 길이라 믿고 나서 그들은 다른 길을 생각하지 않았다. 그들의 이러한 삶과 예술에는 숭고함이 깃들어 있다. 그들은 보통 사람보다 높고 또 비범했다.

오늘날 우리를 둘러싼 환경은 결코 좋지 않다. 예술을 위해서도, 학문을 위해서도 세상은 좋은 여건을 만들어 주지 않는다. 더구나 이 시대는 영혼이 풍부한 이들이 이상과 고흐의 시대보다 적다. 하지만 바로 이것이 우리들이 만들어 가는 길의 진정성을 시험대 위에 올려놓고 있음이다.

오늘, 그래서 이 두 사람을 생각하는 것이 좋다. 그들이 바로 '나'의 현실의 일부이기 때문이다. 세상은 어려울 때 어떤 이의 정성을 더욱 돋보이게 한다.

루쉰, 『아큐정전』

　얼마 전에 베이징과 상하이에 있는 루쉰의 기념관들을 방문한 적이 있다. 십여 년 전에 그의 소설전집을 다 읽기는 했지만 새로운 감상을 얻게 된 계기였다. 기념관에 전시되어 있던 내용에 따르면 그는 청나라에서 높은 벼슬을 한 명문가에서 태어났다. 중국적 전통을 깊이 흡수할 수 있는 배경을 가지고 있었다는 것이다. 어렸을 때부터 『산해경』같은 '그림책'을 좋아했고, 나중에는 케테 콜비츠의 그림에 매료되기도 했다. 그는 숱한 문학 관련 책과 잡지를 내면서, 스스로 제자를 하고 도안도 했으니, 단순한 문학인 이상이었다고 할 수 있다. 그에 있어 소설은 많은 문필행위의 일부에 지나지 않았다. 그는 소설가 이전에 총체적 문필가였고, 그것을 가능케 한 근대적 사유인이었다.

　기념관에서 보았던 그의 마지막 사진이 인상 깊다. 상하이에서였을 것이고, 그의 임종 사진이었다. 그는 아주 마른

얼굴의 병인이 되어 막 숨을 거둔 상태였다. 육십 세도 안 된 많지 않은 나이에, 숱한 일을 하다 말고, 그렇게 세상을 떠난 그의 모습은 몹시 숭고해 보였다. 그 앞에서 인생이란 무엇일까, 무엇 때문에, 무엇을 위해, 무엇을 하며 살아야 하는가를 생각하지 않을 수 없었다.

십 년 전에 나는 루쉰과 소세키를 비교한 저술을 하나 접했었다. 두 사람 문학의 상위점을 각 나라가 처한 상황에 대한 인식의 차이로부터 설명하고 있는 책이었다. 그에 따르면 소세키는 서구를 수용하고 모방하는 데 급급했던 당대 일본문학인, 지식인들의 체질에 대한 거리두기로서 일본적 전통을 의식하는 글쓰기로 나아갔다. 반면, 루쉰은 근대적으로 뒤떨어졌음에도 완고한 자기중심성을 버리지 못하고 있는 중국적 상황을 깨뜨리기 위해 강렬한 자기부정 의식에 기반한 문학으로 나아갔다.

탁견은 탁견이다. 오늘 다시 루쉰의 『아큐정전』을 가지고 이 문제를 조금 더 구체적으로 생각해 보게 된다.

무엇보다, 루쉰은 중국적인 전통을 강렬히 의식하면서도 그 태내로부터 '완전히' 새로운 소설 양식을 끌어낸 혁명적 실험의식의 소유자였다. 그가 아큐 이야기를 정전으로 부르고자 하면서 열거하는 전기의 종류들, 열전, 자전, 내전, 외전, 별전, 가전, 소전 등과 그 예거들은 그가 자국의 문학적 전통을 깊이 이해하고 있었으며, 낡은 것, 오래된 것 속에서 새로운 것을 창조하고자 했음을 깊이 깨닫게 한다.

루쉰, 『아큐정전』

한편으로, 그는 독특한 유형의 계몽가였다. 일본의 소세키에 있어 계몽은 부차적 효과일지언정 소설적 목표는 아니었다. 루쉰은 계몽적 소설임에 틀림없으나 속류적 계몽과는 거리가 있어, 계몽되어야 할 자에 대한 근원적 연민을 품고 있었으며, 바로 그 때문에 작중 아큐의 운명에 대해서도 냉정한 거리를 둔 것처럼 가장할 수 있었다.

『아큐정전』은 과연 무엇에 관한 소설이었을까? 작중에 "하지만 우리의 아큐는 결코 나약한 인간이 아니었다. 그는 영원히 득의만만했다. 이것은 어쩌면 중국의 정신문명이 전 세계 으뜸이라는 증거인지도 모르겠다"라는 말이 나온다. 그렇게 보면 이 소설은 이른바 중국인의 '정신승리법'에 관한 알레고리로 이해될 수 있다.

그러나 나는 그가 자신이 경험한 시대적 격변, 즉 1911년 신해혁명부터 1919년 5·4운동까지의 민중의 의식 현실을 그리고자 했다고 생각한다. 그는 시대가 근저로부터 뒤흔들리고 있는데도 이를 자각하지 못한 채 혼몽한 정신으로 시대의 수동적 희생양이 될 수밖에 없었던 민중의 의식 현실을 그려낸 것이다.

어떤 계기로 이 소설을 다시 읽으며 나는 저 2005년부터 최근에 이르는 한국 현실의 전개와 그 시대에 처한 민중들의 의식 현실을 생각했다. 세상에는 참으로 아큐들이 많다. 세상의 고통은 하늘을 찌르고 땅을 요동치게 하건만 아큐는 태평하다. 정신승리법으로 현실을 얼마든지 바꿀 수 있으므로. 지옥도 천국이 되는 것이 바로 아큐식 정신승리법이다.
그러면 나는 또 생각한다.

나는 과연 어떤 아큐인가. 사태의 진상을 파악하지 못하고 혼몽 속에서 길을 찾는다는 포즈만 취하고 마는 아큐? 어찌 됐든, 나 자신도 분명 아큐일 것이다, 질문(Q)은 던져도 답은 구하지 못한.

루쉰, 『아큐정전』

이효석 같은 삶

바야흐로 가을이 찾아들었다. 자연의 순행은 신비롭다. 그렇게 무덥던 나날도 끝내는 가고 만다. 한가위 가까우면 더위는 불현듯 한풀 꺾이고 아침저녁으로 서늘한 기운이 감돌게 된다. 햇빛은 대낮인데도 석양빛처럼 녹슨다. 우리 눈빛은 이 녹슨 햇빛 사이로 먼 곳을 바라본다.

무엇을 바라보는 것인가. 우리는 왜 가을이 되면 저절로 그리운 사람들이 되는가. 그것은 향수 때문일 것이다. 무언가를 향한 짙은 그리움 때문일 것이다.

생각해 보면 우리는 지금 이곳에 살고 있지만 본래 이곳에 살던 사람이 아니다. 가늘어진 눈이 바라보는 곳은 우리가 알 수 없는 바로 그곳, 우리가 왔던 곳, 우리가 가야할 곳, 그곳일 것이라고 나는 생각해본다.

그러므로 나는 우리의 삶에 향수가 깃들어 있어야 한다고 믿는다. 향수란 그리움, 가슴 깊은 그리움이다. 그것은 근원을 향한 그리움, 우리 존재의 본질을 향한 그리움이다. 그것은 우리가 누리는 생명의 일시성을 자각하면서 우리가 떠나왔고 또 향해가는 곳을 향한 그리움이다. 삶에 대한 애착만큼이나 근원에 대한 향수 또한 끈질긴 것이어야 한다고 믿는다.

삶 속에 향수를 간직할 때 우리는 비록 우리의 삶이 육체와 물질에 얽매여 있다 할지라도 그것의 속박 안에 머무르지 않고 왕양한 마음의 자유를 누릴 수 있을 것이라 믿는다. 지금 이곳에서 우리를 얽어매고 있는 육체며 물질의 힘이 한시적임을, 근원에 대한 향수를 가진 사람은 너무나 잘 알 수 있을 것이기 때문이다.

우리의 문학사 속에서 예를 들어 보면 작가 이효석이 바로 그런 사람이었다. 그는 1907년에 태어나 1942년에 세상을 떠났으니 불과 35세의 나이로 요절한 작가다. 그런 이효석이 살아간 세상은 일제시대, 가난과 억압이 기승을 부리던 시대다.

그러나 이효석 하면 우리가 먼저 떠올리게 되는 것은 「메밀꽃 필 무렵」이나 「낙엽을 태우면서」 같은 작품이 아니던가? 그리고 그 글들이 심히 아름답고 호사스럽기 때문에 우리는 그를 우리 자신과는 거리가 먼 사람처럼 생각하기도 한다. 말하자면 그는 우리 같은 범인과 달라 현실 문제에는 오불관언인 채 한결같이 낭만적, 목가적인 삶을 영위한 사람처럼 보인다. 그 때문인지 학교의 국어선생님 가운데에는

이효석 같은 삶

그의 글을 싫어하고 그의 글이 교과서에 실린 것조차 싫어하는 분들도 계시다고 한다.

그러나 어찌 이효석이라고 그 삶이 현실에 얽매이지 않을 수 있었을까? 그에 관한 여러 기록들을 살펴보면 그는 그렇게 풍족한 삶을 살았던 사람이 아니었다. 그럼에도 그는 가을이 되면 낙엽 냄새를 맡고 물을 데워 목욕을 하고 멀리 떨어진 곳까지 원두커피를 사러 다녀오곤 했다. 평생 가난과 돈에 시달리면서도 왜 그는 길지 않았던 생애 동안 '사치스러운' 삶을 고집했던 것일까?

삶의 여유를 누리고 싶었기 때문일 것이다. 육체와 물질이 자신의 영혼마저 구속해 버리지 못하도록 자신의 삶을 가능한 한 풍요롭게 만들고 싶었기 때문일 것이다. 사실 생각해 보면 그가 누리던 마음의 사치는 큰돈을 필요로 하는 것이 아니었는데도 그가 그처럼 사치스럽게 느껴지는 것은 그가 진정 마음의 호사를 누릴 수 있는 사람이었기 때문일 것이다.

가을은 겨울로 가는 길목이다. 겨울은 다시 봄으로 돌아가 죽음 가운데 생명의 탄생을 약속한다. 그러나 가을은 풍성한 수확 속에서 생명이 소진되고 침묵으로 가는 계절이 찾아올 것을 암시한다.

한가위를 앞둔 이때는 아름답다. 봄부터 여름까지 번성해 온 생명이 그 절정을 맞이하는 때다. 그러나 동시에 이 절정에서 생명의 풍요로움과 함께 그것의 한계까지 엿보게 하는 때다. 이때 우리는 우리가 지상에서 누릴 수 있는 가장 큰 기쁨을 맛보되 이것이 결코 영원하지 않음을 깨닫는다.

이 계절은 우리에게 삶을 진짜로 누리는 방법을 찾아야 한다고 말해준다. 우리가 누리는 생명은 아름답고 소중한 것이되 영원히 누릴 수 없다. 육체와 물질의 풍요로움도 언젠가는 끝남이 있게 마련이다.

과연 나는 나 자신의 삶을, 생명을 어떻게 풍요롭게 만들어갈 것인가? 자유로운 삶을 산다는 것은 어떻게 사는 것을 말하는 것인가?

이효석 같은 삶

2부

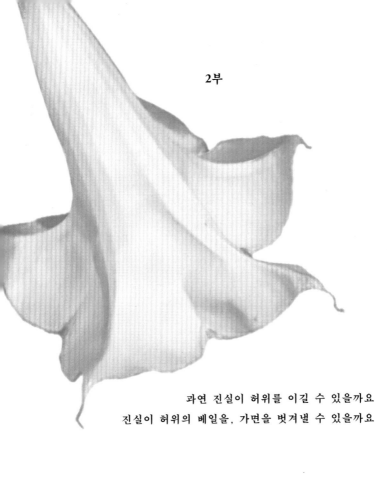

과연 진실이 허위를 이길 수 있을까요
진실이 허위의 베일을, 가면을 벗겨낼 수 있을까요

사적이기만 한 삶은 추하다

　무라카미 하루키를 향한 내 의문에 답해야 할 때가 된 것 같다. 하루키도 이미 변했다. 하루키라는 존재가 한국문단에 그 존재를 뚜렷이 한 때는 1990년대 전반기. 그때 문학사상사에서 하루키의 『노르웨이의 숲』을 『상실의 시대』로 번역한 것이 공전의 히트를 쳤다. 일본 68혁명 세대의 패배를 노래한 이 음유시인 기질의 작가는 한국에 들어와 80년대 학생운동의 패배감에 젖어 있던 세대에게 강력한 영향력을 행사했다. 특히 당시의 X세대들은 그의 신도들이 되기를 주저하지 않았다. 1980년대에 학생들이 『창작과 비평』이나 『김수영 전집』을 들고 다녀야 고상한 티가 났다면, 그때는 하루키 책 한 권쯤은 들고 다녀야 시대를 아는 청년으로 취급되는 듯했다.

　그때 하루키의 어느 단편소설에서 주인공이 이렇게 독백했던 기억이 난다. '나는 절대로 사회 문제의 개선을 위해 애쓰지 않을 것이다. 하나의 문제를 해결하려고 노력하는 동안 또 다른 숱한 문제들이 생겨나는데 왜 그런 부질없는 싸움을 위해 내 귀중한 인생의 시간들을 허비해야 한단 말인가.' 분명 나는 어느 단편소설에서 그렇게 읽었다.

나는 이런 하루키를 혐의쩍게 여겼다. 많은 이들이 하루키 노선을 따라 공적인 문제를 생각하는 삶에서 사적인 삶의 세계로 인생 전환을 해나갔다. 내가 중요하고 나의 자유가 중요해졌다. 언론은 386세대와 X세대 사이에는 메울 수 없는 간극이 있는 것처럼 보도를 했다. 왕가위 감독이니, 하루키니, 서태지니 하는 기호들이 새 시대 개막을 알리는 나팔 소리처럼 간주되는 때였다.

그때 나는 지하생활자 같은 삶을 이어가고 있었다. 시대는 바뀌어서 나처럼 세상을 변혁해야 한다는 사람들이 설 자리는 없어졌다. 그러나 세계가 부조리하며 더 정의롭게 되어야 한다는 감각만은 남아 있었기에 진군하는 시대와 호흡을 같이 할 수도 없었다. 새로운 시대를 구가하는 이들이 이상을 품는 것은 부질없다, 우리는 한갓 개체일 뿐이다, 사회 따위에 관한 고민은 벗어버리고 나와 너만을 생각하자고 할 때, 나는 그런 주장을 선뜻 받아들일 수도, 철 지난 꽃을 아름답다고 말할 수도 없는 어정쩡한 상황에 놓여 있었다.

그러나 시간이 흐르면서 나 또한 내 자신의 삶을 위해 싸워 나갔다. 아니, 그런 쪽으로 오히려 더 집요하게 물고 늘어졌는지도 모른다. 세계가 내게 냉담하다고 생각하면 할수록 내가 살아남아야 한다는 사실이 자명한 진리로 여겨졌기 때문일 것이다. 살아남은 자는 슬퍼할 수 있지만 죽은 자는 말이 없고, 죽어가는 자는 살아남으려고 애쓰느라 비명조차 지를 수 없는 시대였다.

그러면서도 나는 하루키의 질문에 어떻게 답해야 할지 고민했다. 대학원에서 시간강사로, 전임 교수로 건너뛰어 오는 동안 간간히, 그러나 늘 과연 나는 이 지극히 사적인 삶에 만족해야 할 것인지 고민해야 했다. 나는 늘 공적인 문제를 취급하고 있는 듯한 포즈를 취했던 것 같다. 하지만 그 포즈의 이면에는 집요하게 나 자신을 관철시키려는 욕구가 도사리고 앉아 나라는 가면을 조종해 나갔던 것 같다. 세상이 내게 냉담한 때는 어떻게든 비참한 상태에서 벗어나 보복하고 싶은 마음이 들고, 세상이 나를 반겨주는 것 같으면 자기도 모르게 그 온기가 선사하는 쾌락에서 벗어나려 하지 않았던 것 같다.

추석 연휴 때 나는 내가 아주 잘 아는 사람이 식사하는 것을 지켜볼 수 있었다. 그는 주위를 의식하지 못하고, 내가 주시하고 있는 것도 알아채지 못한 채 밥을 먹는 데 열중하고 있었다. 평소에는 꽤 체면을 중시하는 사람인데, 그날은 그렇지가 않았다. 타인을 의식하지 못한 분주한 손과 입은 그의 모습이 아름답지 못하다는 느낌을 불러 일으켰다. 그러자 나도 모르게 하나의 명제가 떠올랐다. 사적이기만 한 삶은 추하다.

남을, 타자를, 사회를 생각하지 않고 자신의 욕구를 가장 중시하고, 자신의 자유만을 추구하는 사람은 추하다. 나를 쳐다보는 타인의 시선은 단지 눈빛인 것이 아니라 내 외부 세계의 존재를 상징한다. 공공성에 대한 천착이 없는 삶은 아름답지 않다. 나는 이렇게 하루키의 질문에 대한 잠정적인 해답을 내놓아 본다.

부끄러움을 가르칩니다

작가 박완서 선생은 1931년에 경기도 개풍군, 지금은 갈 수 없는 휴전선 위쪽에서 나서 2011년 불과 몇 년 전에 담 낭암으로 유명을 달리한 작가다.

나는 먼저 선생의 세대적 위치를 가늠해 본다. 박경리 선 생은 1926년생, 그의 성장기 전체는 일제 강점기에 걸쳐졌 다. 태평양 전쟁과 이후 6·25 한국전쟁을 통하여 문학의 문 제를 생명의 문제로 초점화 할 수 있었다. 최인훈은 1936년 생이고, 함경북도 회령에서 태어나 원산에서 중, 고등학교 를 다니던 중 사회주의 체제 교육을 접했다. 1·4후퇴를 얼 마 앞두고 원산철수로 부산에 내려온 선생은 평생을 사회주 의와 자본주의적 자유주의, 이 두 20세기 사상이 내건 숙제 들과 싸우는 데 바쳤다.

박완서 선생은 이 둘 사이에 끼인 세대의 작가였다. 그녀 는 일제 말기에 숙명고녀에 들어가 해방 후에 숙명여고로 졸업했으니 1950년 5월이었다. 곧이어 6·25를 맞이하는 바람에 대학 입학과 더불어 수학은 좌절되고 6·28 서울 함락부터 9·28 수복에 이르는 3개월을 인민군 치하에서 보낸다. 다시 1·4 후퇴 이후의 정적 감도는 서울에 남은 끝에 전쟁의 죽음과 폐허, 모순과 불합리를 겪을 만큼 겪은 사람으로 남게 된다.

이 선생의 첫 작품은 젊었을 때 미군 PX 초상화부에서 일하면서 알게 된 박수근의 그림을 모델로 삼은 장편소설『나목』이다. 선생은 여기서 선생 자신을 썩 빼어 닮은 여성 주인공 이경과 박수군을 모델로 그린 화가 옥희도의 사랑을, 그리고 대학을 두 해 다니다 군대에 갔다 온 전공電工 '황태수'와 미군 '죠오' 사이에서의 방황과 선택을 그렸다.

이경은 여기서 자신의 잘못된 제안으로 행랑채에 숨어 있던 두 오빠의 죽음을 목도해야 했다. 그럼에도 젊고 살아 있기 때문에 사랑하지 않고는 견딜 수 없는, 갈망하는 여성이었다. 이 이경은 자연으로 돌아가는 박경리의 '생명'의 여인도 아니요, 좌우익 선택 문제에 귀착하는 최인훈의 '이념'의 청년도 아니다. 전쟁이라는 사회적 부조리, 불합리 속에서 온갖 고통을 떠안은 채 죄책감에 시달리며 그러면서도 한 삶을 살아내고자 하는 세속적 여성의 욕망과 양심의 드라마가 바로『나목』그것이다.

이『나목』은 어째서 선생이 겪은 6·25로부터 근 이십 년이나 동떨어진 1970년에야『여성동아』현상 공모라는 독특한 형식을 통하여 빛을 볼 수 있었던 것일까? 선생은 그보다 훨씬 더 '문학적으로', 더 일찍 모습을 드러낼 수도 있었던 것이 아닐까? 스무 해 동안 선생의 침묵은 무엇을 의미하는 것이었을까?

민음사 판 새로운 『나목』에 단편소설 「부끄러움을 가르칩니다」가 함께 붙어 있어 다시 한 번 눈길이 갔다. 여기에는 세 번이나 결혼하면서 농사꾼 부자, 가난한 전임강사에 이어 일본 무역상을 자처하는 사업가에게 시집을 간 한 결벽증적 여인이 등장한다. 이 소설은 꽤나 풍자적이어서 이야기 전개에 재미가 있는데, 그 한가운데에는 이 여성 특유의 독특한 '부끄러움'이 자리잡고 있다. 그녀는 세 번 결혼한 것쯤이야 하등 부끄러울 것 없지만 돈 많다고 떠벌리는 것, 겉으로는 고상한 척 하면서도 속으로는 물욕과 명예욕에 허덕이며 사는 것, 육체를 팔아서라도 먹고 살 수 있어야 한다는 식의 물질주의, 육체주의를 지독히도 염오한다.

그런 그녀가 작중에서 하는 말이 있다.

혹시 내가 쓴 작문을 잘 됐다고 선생님이 아이들 앞에서 읽어주기라도 하면, 저 구절은 어디서 표절한 것, 저 느낌은 어디서 훔쳐온 것 하고 한 구절 한 구절이 읽을 때마다 나를 찌르는 것 같아 안절부절 못했다. (……) 분명히 내 내부에는 유독 부끄러움에 과민한 병적인 감수성이 있어서 나는 늘 그 부분을 까진 피부를 보호하듯 조심조심 보호해야 했다.

부끄러움을 가르칩니다

이 작중 여성 인물의 자기 인식에 관한 대목을 읽으며 나는 속으로 무릎을 탁, 쳤다. 바로 이 '부끄러움'의 능력. 정말 자기 것이 무엇인지, 자신이 무엇을 했는지 생각하고 아는 능력이야말로 박완서 선생을 오늘 우리 문학사에 남은 존재로 만들어 준 근본이었다는 사실이다. 작가로서 박완서는 무엇보다 윤리적 양심을 느끼는 사람이었다. 생명처럼 근본적이지도 이념처럼 숭고하지도 않되 자신의 양심의 뿌리를 늘 의식하고 써나간 작가였다.

진실에의 의지

옛날에 오이디푸스왕이라는 그리스 비극이 있었습니다. 여러분도 많이 들어보셨을 이야기입니다.

후세의 비평가들은 이 비극이 인간의 양면성을 보여주고 있다고 평가해 왔습니다. 그 하나는 인간의 어리석음, 만용 같은 것입니다.

오이디푸스는 자신이 선왕을 살해한 범인일 리가 없다고 생각합니다. 이 확신 때문에 오이디푸스는 신하들에게 범인을 색출하라고 하며, 끝내 자신을 파멸에 빠뜨리고 맙니다. 그 자신이 바로 범인이었던 것입니다. 이렇듯 인간은 자기를 너무 믿은 나머지 스스로를 파멸에 빠뜨리곤 합니다. 자기 확신의 어리석음입니다.

다른 하나는 진실을 향한 의지입니다. 오이디푸스 왕은 자신이 범인일 수밖에 없는 가능성이 시시각각 커져가는 상황에서도 범인을 밝히는 일을 그만두지 않습니다. 결국 그는 알아내고 말았습니다. 그 자신이 바로 아버지를 죽이고 어머니와 결혼한, 용서받을 수 없는 자였습니다.

그 때문에 오이디푸스는 파멸하고 말았지만, 대신에 그는 투명한 진실 앞에 설 수 있었습니다. 그리고 이것이야말로 인간의 역설적인 위대함을 보여주는 것이라고, 비평가들은 입을 모읍니다.

여러분.

저는 요즈음 참 슬픈 시간을 보내고 있습니다. 다른 이유가 없습니다. 오로지 세월호에서 일어난 참사 때문입니다.

진도 앞바다, 맹골수로라는 곳에서 여러분처럼 어리고 여린 생명들이 너무도 많이, 너무도 허망하게 세상을 떠났기 때문입니다.

누구나 그랬겠지요. 처음에 저는 다만 몇 명만이라도 살아 돌아오기를 간절히 바랐습니다. 해경이, 해군이 학생들을 구하고 있다는 소식을 믿었습니다. 텔레비전이, 인터넷이, 신문이 전해 주는 소식을 믿었습니다. 화면에서는 배들이, 헬리콥터가 부지런히 돌아다니고 있었고 아나운서들은 정부가 사람들을 구하려 애쓰고 있다고 했습니다.

그렇게 하루, 이틀, 사흘이 흘렀습니다. 하지만 바닷물 속에 갇힌 사람들 누구도 살아 돌아오지 못했습니다. 희생당한 사람들의 부모 형제들이 바닷가에서 그토록 애절하게 울부짖고 발을 굴러도 기적은 일어나지 않았습니다.

어떻게 이런 일이 벌어질 수 있었을까요?

누군가는 배가 갑자기 방향을 틀어서 그렇게 되었다고 합니다. 텔레비전 앞에 앉아 아홉 시 뉴스나 보는 것으로 세상을 다 알았거니 하는 이들은 지금도 그것이 이유의 전부라고 생각합니다.

하지만 국내, 국외의 전문가들은 세월호처럼 큰 배는 그렇게 급하게 방향을 틀 수 없다고 합니다. 버스가 급회전을 하는 것과는 다르다고 말합니다.

지금까지 세월호 침몰의 진짜 원인은 밝혀지지 않았습니다. 우리 모두가 두 눈으로 똑똑히 본 사태의 원인이 정작 짙은 베일에 가려져 있습니다.

저는 우리가 진짜 이유를 알아내야 한다고 생각합니다. 억울하게 죽어간 이들을 위해 진실을 밝힐 수 있어야 합니다. 누구에게나 생명은 단 하나밖에 가지지 못한 소중한 것이기 때문입니다. 이 생명보다 귀한 것을 세상은 보여줄 수 없기 때문입니다.

과연 우리가 진실이라는 것을 위해 용기를 낼 수 있을까요? 그럴 필요가 있을까요? 그것이 오히려 우리 모두를 불편하게, 더 불행하게 만드는 것은 아닐까요? 마치 저 오이디푸스 왕처럼 말입니다.

요즈음 저는 진실과 허위에 관해 생각합니다. 진실을 알지 못해도 누군가는 잊고 살아갈 수 있겠지만, 죽어간 아이들과 그 아이들의 엄마, 아빠에게는 잊지 않고 진실을 밝히는 일이 절실할 것이라 생각합니다.

진실에의 의지

과연 진실이 허위를 이길 수 있을까요? 진실이 허위의 베일을, 가면을 벗겨낼 수 있을까요?

저는 이것이 이 세상을 살아가는 이들의 의지와 용기에 달렸다고 생각합니다. 그럴 수 있어야 하겠습니다. 그래야만 다시는 그런 일이 일어나지 않겠기에 말입니다.

이것은 단지 세월호만의 일이 아닙니다. 우리 세상 일이 다 그렇습니다.

안티고네는 왜 죽음을 택했나?

『안티고네』는 『오이디푸스』와 더불어 가장 널리 알려진 그리스 비극 가운데 하나다. 둘 다 소포클레스가 썼다. 소포클레스는 예부터 전승되어 내려오는 오이디푸스 가문의 이야기를 자신의 생각에 따라 재창조하여 '오이디푸스'와 '안티고네'를 창조했다.

이 비극들 속에서 오이디푸스가 어떻게 해서 스스로 두 눈을 멀게 한 후 두 아들에 의해 추방되었는가는 널리 알려져 있다. 그는 테바이의 왕손으로 태어났다. 그러나 아비를 죽일 운명을 타고났다는 신탁을 두려워한 아버지에 의해 낯선 곳에 버려지게 되고, 우여곡절 끝에 이웃나라 왕의 손에 길러지게 된다. 성년이 된 그는 자신의 운명에 대한 이야기를 우연히 엿듣고 아비를 죽일 수 없다고 생각해서 정든 나라를 떠난다. 그러나 그는 테바이로 오게 되고 길에서 노인을 만나 시비 끝에 살해하기에 이르니 그가 바로 오이디푸스의 친아버지인 테바이의 왕이다.

아버지를 죽이고 어머니와 결혼한 오이디푸스는 나라에 흉년이 들어 신에게 이유를 묻자 천륜을 어긴 범인을 찾아내서 징벌해야 한다고 한다. 자신이 범인일 리 없다는 믿음 속에서, 그러나 자신이 범인이라 해도 진실을 캐내야 한다는 강박관념 속에서 오이디푸스는 점점 더 사건의 실체를 찾아 들어가게 되고 마침내 자신이 범인임이 밝혀진다.

『안티고네』는 오이디푸스가 국외로 추방된 후의 이야기를 그리고 있다. 어머니 이오카스테가 자살하고 아버지 오이디푸스가 먼 곳으로 떠나버린 후 오이디푸스의 두 아들이자 안티고네의 오빠인 에테오클레스와 폴리네이케스는 권력투쟁을 벌이다 모두 죽고 만다. 그러자 테바이의 왕권은 크레온에게 돌아가고 그는 에테오클레스의 죽음은 기려주는 반면에 폴리네이케스의 시신은 매장하는 것을 금지해 버린다.

이로부터 안티고네의 고뇌에 찬 행동이 시작된다. 그녀는 외삼촌이 국명으로써 금지한 일을 거행한다. 비록 크레온이 왕으로서 폴리네이케스의 시신을 들판에 방치하도록 명령했지만, 누이인 자신은 그것을 따를 수 없다. 크레온의 명령은 국가의 이름, 왕권의 이름으로 행해진 것이지만 자신과 오빠의 관계는 이 국가 또는 왕권의 이름으로 갈라놓거나 변질시킬 수 없는 자연적 관계다. 오빠는 죽음으로써 죽음의 신인 하데스가 통치하는 영원한 세계 속으로 들어갔고,

자신은 세속적인 명령 때문에 이 영원한 원리를 부정하거나 무시할 수 없다. 죽을 수밖에 없는 운명을 타고난 인간이기 때문에 자신은 살아 있는 잠시 동안의 세계를 지배하는 세속적인 원리 때문에 죽은 오빠를 매장해서 하데스의 영지로 돌려보내야 하는 신성한 의무를 저버릴 수 없다.

결국 안티고네는 바로 그 신념에 찬 행동 때문에 크레온에 의해 죽음에 내몰린다. 그러나 이야기는 여기서 끝나지 않는다. 안티고네를 사랑했던 크레온의 막내아들 하이몬이 안티고네를 따라 죽음을 택하고, 사랑하는 아들이 죽어버린 것을 알게 된 하이몬의 어머니, 즉 크레온의 아내 역시 스스로 목숨을 끊어버리게 된다. 크레온은 자신의 왕권에 대한 맹신으로 인해 천리를 어기고 그럼으로써 그 자신마저 처참한 상황에 빠져버리게 된다.

소포클레스의 비극은 많은 것을 생각하게 한다. 『오이디푸스』도 재미있고 의미심장하지만 오늘 나는 『안티고네』가 말하고자 한 것을 되새겨 본다.

우리는 저 먼 우주로부터 이곳에 와 사람으로 태어나 있다. 우리를 이 땅 위에서 생명을 가지고 살게 한 것은 자연이며 세속적 법과 권력에 의해 한정될 수 없는 원리다. 그러나 우리는 태어나자마자 주민등록번호를 받아 국가의 소유물이 된다. 우리는 평생 국민으로 살아가며, 국적을 바꾼다 해도 또 다른 어느 나라의 국민일 수밖에 없다. 우리는 국가의 규칙에 따라 의무를 지키는 평생을 보낸다. 그러나 그것

은 가장 강력해 보이는 순간에조차 우리를 이 땅에 존재케
한 자연의 원리보다 우월하지 않다. 국가, 그리고 국권은 국
민인 이들을 영원히 지배하거나 구속할 수 없음을, 국민인
이들의 생명과 가치가 국가와 국권보다 근원적으로 소중할
수 있음을 인정해야 한다. 이러한 인식이 우리가 이 세속적
삶의 질서를 만들어 가는 토대가 되어야 한다.

블랙리스트

대학원 학생들과 함께 이광수 장편소설 『무정』의 《매일신보》(1917.1.1~6.14) 발표본 독해 공부를 마치고 박사학위 논문이 통과된 학생을 간단히 축하해 주고 집으로 돌아오니 여덟 시가 조금 넘었다.

요즘 위가 좋지 않다고 느끼면서, 그리고 오늘은 한 일도 없는데 몹시 피로하다고 느끼면서 대충 씻고 곧바로 잠자리에 들었다. 피로를 가시게 하는 데는 정신적이든, 육체적이든 잠이 가장 좋을 테니 말이다.

하지만 눈이 떠졌을 때 시계를 보니 새벽 한 시다. 어느새 일찍 잠들든 늦게 잠들든 새벽이면 깨어나는 체질로 바뀐 지 오래다. 충분한 숙면을 취하면 좋으련만 눈이 안 떠져 괴로운 나이는 다 지나가고 아무리 피로하고 정신이 몽롱해도 잠은 하루 겨우 다섯 시간 앞뒤다.

하지만 이 밤은 다른 때보다는 상태가 낫다. 어느새 조금은 회복되어 있는 몸과 마음을 생각하며 인체는, 생명은 역시 신비로운 것인가 생각한다. 무엇이든 해야겠는데, 할 수 있는 일은 정작 많지 않다. 결국은 소설 한 편을 읽기로 한다. 머리맡에는 옛날에 신구문화사에서 펴낸 『세계전후문제작품집』의 일본 편이 한 달 째 그대로 놓여 있다.

첫 장을 펴자 작품은 『침묵』의 작가 엔도 슈사쿠^{遠藤周作}의 일본 아쿠타가와상 33회 수상 작품이다. 그때는 1955년이었고, 이 「백색인^{白い人}」의 번역자는 소설가이기도 한 정한숙이었다.

그런데 이렇게 낯설게 보일 수 있을까. 왜냐하면 이 작품을 읽으려는데, 언제 어느 때 읽었던 것인지 책에는 이미 나자신의 밑줄 긋기와 메모가 처음부터 끝까지 한 차례 시행되어 있었던 것이다. 예전에 한 번 밑줄 긋고 메모까지 하며 읽은 작품을 완전히 잊어버리고 새로 읽게 되는 까닭은 무엇일까. 이것은 참으로 기이한 경험이라 할 만했다.

일본 작가인데, 비록 프랑스문학을 전공했고 거기 유학까지 했다고는 해도 프랑스 사람을 주인공으로 내세워 소설을 쓰기란 쉽지 않았을 것이다. 그러나 도전적인 작품답게 플롯과 주인공의 내면 묘사는 치밀하다 할 만했다. 그것은 독일인 어머니, 프랑스인 아버지 사이에서 태어나 제2차 세계대전 중에 독일 비밀경찰의 통역꾼으로 일하게 된 어떤 음습한 인물의 심리를 그린 것이었다.

우연이란 참 알 수 없는 것이다. 어쩌면 거기에 어떤 필연 같은 것이 작용하는 것인지도 알 수 없다. 학교에서 동료들과 함께 며칠 전 단체로 나가사키 소토메라는 곳에 있는 엔도 슈사쿠 문학관에 다녀왔는데, 이 밤에 손에 잡은 소설이 바로 그의 것이라니. 그리고 소설은 바로 이 우연에 대하여, 인간에 대하여, 악에 대하여, 고문에 대하여, 음험함에 대하여 이야기하고 있었다.

주인공의 목소리를 빌린 엔도에 따르면 나치는 인간을 약자라 단정하고 그들을 노예화하는 방법을 터득하고 있었다. 소설의 주인공인 이 나치 부역자는 독일에 점령당한 리옹 시민들의 '약함'을 냉철하게 분석해내고 있었다, 예를 들어 다음과 같은 구절.

"나는 처형자의 죄상이 언제나 유태인이라는 데 놀랐다. 「'피엘 방'은 유대적 인간이기 때문에 처형함」. 불란서인들은 독일인들이 유태인을 증오하고 있는 것을 알고 있었다. 그러나 이 고시를 보는 그들은 내심 자신이 유대적 혈통이 아님에 우선 한숨을 내쉰다. 그때, 그들은 이미 죽음을 당한 '피엘 방'을 배반하고 저버린 것이다. 방이 유대적 혈통이라 치더라도 같은 불란서인이라는 것을 잊는 것이다. 나치는 이렇게 해서 불란서인의 비겁한 자기보전 본능을 이용하여 그들을 분열시킬 것을 계획했던 것이다."

이 문장을 읽으면서 나는 이 심리가 한국 사회에도 어쩌면 똑같이 통용될 수 있는 것은 아닌지 생각했다. 블랙리스트를 작성한 '나치들'은 인간의 나약함을 알고 있다. 사람들은 거기 오른 이름들이 같은 사람임을 잊고 자신만은 이 리스트에 들어있지 않음에 우선 안도의 한숨을 내쉰다. 이런 유추 같은 것 말이다.

분명 인간은 약하다. 그리고 즐겨 공동체를, 다른 사람들을 배반한다. 그러나 작가는 작품 속에서 끝내 그런 나약함의 몰락을 그렸다. 그런데 이 나라는 아직도 밤이 깊은 것만 같다.

아우슈비츠, 위안부, 그리고 증언

—조르조 아감벤의 『아우슈비츠의 남은 자들』

좋은 책은 갖가지 방식으로 이야기될 수 있다. 재밌는 책도 좋은 책이 될 수 있고, 많이 배우는 책도 좋은 책이 된다. 마음에 위안을 주는 책도 물론 좋다.

영감을 주는 책, 온갖 상념을 불러 일으키고, 그래서 지금 논란이 이는 문제뿐 아니라 미래와 과거의 일들까지 생각하게 하는 책도 있다. 그런 책은 좋은 책 중에서도 좋은 책, 오랜 시간에 걸쳐 쓸모가 있는, 숙고하기를 좋아하는 사람들을 위한, 아주 좋은 책이다.

지난 한 달 동안 나머지 절반을 꼭 읽어야겠다고, 조바심을 치던 작은 책이 하나 있다. 조르조 아감벤의 『아우슈비츠의 남은 자들』(새물결, 2012)이다. 논리정연한 글을 읽는다는 것은 얼마나 멋진 일인가. 읽으면서 계속 생각하게 되고 생각 때문에 놓지 못하게 되는 책은 얼마나 귀한가.

몇 년 동안 '증언'이라는 문제를 떨칠 수 없던 내게 이 책은 생각의 깊이와 풍요로움에 관해 다시 한 번 고개를 끄덕이게 한다.

왜 니체의 '차라투스트라'는 사람들에게 말을 건넸는가? 대화를 하고자 산의 정상에서 내려와 사람들 사는 도시와 거리를 찾아다녔는가? 그의 갈구를 보면서, 아하, 그렇다, 지식과 지혜는 어디서 만들어졌든, 누가 만들었든, 그것을 필요로 하는 이에게는 더없이 소중한 것임을 깨달을 수 있지 않았던가?

니체에게는 정말 동료가, 마음을 통할 수 있는 단 한 사람의 벗이 필요했던 것이다.

그러므로 더없이 고독했던 그에게 어떤 응답을 할 수 있었던 사람은 그 시대의 사람이든 먼 훗날의 사람이든 더없는 그의 친구일 것이다. 독일 사람이든 먼 동양 사람이든 친구 되기에 아무 장애도 없을 것이다.

사람의 삶은 짧디 짧지만 그 짧은 세월조차 일관되기 어려운 것은 무엇 때문일까? 젊은 헤겔과 나이 든 헤겔이 같지 않았고, 4·19의 열혈 청년들이 유신체제에 정신을 판 경우가 하나둘 아니었듯이, 삶을 하나의 방향 속에서 조율해나가는 것처럼 어려운 일도 없다.

내게 조르조 아감벤 읽기를 하루라도 빨리 끝내야 하겠다고 생각하게 만든 것은 저 노엄 촘스키나 오에 겐자부로, 와다 하루키 같은 큰 지식인들이 학문과 사상의 자유를 들어 어떤 성명 운동에 동참한 지난 해 12월 초의 일이었다.

그때 박유하 저술『제국의 위안부』에 대한 항소심에서 벌금 천만 원의 유죄 판결이 내려진 데 대해, 학문과 사상의 자유라면 자다가도 벌떡 일어나야 한다고 생각해 온 분들이 항의 성명에 이름을 같이하고 나섰다. 국가가 학문과 사상의 자유를 침해했고 그로 인해 한국에서 그것들이 위기에 처했다는 것이 그 '명료한' 이유였다.

과연 그것은 이유가 될 수 있었던 것일까? 한국에서 학문과 사상의 자유는『제국의 위안부』에 대한 거금 천만 원의 벌금 판결로 어마어마한 위기를 맞이하게 된 것일까?

과연 사법부는 국가 전체인가? 국가 기구의 일부는 될 것이다. 그러면 국가 기구의 지식인에 대한 판결은 어떤 경우에도 있어서는, 자행되어서는 안 되는 폭력인 것인가? 지극히 이상적인 증류수 국가에서는 그런지도 모른다. 그러나 적어도 이 나라는 해방 이후, 6·25전쟁 이후, 아니, 1987년 이후에도 지극히 반복적으로 계속되는 지식인에 대한 국가의 폭력이 존재했다. 이런 때 국가 또는 국가기구의 일부로서의 사법부는 분명 독재의 수단이자 시녀 역할을 도맡았다. 이러한 사례들에서 지식인들은 자유민주주의 체제의 국가는 권력의 도구가 되어서는 안 되며 중립성, 객관성을 견지해야 함을 주장했다. 그럼으로써 국가(기구들)은 법리 투쟁의 장으로 진화되어 왔고, 지금도 그렇게 변해가는 중이다.

『제국의 위안부』소송 사태는 이러한 변화의 와중에 돌출된 사건이다. '위안부' 피해자들이 저자를 상대로 명예 훼손에 대한 책임을 물어달라고 소송을 냈다. 이것은 국가로 하여금 '국가적' 피해자들을 향한 '이차적' 가해를 처벌할 것을 요구한 것이었다.

여기서 잠깐 이 소송을 둘러싼 정치적 환경을 살펴볼 필요가 있다. 이 저서가 발간된 것은 2013년 8월이다. 그해 2월 초에 박근혜 전 대통령이 취임했다. 이 저서가 재판에 회부된 것은 2015년 11월이었고 초심 판결이 무죄로 낙착된 것은 2017년 1월 25일이었다. 이 판결 즈음에 이른바 '촛불혁명'이 한창이었으나 양승태 대법원 체제로 대표되는 사법부는 아직 변화에 '노출'되지 않았다. 그러나 2017년 10월 27일 항소심 판결은 국가 권력의 성격이 완연히 뒤바뀐 가운데 이루어졌다.

사법부의 판결은 확실히 정세 변화와 맞물려 있는 것처럼 보인다. 판결은 물론 하나의 요인에 의거하지 않을 것이다. 국가권력이 이동 내지 뒤바뀜뿐만 아니라 판사의 정치적 성향, 양식, 가치관 같은 것이 작용할 것이다. 문제는 이 '판사적' 국가가 원심에서는 무죄를 선고한 반면 항소심에서는 유죄를 선고한 것이다. 학문과 사상의 자유를 '옹호'하는 이들이라면 무죄 판결 자체도 문제시했어야 할지 모르지만 그때는 사태가 '격화'되지 않았던 반면 유죄 판결이 내려지자 일단의 '거물'들이 '동원'된 성명서가 거창하게 공표되는 사태가 벌어졌다. 국가가 학문과 사상의 자유를 새삼스럽게도 위기에 빠뜨렸다는 것이다.

사실, 이 나라에서 학문과 사상은 언제나 위기 상태에 있었다. 그것은 거의 언제나 식민지배나 독재체제를 비판, 전복하려 하는 시민, 지식인, 학생들을 겨냥한 것이었다. 그런데 이번에는 아주 희한하게도 그와 전혀 다른 사태가 전개되었다. 이명박, 박근혜 전직 대통령들의 신자유주의 체제와 이념적 '연동' 관계에 있는지도 모르는 저술, 즉 '위안부' 문제도 비록 식민지 체제 아래 벌어진 일이기는 하지만 당사자들의 자의 또는 상업적 협약에 의한 당사자들과 장사꾼들의 자연스럽고도 '공모'적인 사업에 불과한 것이었다는 주장이, 원심 때와는 성격이 판이하게 변질된 국가에 의해 유죄 판결을 당한 것이다.

　이 소송은 피해 당사자인 '위안부'들이 자신들을 가해했다고 판단한 저서를 향해 제기한 것이었다. 규범적으로는 중립적이어야 하지만 현실적으로는 결코 그럴 수 없고 특히 정치적, 이념적 문제에 대해서는 차라리 늘 누군가의 편을 들곤 하는 국가가 이번에는 이차적 피해를 당했다고 주장한 사람들의 편을 들어준 것이었다. 그리고 이 소송 결과를 향해 대가들이 외친다. 학문과 사상의 자유가 대한민국에서 위기에 처했노라고.

　아감벤의 『아우슈비츠의 남은 자들』은 프리모 레비의 '증언'들에 대한 심층적인 탐구서다. 여기 인용된 많은 글들 가운데, 나치 친위대가 남겼다는 말이 있다.

아우슈비츠, 위안부, 그리고 증언

어떻게 끝날지언정 너희들에 대한 전쟁에서 이긴 것은 우리다. 너희들 중 누구도 살아남아 증언하지 못할 것이다. 하지만 설령 누군가 살아남게 될지라도 세상이 그의 말을 믿지 않을 것이다. 아마도 의심과 토론, 역사가들의 조사가 있을 것이지만 확실한 증거는 아무것도 없을 것이다. 왜냐하면 우리는 너희들과 함께 증거들도 죄다 없애버릴 것이기 때문이다. 그리고 설령 몇 가지 증거들이 남고 또 너희들 중 일부가 살아남는다 해도 사람들은 너희가 묘사하는 사건들이 너무나도 무시무시해서 믿어지지 않는다고 말할 것이다. (……) 수용소의 역사가 어떻게 쓰일지를 정하는 것은 우리가 될 것이다.

—조르조 아감벤, 『아우슈비츠의 남은 자들』, 정문영 옮김, 새물결,

2012, 231~232쪽

이 "너희들"의 자리에 "위안부"라는 말을 대체시켜 넣고 한 번 다시 읽어보라. 사태가 어떠한가?

살아남은 이들의 증언과 이 증언을 반박하고 싶어했던 한 '사실주의자'와 사태의 전말도 다 꿰지 못한 채 벌떡 일어난 노엄 촘스키라니, 오에 겐자부로라니, 와다 하루키라니.

모든 빛나던 것들이 빛이 바랬다. 누구를 위하여 성명은 낭독되나?

인문학은 사실의 시녀가 아니라 할 때, 그것은 사실을 외면해야 한다는 뜻이 아니라 인간 또는 인간적이라는 척도 아래 만물을 '측정'하기 위해 애써야 한다는 뜻일 것이다.

아감벤이 필사적인 노력을 기울인 '증언'의 진정성을 향해 이 거물들은 학문과 사상의 자유라는 거창하고 화려하고 공허하기 짝이 없는 수사를 내세웠다. 누구를 위하여? 누가 이 철학의 노인들을 무엇을 위해 성명에 '동원'했더란 말인가.

아우슈비츠, 위안부, 그리고 증언

거친 터에서 피워 올린 예술혼의 증명

—최옥정 소설집 『늙은 여자를 만났다』

몇 년 전인지 모르겠다. 요즈음에는 한 해 두 해를 헤아리기 어렵다. 3년은 확실히 지났고 5년이라고 하면 고개가 갸웃거려진다. 하지만 더 되었는지도 모른다.

방현희라는 여성 작가가 있다. 평소에 교류가 있었다. 여성 작가 한 사람을 소개해 주겠다고 해서 식사를 하기로 했다.

장소는 인사동, 저녁이었다. 아주 더웠던 때는 아니었던 것 같고. 인사동 수도약국 근처 어느 좁다란 골목 안이었는데 처음 가보는 복닥복닥한 곳이었다.

어렸을 때는 여학생 앞에서 짜장면도 못 먹던 사람이 이젠 여성을 두 사람이나 앞에 두고 밥도 잘 먹는다.

그때 만난 작가가 최옥정 씨다. 나이는 나보다 한 살 더 먹었고 건강이 오래전부터 좋지 않다고 했다. 그게 몇 년 전인지는 알 수 없는데, 암을 앓았다는 것이었다.

지금은 나아졌다고 했으나 늘 근심하는 마음이었을 것이

다. 그럼에도 사람이 밝고 투명했다. 뒤에 감추는 것 없이 마음 가는 대로 말할 수 있는 성정을 갖추었다. 다만 술은 자제하는 기색이 역력해서 투병의 흔적을 느낄 수 있게 했다.

그렇게 몇 번을 더 셋이서 만났고 나중에는 의기투합, 그가 부쩍 관심을 갖게 됐다는 복어 독 처방도 함께해 보기까지 했다.

복어 독은 다들 알다시피 맹독이다. 그러니 독으로 독을 치료한다고 암에 특효라는 이야기가 있다. 나도 JTBC 방송에서 한 번 본 적이 있는데 말기암 환자조차 복어 독으로 치료한 사례가 있다 했다. 쉽게 해보라 할 수는 없지만 아무튼 해보기는 했고, 그걸 빙자해서 좋은 사람들끼리 한 번이라도 더 만나 놀아보자는 심산이 더 컸다.

최옥정, 그는 문학에 매달리는 사람이다. 이번에 그녀가 펴낸 단편소설 창작집 『늙은 여자를 만났다』(예옥, 2017)의 '작가의 말'에 이런 대목이 있다.

여기까지 올 수 있어 다행이다. 나는 포기를 모르는 사람이다. 시작했으면 죽이 되든 밥이 되든 붙들고 매달린다. 실패가 실패인 줄도 모르고 좌절을 좌절로 받아들이지도 않는다. 그런 아둔함이 나를 이끌었다. 소설가는 눈과 귀가 밝아야 하지만 그렇다고 약삭빠를 것까진 없다. 고맙다, 소설들아. 내게로 와줘서.

여기까지 올 수 있어 다행이라는 문장을 읽으며 나는 그

행간에 숨은 뜻을 느낀다. 그는 남들 앞에 구질구질 연민을 구하지 않는 사람이다. 자기 사정을 이렇게 저렇게 늘어놓는 법이 없다. 그러나 지금 이 창작집을 낸 그에게는 절박한 사정이 있다. 벌써 몇 년 동안 그는 재발한 암과 싸워 왔고 최근에는 그것이 더 악화됐다는 의사의 소견을 받은 것이다.

사실 이 사연조차 여기 써도 될지 망설임이 컸다. 자신의 상황을 극히 최근에야 아주 간단히 밝혀 온 데서 알 수 있듯 그는 여전히 의지를 잃지 않고 있고 남들에게 자신의 고통을 밝히지 않는 데서 견인불발의 의지를 위한 연료를 얻고 있는지도 알 수 없기 때문이다. 그는 학실히 작가적 사연보다 그가 창조한 문학의 예술적 가치를 가지고 승부를 벌이려는 사람인 것이다.

이 최옥정 씨는 익산 사람, 옛날에 이리라고 불렀던 곳 태생이다. 그래서 그런지 가까운 곳에서 살다 간 옛 여성 시인의 삶과 문학을 그린 장편소설을 썼다. 이름하여 "매창", 즉 조선 중기의 여성 시조시인이자 한시에도 아주 능숙했던 이매창의 이야기를 그린 것이다. 그는 부안에서 나고 살고 간, 부안의 기생 시인이었다. 이 사람이 남긴 한시 가운데 내 가슴을 때리는 명편이 하나 있다. 여기 잠시 옮겨 본다.

세상 사람들은 피리를 좋아하지만 나는 거문고를 타네
세상 길 가기 어려움을 오늘에야 비로소 알겠노라
발 잘려 세 번이나 부끄러움 당하고도 임자를 만나지 못해

아직도 옥덩이를 붙안고 형산에서 우노라

이는 허경진 선생의 번역이다. 이 한시에 담긴 고사의 사연인즉슨 이렇다.

옛날 중국 초나라에 변화라는 사람이 있었다. 산에 가서 귀한 옥을 얻었기에 나라의 왕에게 갖다 바쳤다. 왕이 옥을 보는 사람에게 묻자 돌덩이에 지나지 않는다고 했다. 화가 난 왕이 변화의 한쪽 발을 잘랐다. 원문에는 "월형刖刑"이라고 나오는데 이것은 발뒤꿈치를 잘라내는 형벌이다. 옛날에는 코를 베는 형벌도 있고 발뒤꿈치를 잘라내기도 했고 심지어는 사마천의 경우처럼 흉한 형벌도 있었다. 세월이 흘러 왕이 바뀌었다. 변화는 다시 그 옥덩이를 왕에게 바쳤다. 새로운 왕은 또 그것을 옥을 보는 사람에게 물었다. 돌덩이일 뿐이라는 대답이 돌아왔다. 이 왕도 화가 났다. 변화의 나머지 한쪽 발뒤꿈치마저 잘라 버렸다. 사람을 알아보고 진짜를 알아보는 사람은 예나 지금이나 흔치 않은 듯하다. 나 같으면 귀한 옥을 임금에게 바치려는 그런 마음부터 품지 않았을 것이다.

아, 또 세월이 흘러 새로운 왕이 섰다. 변화는 옥덩이를 끌어안고 초산 아래서 사흘 밤낮을 피눈물을 흘리며 통곡을 했다. 이번에 왕은 문왕이라고 했다. 그는 사람을 시켜 변화의 일을 자세히 듣고 옥을 다듬는 이를 불렀다. 변화의 옥덩이를 다듬게 하여 귀한 옥을 얻었다.

거친 터에서 피워 올린 예술혼의 증명

이 한시를 쓴 매창은 얼마나 가슴 아픈 인생을 살았을까. 그는 거문고를 타건만 사람들은 피리 소리를 좋아했다. 가야금보다 거문고를 즐겼다는 매창이었다. 그는 신분이 기생이었지만 남자들에게 휩쓸리는 삶을 살고 싶지 않았고 예술을 모르는 남자들을 가까이하지 않았다. 그는 평생 한 남자를 사모했는데, 스무 살에 만난 마흔여덟 살의 남자 유희경이었다. 그는 천민 출신으로 나중에 왜란 때 공을 세워 면천을 했다. 또한 매창은 당대 최고의 문인 허균과도 교유를 쌓았다 한다. 이는 매창의 성품과 학식, 문학적 성취를 헤아려 볼 수 있게 한다. 그럼에도 매창은 자신의 삶과 문학이 당대의 시류에 맞지 않음을 고통스러워 했다. 변화는 세 번째는 초산에서 주운 옥덩이가 진짜임을 인정받았지만 매창은 한시에서 자신이 세 번이나 부끄러움을 당하고도 임자를 만나지 못했다고 했다.

매창이 세상을 뜬 후 오랜 시간이 흐른 뒤에 사람들이 입에서 입으로 전해져 온 한시를 모았다. 이 『매창집』에는 매창이 쓴 많은 시편들 가운데서도 세월을 견뎌 살아남은 것들만 담길 수 있었다.

최옥정 씨의 『늙은 여자를 만났다』를 읽으며 나는 삶과 예술 사이에 깊은 상관성을 설정한 사람의 존재를 느낄 수 있었다. 최옥정, 그가 바로 현대의 매창이라면 매창이었던 것이다.

이 창작집에는 모두 여덟 편의 단편들이 수록되어 있다.

「늙은 여자를 만났다」, 「분명한 이웃」, 「라일라」, 「일요일의 달팽이」, 「소년은 죽지 않는다」, 「헬로」, 「감쪽같은 저녁」, 「당신의 손은 당신의 입보다 가깝고」 등이다. 그가 「늙은 여자를 만났다」를 표제작으로 삼은 것은 아버지의 죽음이라는 소재를 다룬 이 작품이 그 자신의 경험에 연결되어 있기 때문일 것이다. 이 여덟 편의 작품 가운데 나는 단편소설에 대한 그의 미학적 입장을 여실히 엿볼 수 있게 하는 「일요일의 달팽이」와 「감쪽같은 저녁」이 아주 좋았고, 「분명한 이웃」도, 「당신의 손은 당신의 입보다 가깝고」도 흥미만점이었다. 그녀는 문체를 중시하고 구성에 까다로우며 정치와 역사 대신에 그 바탕에 놓인 삶 자체의 문제를 다루는 작가다.

무엇보다 이 창작집은 작가의 살아 있는 숨결을 느낄 수 있게 한다. 다시 '작가의 말'로 돌아가 보면 이런 문장이 있다. 후기를 써야 할 일을 앞에 놓고 그녀는 이러한 심경에 놓여 있었다.

햇살은 눈이 부셔 내 눈을 멀게 하고 마음은 깜깜해진다. 이 글은 밤에 써야 한다. 옆에 아무도 없고 누구도 부를 사람 없고 오로지 어둠과 침묵과 고독만 있는 곳에서. 그런 곳이 어디일까. 단 한 줄의 글이라도 나를 기댈 것이 하나도 없는 곳에서 써야 한다고 느낀다. 그렇다. 나는 느낀다. 깊게 느낀다. 이 느낌을 버릴 수가 없다. 내가 마지막까지 가지고 갈 것은 바로 이 느낌들이겠지.

거친 터에서 피워 올린 예술혼의 증명

죽을 때까지 죽지 않는 느낌. 정신이 죽고 마음이 죽고 마침내 육체가 죽는 순간에야 이 느낌도 사라질 것이다. 사랑이나 미움이나 고독 같은 감정이 사라지고 뜨겁다 차갑다 아프다 밝다 어둡다는 감각만으로 세상과 이별한다. 그건 어찌 보면 다행이다. 다 사라지고 팔뚝에 돋은 소름만 남는 삶이란.

나는 이 서늘한 문장에 다시 「감쪽같은 저녁」에 나오는 한 문장을 붙여 본다. "이대로 모든 것이 완벽하여 너무나 좋구나."

또 그 아래 어디에 있는 문장들 몇을 더 붙여본다. "어떤 일이 기다리고 있든 내 인생에 속지 말자고 다짐한다. 좋은 것, 나쁜 것을 따로 정하지 말자. 그래야 인생에 휘둘리지 않는다. 어차피 일어날 일은 다 일어난다. 놀랄 준비를 하고 기다리는 사람은 항상 놀라게 되어 있다. 누군가의 죽음은 충격이지만 나도 느리게 죽어가고 있다는 걸로 비기면 된다."

나는 이 창작집에 이렇게 표사를 썼다. "최 작가의 이번 창작집 『늙은 여자를 만났다』는 무서운 병을 이겨내 온 싸움의 기록이다. 그 거친 터에서 피워 올린 예술혼의 증명이다." 이 글을 쓰는 지금 나는 그 뜻을 다시 한번 무섭게 느낀다.

이 탐스러운 생명

어디서 감을 얻어왔다. 그냥 먹으면 떫고, 며칠 두었다가 물러지면 먹어야 하는 감이었다. 감을 얻은 집에서 그랬듯이, 나 역시 이 감들을 현관 앞에 하나씩 가지런히 두고는 잠깐 존재를 잊어버리고 말았다. 며칠 후, 집을 나서는 내 눈에 무심결에 들어온 주황빛 감들! 아름답다 못해 탐스러웠다.

이 탐스러운 감을 보고 생각한 게 있다.

그렇구나. 비록 가지에서 떨어져 나왔어도 아직 생명이 가득 들어 있는 까닭에 이 감들은 이렇듯 탐스러울 정도로 아름답게 빛나고 있구나.

그래서 하나의 문장을 만들어냈다.

생명은 탐스럽다.

생명은 너무 아름다워서 탐스럽다.

연말이다. 이제 2010년도 남은 날이 얼마 없다. 며칠만 지나면 우리는 2011년이라는 전혀 다른 세계를 살아가게 된다. 그저께는 서울에 눈이 무척 내렸다. 새벽부터 내린 눈으로 아침이 되자 세상은 흰빛으로 눈이 부셨다. 대구에서 온 후배를 만나니 그곳에도 눈 천지였다고 한다. 그렇게 눈이 많이 내린 적이 별로 없었단다.

온 세상을 흰빛이 감싸고 있다. 모든 것을 감싸 안은 눈처럼 우리 세상이 서로 이렇게 감싸주는 인정으로 가득한 곳이 되었으면 좋겠다. 어떻게 하면 그런 세상이 올 수 있을까?

영국의 작가 D.H. 로렌스는, 인류가 구원을 받으려면 그들이 본래 지니고 있던 개인들 사이의 내적인 유대를 회복해야 한다고 했다. 그는 개인이란 인류라는 전체의 부분이자 파편일 뿐이라고 했다. 개인이 개별성의 범주 안에 안주해 버리는 것은 삶을 개별자들의 투쟁으로 몰아가게 된다고 했다. 우리는 내적으로 서로 연결되어 있는 전체의 부분들이며 이 본래적인 유대 관계를 회복해야 투쟁 없는 삶, 사랑의 삶을 창조할 수 있다는 것이다.

과연 '나'란 무엇인가? '나'와 '너'는 이렇게 '나'라고 부르고 '너'라고 부르듯 단절된 개별적 존재들인가?

나는 그렇게 생각하지 않는다. 내가 살아가려면 숨을 쉬어야 한다. 이 숨을 쉴 때마다 내 바깥의 것이 부단히 내 안으로 들어와 내가 되고 있으며, 내 안의 것이 부단히 바깥으로 나가 내가 아닌 존재가 되고 있다.

내가 살아가려면 먹어야 한다. 내가 먹을 때마다 나 아닌 것이 부단히 내 안으로 들어와 내가 되고 있다. 반대로 내 안의 것이 내가 아닌 세계로 배출되어야 살아갈 수 있는 것이 바로 나다.

이 간단한 이치만 생각해 봐도 '나'란 고정된 실체가 아닌 것 같다. '나'라는 존재의 외투는 단단하고 두꺼워서 '나'와 '남'은 쉽게 뒤섞일 수도 없고 상대를 향해 습합해 들어갈 수도 없을 것 같다. 그러나 '나'는 부단히 '나' 아닌 존재가 됨으로써만 살아갈 수 있다. 그러니 '나' 아닌 '남'이 부단히 내가 됨으로써만 내 삶이 유지될 수 있다는 것도 진실일 것이다.

그러니 '나'의 구원이란 일종의 허상과도 같다. 그것은 '나'만의 구원이라는 뜻을 함축하고 있기 때문이다. 그 이면적 진실을 살펴보면, '나'를 구원한다는 것은 곧 '나' 아닌 '너'마저, '남'마저 구원하지 않고는 남김없이 구원될 수 없는 영원한 사업인 것이다. 그러니 '나'를 구원하려면 '나' 아닌 존재들을 함께 구원하라. 이것이 당연한 귀결점 아닐지?

'나'와 '너'를, '남'을 함께 구원할 수 있는 방법이 바로 '사랑'일 것이다. '사랑'이야말로 삶을 나누고, 삶을 함께하는 삶의 증진법이기 때문이다. 저 주황빛 감처럼 살아 있어 탐스러운 생명들을 '사랑'하라. 그러면 '나'도 구원될 것이다.

눈이 담뿍 내려 세상이 아름답다. 이 탐스러운 하늘과 땅처럼 우리 인간 세상이 내년에는 한 차원 더 탐스럽게 될 수 있기를, 그리하여 우리가 더 탐스러운 생명의 유희를 펼칠 수 있기를, 고대한다.

이 탐스러운 생명

예술가는 어떤 사람?

옛날에 고대 그리스 도시국가들에는 메토이코이^{metoikoi}라고 부르는 특별한 사람들이 있었다. 이들은 우리말로 번역하자면 거류외인 또는 재류외인이라고 할 수 있는 사람들이다.

이런 용어 말고도 이방인이라는 말을 쓸 수도 있지만, 이 말에는 종교적으로 다른 사람들이라는 뜻이 더 첨가되어 있어 조금 구별해서 쓸 필요가 있다. 말하자면 유대사회의 이방인이라고 말하면 자연스럽지만 유대사회의 거류외인이라는 말은 어딘가 부적절하게 느껴지는 것이다.

그리스는 종교적인 맥락에서 다신교 사회였기 때문에 이 거류외인들은 상업이나 학문 등의 목적에서 외부로부터 들어온 사람들을 가리키는 말이었다.

그럼 그들의 신분적 지위는 어떠했던가? 그들은 그리스 도시국가라는 시민적 공동체의 일원은 아니었다. 그리스에서 시민이라 하면 세 가지 일을 하는 사람들을 가리키는 것이었다. 첫째, 그들은 공동의 정책 결정에 참여하는 사람들이었다. 둘째, 그들은 나라를 지키는 일을 하는 사람들이었다. 셋째, 그들은 그 공동체가 신을 섬기는 행사에 참여하는 사람들이었다.

이들 시민은 더 구체적으로 말하면 대부분 성인 남성이었다. 그렇다고 여성이 전부 시민이 아니라고는 할 수 없는데, 왜냐하면 그들은 앞에서 언급한 세 가지 일에 참여하지 못하기는 하되 자유로운 시민의 배우자와 딸로서 시민 공동체의 일원으로 받아들여졌기 때문이다.

이러한 시민 공동체에서 제외되는 사람들은 누군가? 그 첫째는 바로 노예다. 전쟁의 전리품이거나 채무 노예거나 노예는 일체의 공적 활동에 참여할 수 없었다. 둘째로 메토이코이들은 시민적 권리와 의무에서 배제되는 사람들이었다. 그들은 시민들과 더불어 존재했지만 시민적 권리와 의무의 영역 바깥에 놓여 있었다. 그들은 일종의 국외자, 도시국가 내부에 존재하되 시민공동체의 외부에 속하는 사람들이었다.

왜 이런 이야기를 하느냐? 오늘 내가 말하고자 하는 것은 예술가는 어떤 사람이 되어야 하는가 하는 것이다. 더 구체적으로 말해서 오늘과 같이 치열한 선거가 펼쳐지는 마당에 예술가는 어떤 사람이 되어야 하는가?

예술가는 고대 그리스의 메토이코스처럼 일종의 내부적

외부자가 되어야 한다고 생각한다. 그는 시민 공동체 내부에서 서로 대립하거나 경쟁하는 집단들의 어느 한쪽을 대변하는 사람이 되어서는 안 된다. 그가 할 일은 어느 편에 서서 만족하는 것이 아니라 그 대립하는 구조의 외부에 서서 이 공동체가 무슨 일을 벌이고 있는지 어디로 나아가고 있는지 판단하고 예감하고 제시하는 것이다.

이런 점에서 그는 플라톤이 말하는 이상국가의 지도자와 같다고나 할까? 국가는 민중에 의해 이끌어져서는 안 되고 예술가, 시인에 의해 이끌어져야 한다. 지혜가 국가를 다스려야 한다. 오늘 이 말을 액면 그대로 들으면 무슨 전체주의냐 할 것이다.

그러나 조지 오웰이 『1984』를 쓴 것은 그 스스로 사회주의자였으면서도 스페인 내란의 어느 한쪽 편의 위치에서 벗어나 그가 살아가는 시대를 휩쓸고 있는 전체주의의 병독을 갈파할 수 있었기 때문이었다. 오늘날 이 작품은 불멸의 고전이 되어 있는데, 그가 만약 어떤 정치적 입장을 옹호하기 위해 소설을 쓰고도 이런 일이 벌어질 수 있었을지 생각해 볼 일이다.

요즘 예술가들, 소설가들, 시인들이 현실의 어떤 문제를 둘러싸고 첨예한 발언을 하는 것을 자주 보게 된다. 나는 그 발언들이 무위하다고 생각하지만은 않는다. 또 현실 속에서 어느 입장이 우리 사회를 위해 더 바람직한가에 대한 판단도 있다. 어느 면에서 나는 내심 그 사람들 중의 어느 한쪽 입장에 더 기울어져 있다고 할 수도 있다.

그러나 예술가가 견지해야 할 더 근본적인 태도는 이 시대의 메토이코스가 되어 우리가 가야 할 길을 제시하는 것이다. 어느 파당에 쉽게 서면 그 예술은 오래 가지 못하는 법이다.

예술가는 어떤 사람?

조지 오웰 같은 사람

여행 가면서 책 두 권을 들고 갔다. 그중 한 권이 조지 오웰의 산문집. 『나는 왜 쓰는가』하는 제목의 산문집이다.

왜 쓰는가.

너무 근본적인 질문이어서 혼자 여행할 때 부담스러워 보이기도 하지만 언젠가 다 읽지 않은 게 늘 마음에 걸리던 참이었다.

그중에 사형수를 처형하는 얘기를 써놓은 게 있었다. 조지 오웰은 원래 영국 사람이지만 버마에서 경찰을 했다. 식민지를 다스리는 경찰이니 결코 좋은 일을 했다고 할 수는 없을 것이다. 그런데 이 사람은 그 일을 하면서 생각이 바뀌었다고 했다.

경찰 일을 하면서 오히려 영국이 식민지를 끝까지 다스릴 수 없고 언젠가는 물러나게 되리라고 생각했다는 것이다.

버마 사람들은 이 젊은 영국 경찰 머릿속에서 그런 의식이 작동하고 있다는 걸 알 리 없었을 것이다. 그는 흔해빠진 지배자의 한 사람으로 보였을 것이다. 실제로 그도 코끼리를 총으로 쏘면서 정말 쏘고 싶어서가 아니라 그들이 그렇게 보고 기대하고 있기 때문에 쏘지 않을 수 없었노라고 했다. 코끼리를 쏘아 목숨을 끊어놓을 수 있는 힘을 가진 식민지 경찰의 위엄을 보여주지 않으면 안 되는 상황에 직면해 있는 자기를 의식하면서 일종의 연기를 펼쳤던 것이다.

그러나 그는 생각이 달랐고 지배자의 일원인 자기를 의식함으로써 새로운 사람이 되었다.

그런 그가 어떤 인도 사람 하나를 처형하던 일을 써놓은 수필이 흥미롭다. 그 사람은 젊은 생명체였고 그 점에서 조지 오웰 자신과 다를 바 없었다. 그러나 그는 그를 처형하는 사람들의 일행이었다.

그는 이 과정을 지극히 냉철하게 묘사했다. 죽음을 향해 무심하게 힌두교 주문을 향해 걸어가는 그 남자는 태연하게 물웅덩이를 피해 걷는다. 조지 오웰은 그런 행동에서 그가 살아 있는 사람임을 깨닫는다.

나는 이 사형수 이야기를 읽으며 뤼순 감옥에서 그렇게 죽어간 안중근과 신채호를 생각했다. 이역만리에서 처형당하고 병사해야 했던 그들은 얼마나 아름다운 생명들이었던가. 자기 한 목숨을 바쳐 숭고한 뜻을 이루려는 사람은 아름답다.

조지 오웰이 그 인도인의 이름을 밝혀 놓았더라면 더욱

조지 오웰 같은 사람

좋았을 것이다. 예전에 이돈화라는 천도교 운동가가 쓴『천도교 창건사』라는 것을 보았더니 거기에 동학혁명에 참여해서 생명을 바친 사람들의 이름이 여러 줄에 걸쳐 나열되어 있었다. 이름 석 자가 무슨 의미가 있겠느냐, 죽으면 다 끝인 것을, 하는 사람들도 있다. 그러나 바로 그 이름으로 그 사람의 값진 삶이 거기 그렇게 존재했음을 기억해 두는 것이다.

조지 오웰은 그 인도 사람의 이름을 써놓지는 않았다. 그러나 그는 그 일을 겪으면서 자신이 다른 세계에 속해야 하는 사람임을 절실히 깨달았던 것 같다.

그의 산문집은 오로지 그 자신만이 쓸 수 있는 경험세계를 다른 어디서 볼 수 없는 어조와 문체로 기록하고 있다. 이 산문집 속에는 서점 이야기도 있다. 그는 별스런 직업들을 다 전전했던 것 같다. 또 전쟁에 관해서도 남들과 전혀 다른 것을 보고 말하고 있다. 진귀하다는 것, 그것은 이런 글들을 가리켜 말하는 게 아닌가 한다.

삶을 진짜로 살고 글도 진짜가 되는 것이 어떻게 가능한가 하는 문제를 고민하지 않을 수 없다. 지금 이 칼럼만 해도 벌써 2년이 되어 가는데 그 사이에 과연 나는 나 자신의 눈과 목소리만으로 이루어진 글을 썼는가. 아니면 적당히 타협하고 눈치를 보려 했던 것은 아닌지 돌아보지 않을 수 없다.

글은 이름 석 자처럼 무서운 것 같다. 조지 오웰 같은 사람과 글이어야 값어치가 있을 것이다. 시간이 이렇게 오래 흐르도록 사람들이 그를 기억하는 뜻이 바로 여기에 있는 것 아니겠는지.

조지 오웰 같은 사람

앎의 즐거움

최근의 내 일은 학생들과 함께 이상 소설을 읽고 또 이것들을 분석하는 것이다. 그리고 이것을 한데 모아 책이 되었으면 좋겠다고 혼자 꿈을 꾸고 있다.

이 이상이라는 스물일곱 살에 요절한 천재는 상대하기가 만만찮다. 이 만만찮음은 물론 드높은 정신세계의 소유자인 그가 세계문학의 전통들에 대해 치열한 대결의식을 품고 있었기 때문이다.

그의 이러한 면모는 도스토옙스키를 처리하는 방식에서 잘 드러난다. 19세기에 태어나 19세기에 세상을 떠난 이 작가는 자신의 시대를 '현대'라고 믿었고, 이 '현대'의 전위가 되고자 했다. 그의 문제작 『지하생활자의 수기』를 보면, 번번이 19세기 운운, 유럽적 교양 운운, 러시아적 불철저성 운운하는 것을 볼 수 있다.

이상은 이 도스토옙스키의 존재를 강렬하게 의식하면서

20세기 초입에 태어난 사람답게 자신의 현대인 그 20세기의 전위가 되고자 했다.

그러나 그게 어디 만만찮은 일인가. 지식의 최전선에 서는 일만큼이나 문학의 최전선에 서는 일은 어렵다. 뿐만 아니라 매번 새로움을 선보여야 인정받는 현대문학의 생리는 그를 더욱 괴롭혔을 것이다.

문제적 인간은 그 괴로움을 즐거운 고통으로 수용하는 데서 나타난다. 이상은 이태백, 도스토옙스키, 고리키, 모파상, 아쿠타가와 류노스케 등 쟁쟁한 실력가들과 다투면서 자신만의 득의의 영역을 개척하려 했고, 그 '개세의 경륜'을 다 펴지 못한 채 천재답게 요절했다.

바야흐로 그의 말년작 「종생기」를 한 번 보고 또 보며 식은땀을 흘린다. 과연 내가 잘 보았느냐는 말이다. 아니, 이런 의미도 있었잖느냐 말이다. 하, 그의 「날개」와 「종생기」에는 피로 얼룩진 프로혼이 스며들어 있지 않더냐 말이다. 그러니 『지하생활자의 수기』를 이들 작품과 대조해서 정밀하게 읽어내지 않을 수 없는 까다로운 국면의 연속이다. 남이 이미 했다 해서 내 것이 아니요, 얼마든지 새롭게, 그리고 보태면서 할 수 있는 게 문학 쪽의 연구다.

밤이 늦으니 어지간히 피로하다. 그런데 며칠 전부터 자꾸 머릿속에 떠올라 괴롭히는 책이 있다. 플라톤의 『향연』이다. 연구실의 서가 어디쯤 꽂혀 있는 것을 찾아볼까 말까 계속해서 망설여온 것이다. 드디어 오늘은 마음을 굳히고 찾아보는데, 어렵쇼! 금방 눈에 들어온다.

　예전에 읽다 만 부분부터 다시 보고 싶어 몸이 근질근질하던 차에 마침 잘 되었다. 정암학당인가에서 펴낸 이 책, 참 야무지게도 만들었다. 앞에 해설이며 구성체계 설명도 자세하고 번역은 공을 들였고 뒤에 주석 또한 상세하기 이를 데 없다.

　해설 부분에 이런 대목이 있다. "인도자는 그를 앎들의 아름다움으로 이끈다. 이 아름다움의 '큰 바다'를 향해 가서 아름다움 일반을 관조하게 됨으로써 웅장한 이야기와 사유를 낳게 된다. 거기서 더 노력을 기울이다 보면 '갑자기' 아름다움 자체 혹은 아름다운 것 자체를 직관하는 어떤 단일한 앎에 이르게 된다. 이 모든 단계들을 사다리를 타고 오르듯 차례차례 올라가다 보면 마침내 아름다운 것 자체를 직관하게 된다."

　플라톤의 『향연』은 분명 에로스, 사랑과 미에 관한 책이건만, 이에는 반드시 그 높은 곳의 앎에 대한 사랑, 앎의 아름다움이 존재한다. 그리하여 '향연'식으로 말하면 우리는 몸의 사랑에서 마음의 사랑으로 움직여 가며 이 마음이 몸이 자손을 잉태하듯 잉태하는 지식과 지혜, 분별의 힘으로 이 세계를 불사의 것으로 만든다.

　책을 잠시 덮고 생각한다. 성실하지만은 않더라도, 부지런하지만은 않더라도 앎의 과제를 안고 그 길을 갈 수 있음은 얼마나 좋은 일인가.

잠시 후 나는 다시 이상의 「종생기」로 눈을 돌린다. 이 작자는 방불한 것을 꼭 "彷彿"이 아니라 "髣髴"로 쓰고, 도첩目睫이니, 명목瞑目이니, 당목瞠目이니 하는 말을 써서 읽는 사람의 앎의 수준을 시험한다. 즐거운 고통이라 하지 않을 수 없다.

쓴다는 일

책을 많이 만들어 보았다. 내 책도 만들고 다른 사람 책도 만들었다. 내 책이라도 다 같은 책은 아니다. 정성 들인 책은 애착이 크고 성급히 만든 책은 꼴도 보기 싫다. 내 책도, 남의 책도 만들다 보면 책에 대해 저절로 이것저것 생각하게 된다.

세상의 공부책에는 두 유형이 있다. 우선 에드워드 사이드의 『오리엔탈리즘』 같은 책. 멋진 책이다. 완미한 구성을 갖춘, 처음부터 하나의 큰 계획 아래 밀어붙여 쓴, 많은 사람들이 오랫동안 책은 이런 것이라고 꿈꾸어온 구성. 대단한 의지의 소산이다. 보는 사람을 심각한 위기감에 빠뜨린다.

다른 유형의 저술도 있다. 예컨대, 강상중의 『오리엔탈리즘을 넘어』 같은 책. 이런 책은 여러 편 논문을 하나의 책 안에 체계적으로 보이도록 짜 맞추어 놓는다. 하나의 책 안에서 각기 따로 떨어져 있으면서 붙여 놓고 이어 놓아 그런대로 짜임이 좋다. 편편들 사이의 비약이나 격절이 나쁘지만은 않다.

소설에 유기적 리얼리즘과 모자이크적 구성이 각기 있을수 있듯, 저술에도 『오리엔탈리즘』과 『오리엔탈리즘을 넘어』의 두 유형이 가능할 수 있다. 하나의 큰 그림을 대형 벽화로 그릴 수는 없다 해도 여러 폭 그림들이 어울려 하나의 '전체'처럼 보이게 하는 것이 나쁜 '수'만은 아니다. 이만만해도 성공이 아니라고 할 수는 '없다'.

정작 문제는 책이라기보다 쓴다는 행위 그 자체일 것이다. 어떻게 써야 하는가? 어떤 내용을 얼마나 담도록 써야하는가? 한두 해 자꾸 흘러 시간의 흐름을 살갗으로 느끼는사람이 될수록 쓴다는 일의 어려움을 깊이 느끼게 된다. 이어려움은 어디서 오는가?

역시 마음잡는 일의 어려움. 공부하는 사람이 되겠다고처음 다짐하던 때, 어떤 계기인가 공부 방향을 달리 잡고 그를 위해 온힘을 다하던 때, 이미 그 시절은 현재에서 멀어졌다. 공부의 의미와 역할을 되새기던 마음을 옛날 그대로 지니기 힘들다. 수업, 회의, 약속, 청탁 원고 같은 것에 떠밀려오늘 하루도 용케 버텼다고 스스로 위로하기 쉽다. 새로운공부 주제에 가슴 설레기보다 오래전에 아이디어 세우고 연구 계획서 쓰고 연구비까지 '타먹고도' 끝을 못 본 게 많다.

무엇인가를 일관되게 써나가는 것, 그렇게 해서 하나의유기적 체계를 가진 저술을 이루는 일은 쉽지 않다. 책을 책

쓴다는 일

답게 만들어 줄 하나의 저술은 이루기 어려운 반면 여러 쪽으로 파편처럼 나누어진 글들은 이렇게도 저렇게도 쓸 수 있는 시절이다. 정신을 통일하여 하나의 큰 주제를 향해 달려가기 어렵다는 것. 이는 확실히 의지와 태도의 문제다.

도대체가 자신이 하고 있는 일, 즉 자신의 학문을, 옛날처럼, 곧이곧대로 믿고, 의지하고, 한눈팔지 않고, 사랑하며 살기 힘들다. 공부 안 할 핑계는 넘친다. 화려하고 '재미있는' 일이 많다. 더 중요하고 더 가치 있는 일이 많다. 자기의 일을 사랑하기 쉽지 않다.

그렇다면 결국 시대의 탓일까? '주체'는 확실히 구조에 의지되어 있고 그 지배력에 휘둘릴 수 있으니까? 하지만 이는 이미 구문이 아니던가. 이 시대가 그런 줄 안 것이 어디 어제오늘의 일이던가.

조르주 바타이유는 생명의 본질은 향유이자 낭비에 있다고 했다. 공감 가는 논리다. 그는 노동을 신성시하지 '않았다'. 노동은 인간을 동물세계로부터 구별시켜 주었으나 그것은 '인공'을 짓기 위해 '자연'을 억누르고 지연시키는 행위였다. 이 자연, 한 인간의 내부로부터 솟아나는 향유와 낭비에의 욕구를 생각한다. 이것은 '나'로 하여금 쓰기보다 쉬게, 놀게, 먹게, 가게, 한다. 쓰지 못하게 한다. 확실히 쓴다는 것은 노동이며 자연에 반하는 일이며 고통을 주는 것이다.

『한국근대문예비평사연구』로 이름 높은 김윤식 선생을 생각한다. 그런 책은 불멸이다. 어떤 논리적 비판이나 극복도 이런 책의 불멸성을 훼손할 수 없다. 오래전에 막스 베버는『직업으로서의 학문』에서 예술에 비해 학문은 뒤에 오는 것에 의해 극복되고야 마는 허무를 가지고 있다 했다. 다 맞는 말은 아니다. 어떤 저술, 그 책에 담긴 쓰는 자의 혼은 극복되지 않는다. 이름하여 불멸이다.

쓰는 일이 힘든 때다. 공부가 쉽지 않은 때다. 흘러가는 마음 고삐를 한 번 세게 당겨 본다.

쓴다는 일

절간에 선승이 없다

지난 토요일, 일요일에는 진해에서 김달진 문학제가 열렸다. 일요일 아침에 김달진 생가에서 시낭송을 하기로 되어 있어, 토요일 오후에 진해에 가 행사에 참여하고 일요일 늦게 올라왔다.

월요일 아침에는 불교방송 아침 프로에 무슨 토론 프로그램에 참여하기로 되어 있어 여섯시 반부터 서울 마포에 있는 방송국에 나가 사람들을 만났다. 그런데 그중에 토요일 오전에 김포에서 김해 가는 비행기 안에서 김윤식 선생을 뵈었다는 사람이 있었다. 정치평론가였다.

김윤식 선생은 1936년생, 지금 일흔일곱, 여덟을 헤아리는 분이다. 내가 재직하고 있는 학과에서 오랫동안 학문 활동을 펼치다 퇴직하신 지 벌써 오래되셨다. 경상남도 진영이 고향이신데, 김달진문학제와는 무슨 인연이 있는지 매년 빠지지 않고 참가하고 계시다.

그 날도 이 분은 김해를 통해 진해로 가셨던 모양이다. 이 정치평론가가 김윤식 선생을 알아보았다고 했다. 무슨 일본어 책을 보고 계셨는데 어른이 불편하실 것 같아 자기 다리를 모아 드렸다고 했다. 체구가 있는 사람은 비행기 좌석이 불편하지 않느냐고 말을 걸어주셨다고 했다.

어른이 어른인지라 무척 조심스럽지만 이 정치평론가는 그래도 이분께 시나가와에는 언제 가셨더냐고 여쭈어 보았단다. 시나가와는 일본 도쿄의 한 지명인데, 여기에 옛날에 조선인 노무자들이 많이 살았다는 기록들이 있다. 일제시대 비평가 임화가 시인이기도 해서 일본 비평가 시인 나카노 시게하루의 시 「비내리는 시나가와 역」에 화답해 「우산 받은 요꼬하마의 부두」라는 시를 지은 것이 두고두고 연구 주제의 하나가 되어 있기도 하다.

이 느닷없는 질문에 이 분은 깜짝 놀라는 표정으로 정치평론가를 쳐다보셨노라고 했다. 이렇게 세월이 흐르고 학교에서도 퇴직하시고 방송 같은 데는 좀처럼 출연도 하지 않는데 그래도 당신을 알아보는 사람이 있다는 것이 예기치 않은 일이었을 것이다.

그날 당신은 김달진문학제에 잠깐 참석해서 당신의 소임을 마치고는 식장을 빠져나가셨다고 한다. 내가 진해 구민회관에 갔을 때 그 분의 모습은 이미 보이지 않았다.

정치평론가와 두 시간 되는 생방송 토론을 마치고 학교로 가는데 여러 가지 생각이 났다. 그 많은 생각 가운데 가장 정

절간에 선승이 없다

확한 표현을 어제서야 찾았다. 지금 절간에 선승이 없다는 것이다.

내가 지금 몸 담고 있는 곳을 절간이라 비유해 본다면 과연 이 절간에 선승이 없는 것 같은 적막한 느낌을 지울 수 없다. 모든 세월을 학문 연구에 다 바쳐 새로운 세계를 열어나가려는 고독한 투쟁 대신에 행사에 참여하고 토론에 참여하는 내가 과연 제대로 된 자격을 갖춘 연구자일까?

나는 선생이 학교에 재직하고 계실 때 그 단단하던 어깨를 잊지 못한다. 선생은 양복을 세련되게 입을 줄 아는 분이셨다. 내 뇌리에는 푸른색 와이셔츠에 멋진 넥타이를 맨 정장 차림으로 캠퍼스의 자하연 옆을 차갑게 걸어가시던 모습이 떠오른다. 아마도 그분이 50대 중,후반쯤이셨을 것이다. 그때만 해도 선생은 몸과 마음에 지침이 없었고, 매일 학문 세계를 열어나가는 뜨거움을 갖고 계셨다.

내가 진해 구민회관에 가자 선생을 뵈었다는 사람들이 참 기운이 빠져 보이신다는 말들을 했다. 눈에 띄게 쇠약해지신 것 같다는 것이다. 그러나 선생은 사실 쇠약해지신 것이 아니다. 지금도 선생은 몇 달 전에 새로운 저서를 냈고『문학사상』에 월평을 연재하고 계시다. 선승이 절간을 떠나 다른 곳에 가 있을 뿐, 선생을 닮은 선승이 그 절간에 없을 뿐이다. 선승 없는 절간에 이판인지 사판인지 불분명한 사람 하나가 선승의 자태를 그리워할 뿐이다.

공부하는 사람을 만나다

내가 하고 있는 일 가운데 하나는 '춘원연구학회'라는 학술단체 일을 함께 해나가는 것이다. 이 학회는 이름이 말해주듯이 춘원 이광수와 그의 문학을 연구하는 것을 목적으로 삼고 있다.

본래 대학교에서 정년퇴직을 한 선생님들이 주축이 되셔서 결성했고, 지금은 윤홍로 선생님께서 회장을 맡고 계시며, 이광수의 장녀인 이정화 교수도 힘을 보태고 있다.

'춘원연구학회'에서는 학술지도 내지만 뉴스레터라고, 소식지도 만들고 있다. 그러나 아직은 틀이 완전히 잡히지 못해서 여러 가지 보완할 것이 많다. 몇 분들이 모여 뉴스레터를 어떻게 활성화 할 것이냐 하는 고민을 하다가 생각한 것이 몇 가지 있었는데 그중에 학회에 관련된 분들을 인터뷰하자는 의견도 있었다.

그 첫 대상으로 거론된 분이 서강대학교를 정년퇴직한 이

재선 선생님이시다. 비교적 근년에 『이광수 문학의 지적 편력』(2010, 서강대학교 출판부)이라는 저서를 내시기도 했고, 또 1936년생으로 인터뷰의 첫 대상으로 손꼽을 만한 학계의 원로이시다.

그런데 나는 인터뷰를 전혀 심각하게 생각하지 않았다. 어차피 선생님이 내신 저서를 화제 삼아 이야기를 나누면 되겠고, 또 뉴스레터 지에 실을 수 있는 내용이 원고지 분량 20매를 넘지 못할 것 같으니 한 30분만 인터뷰를 해도 필요한 원고량은 충분할 것이라는 계산이었다.

그래서 질문지를 다섯 개쯤 만들어 보내드렸는데, 돌아온 답변이 의외였다. 이미 2, 3년 전에 출간한 책을 가지고, 그것도 그때 이미 '춘원연구학회'에서 소개한 적도 있었는데, 이것을 가지고 다시 인터뷰를 하는 것은 적절치 않다는 것이었다.

말씀은 편하게 하셨지만, 그 행간으로 미루어 짐작해 보건대, 뭔가 새로운 이야기도 할 수 있는데, 왜 이미 일단락된 것을 가지고 재론하게 하느냐는 불만 같은 게 담겨 있다. 그리고 더 들어가 보면 나, 그렇게 한 권 냈다고 만족하며 쉬고 있는 사람 아니라는 자신감 같은 것이 자리 잡고 있음도 알 수 있었다.

부랴부랴 좀 더 현재진행형의 진취적인 질문으로 수정해 보내 드리고 약속한 날에 선생님을 뵈러 지도학생 하나를 데리고 나갔다.

내가 준비해 간 첫 번째 질문은『이광수 문학의 지적 편력』을 내신 지 세월이 또 많이 흘렀다, 지금은 어떤 공부를 하고 계시느냐, 하는 것이었다. 애초에 준비했던 질문은『이광수 문학의 지적 편력』을 통해서 무엇을 밝히려 하셨느냐 하는 것. 그러니 나로서는 아주 다른 각도에서 질문을 던진 셈이고 또 그만큼 선생님에게 하실 말씀이 준비되어 있어야 할 어려운 질문이라고 할 수도 있다.

출생연도로 보면 선생님은 이미 78,9세의 학계 원로시다. 통상적으로 생각해서 공부가 빠르게 진척되어 갈 것이라고 생각하기는 어려운 연세시다. 그런데 웬일인가. 선생님은 내 질문 다섯 개에 A4용지 여섯 장 분량의 메모를 해갖고 나오신 것이었다.

지금 '테마틱스'라고 해서 한국소설의 주제학에 관련된 저술을 하고 계신데, 이미 2개월만 있으면 보통 책 분량으로 500페이지에 달하는 책이 될 것이라고 하셨다. 또한 '고소설사'를 쓰고 계시다고 했다. 예전에 '개화기 소설사'를 써 놓은 게 있으니 여기에 이어 그 이전의 소설들의 역사까지 아울러 정리하시겠다는 것이었다. 우리 소설사를 과거는 모르고 현재만을 아는 우를 범하지 않으려면 우리 소설의 전통까지 밝게 살펴야 한다는 뜻이었다.

이런 저런 말씀을 듣는데, 나는 문득 이 분과 똑같은 연도에 태어난 김윤식 교수를 떠올렸다. 생각하건대 두 분은 학문의 류가 다른 분들이었다. 이재선 선생님은 영미 비평이론에 아주 조예가 깊고, 김윤식 선생님은 일본문학 및 사상사에 밝으시다. 그러나 두 분이 통하는 것이 하나 있으니, 그것은 두 분 모두 시간이 어떻게 흐르든 공부를 놓지 않는 분들이라는 점이다.

오스카 와일드의 '사회주의'

오스카 와일드는 사회주의를 부정했을 것 같다. 예술지상
주의자니까, 사회주의는 예술에 적대적이라고 알고 있는 우
리의 상식에 비추어 그가 사회주의를 지지했을 것이라 상상
하기 어려운 것이다.

그러나 그는 사회주의를 지지했다. 사람들의 재산의 소유
정도가 각인의 개성의 발현을 제약하는 제도는 불완전한 것
이라며 부의 사회적 소유를 긍정한 것이다. 그러나 그는 단
순하지 않았다.

그는 이 사회주의라는 것이 진정한 개인주의로 가는 길목
이 되어야 한다고 말했다. 우리가 흔히 생각하는 것과 달리
그는 개인주의에서 사회주의로 가는 게 아니라 그 반대의
경로를 머릿속에 그렸던 것이다.

그러면서 그는 말했다. 이 사회주의가 만약 개인의 자유
를 제약하고 예술의 자유를 억압한다면 그것은 한갓 야만에

떨어지게 되고 말 뿐이라고. 그리고 역사는 그가 예견한 것처럼 되었다. 개인과 언론과 예술을 억압한 소련 소비에트 체제와 동구 사회주의는 둔중한 공룡처럼 퇴화한 끝에 사멸해 버렸고, 그 후 역사는 끝났으며 이제 우리는 인류 '최후'의 양식인 자본주의 속에서 살게 될 것이라는 이론이 큰 영향을 미쳤다.

그런 사건이 무려 25년 전, 그러니까 1990년 전후에 일어났다. 돌이켜 보면 까마득히 오래된 일이다. 인간의 생물학적 한 세대를 보통 30년 잡으면 온전히 한 세대가 교체될 지경이요, 대학의 한 세대는 4년 주기로 바뀌어 가니, 그렇게 따지면 물경 여섯 세대에 걸친 교체가 일어났다.

그러니까 아주 오래전부터 우리는 '현재'를 수긍하고 미래로 통하는 출구를 막아놓고 살아왔다. 왜냐하면 우리는 사회주의를 지향할 수도 없고 해서도 안 되기 때문이다. 맞다. 우리는 야만으로 귀착된 딱딱하게 굳어버린 흑빵을 먹을 수는 없고, 그보다 더 잔혹한 체제라면 절대 용인, 용납할 수 없다.

그러나 생각한다. 과연 우리의 지난 30년 가까운 시간은 좋은 결과를 산출한 과정이었을 뿐인가 하고. 그리고 그에 대한 부정적 판단으로부터 나는 공상에 대해, 공상의 가치에 대해 생각한다.

현실성이 없는 꿈을, 이상을 공상이라 한다. 완전한 남녀 평등은 공상일 것이다. 큰 나라와 작은 나라가 동등한 자격을 갖는 것은 공상일 것이다. 공해가 없는 세상, 생물 종들이 멸종하지 않고 저마다 풍요롭게 조화를 이루며 사는 세상도 공상일 것이다. 완전한 고용은 공상일 것이다. 맞벌이하는 남녀가 저녁에는 같이 영화를 보고 뮤지컬을 보고 휴가 때가 되면 정부 보조를 받아 여행을 가는 일은 공상일 것이다. 우리나라 같은 곳에서 지역과 지역이 서로를 얕보거나 미워하지 않고 사는 것도 정녕 공상일 것이다.

옛날 일제시대 말기가 가까워졌을 때 이효석은 「공상구락부」라는 단편소설을 썼다. 젊은이들이 하릴없이 모여앉아 공상이나 하는, 스토리도 불분명한 소설이었다. 도대체 무엇을 말하고자 함이었을까?

공상은 과연 무기력하고 터무니없는 두뇌 조작에 불과한 것일까?

내가 생각해 보기에 공상은 힘이 세다. 공상을 공상답게 마음껏 꿈을 꾸어 보면 우리의 삶이 어떤 상태에 놓여 있는지 알 수 있다. 우리는 과연 행복한가? 우리는 사람답게 살고 있는가? 우리는 평화롭게, 사랑하며 살 수 있는 관계를 만들고 있는가? 우리는 우리의 공상에 비추어 우리의 현재를 비추어 보고 우리가 지향해야 할 세상의 형태를 인식할 수 있어야 한다.

당신은 대체 어떤 사람이요? 하고 누군가 내게 물을 때가 있다. 당신은 좌요, 우요, 이도 저도 아니면 그 무엇이요? 진보도, 보수도 너나없이 선명함을 주장하고 나서는 때에 당

오스카 와일드의 '사회주의'

신은 너무 흐릿하지 않느냐, 불분명하지 않느냐는 것이다.

내가 짐짓 나는 좌도, 우도, 진보도, 보수도, 그런 이름으로 말할 수 없는 사람인 것 같다고, 아니, 나는 이 시대에 그런 것이 명료하게 존재하는 것으로 생각하지 않는다고 말하면, 그는 틀림없이 피곤한 표정을 지을 것이다.

그러나 내 공상에는 섣부른 이름을 짓고 싶지 않다. 이름, 곧 레떼르를 붙이는 순간 복잡하고 진지하게 다루어야 할 모든 것이 헝클어져 버리기 때문이다. 또는 때로 희화화되고 말 것이기 때문이다.

니체, 스탕달, 한국어문학 연구

　겨울이 가까워 왔을 때 니체의『차라투스트라는 이렇게 말했다』를 읽었다. 그는 자기 생애에 친구가 없었다. 그는 일찍 교수가 되었지만 그만두었고 외국으로 떠다녔다. 자비로 마흔 권의 책을 출판했는데, 독일에 보낼 주소라고는 일곱 군데밖에 없었다고 했다.『차라투스트라는 이렇게 말했다』의 주인공은 그럼에도 자기 생각에 동의하는 사람들을 찾고 있었다. 생각했다. 그는 고국에 있는 자신의 당대의 사상의 동지들을 부르는 게 아니라고. 니체가 찾는 사람은 미래에 있었고 독일이 아닌 다른 곳에 있었다.

　니체가 소리 높여 인간적인 차원을 넘어설 것을, 선악을 넘어, 초인이 될 것을, 낙타가, 사자가 아니라 어린아이가 될 것을 주장할 때, 그것은 서구문화에 속한 이들만을 향한 외침이 아니라 어느 곳에서든 인간의 조건을 넘어서고자 하는 사람들을 향한 것이었다. 그리고 이것이 에드워드 사이드의

『오리엔탈리즘』에 그렇게 많이 공명하면서도 그의 담론에는 '진리론'이 결여되어 있다고 보는 내 생각의 근거다. 이효석은 장편소설『화분』에서 이렇게 말했다.

진리나 가난한 것이나 아름다운 것은 공통되는 것이어서 부분이 없고 구역이 없다. 이곳의 가난한 사람과 저곳의 가난한 사람과의 사이는 이곳의 가난한 사람과 가난하지 않은 사람과의 사이보다는 도리어 가깝듯이 아름다운 것도 아름다운 것끼리 구역을 넘어서 친밀한 감동을 주고받는다. 이곳의 추한 것과 저곳의 아름다운 것을 대할 때 추한 것보다는 아름다운 것에서 같은 혈연과 풍속을 느끼는 것은 자연스런 일이다. 같은 진리를 생각하고 같은 사상을 호흡하고 같은 아름다운 것에 감동하는 오늘의 우리는 한 구석에 숨어 사는 것이 아니요, 전세계속에 살고 있는 것이다. 동양에 살고 있어도 구라파에서 호흡하고 있는 것이며 구라파에 살아도 동양에 와있는 셈이다.

진리에 있어 동양이나 서양의 구분은 의미가 없다. 서양이 오리엔탈리즘 식으로 보다 많은 언표적 권력을 보유해 왔다 해서 그것이 그 진리성을 입증하는 것이 아니듯 동양 또한 마찬가지며, 일본인도, 한국인도 그 점에서 같다. 과연 진리라는 것이 있느냐 하는 문제는 여기서 닫아두기로 한다.

봄이 오자 갑자기 스테판 츠바이크의『천재와 광기』의 다른 장들을 읽고 싶어졌다. '카사노바' 장을 읽고 '스탕달' 장으로 옮겨오자 이 책은 새로운 생각을 하게 만든다. 『적과 흑』, 『파르마의 수도원』의 저자는 지독한 에고이스트로서 그는 숱한 이름으로 '앙리 베일'이라는 자신의 '본 이름'을 감추고 정체를 '숨긴 채' 세상 속을 떠다녔다. 그는 군인이기도 했고 외교관이기도 했으나 그 어떤 것에도 자기를 내맡기지 않고 자기 자신의 생각과 감정과 감각과 언어를 구축하고자 했다. 그에게는 프랑스라는 조국조차 믿고 의지할 만한 것은 아니었으니, 러시아 모스크바 원정에 가서도 그는 권태로웠고 나폴레옹의 몰락 속에서 외국 군대가 파리로 진주하는 중에도 그는 조국애나 애국심에 들뜨지 않았다. 무엇이냐 하면 그는 어떤 이데올로기나 '선제적' 사상이나 집합적, 집단적 열병 같은 것에 휩쓸리지 않는, 독단적이면서도 고독한 사상가였다는 것이다.

한국어문학은 국가다, 민족이다, 근대다, 전통이다, 정체성이다 하는 관념들에 눌리지 않는 자유를 얻어야 한다. 예를 들어 춘원 이광수가 계몽주의자였다든가 민족주의자였다든가 대일협력론자였다든가 하는 평가나 분석에 대한 비판은, 그가 결국은 제국의 논리에 포섭되었다는 식의 또 다른 정치적 담론, 입장에 귀착되는 것이어서는 안 된다. 니체나 이효석이나 스탕달의 입각점이 이광수에 대한 비판적 분석의 토대가 될 수도 있어야 한다. 현대의 한국어문학은 특히 일제 강점기의 저항 민족주의와 근대화론, 국민국가론 같은 담론의 노예가 되지 않을 때 비로소 새 지평을 획득할

니체, 스탕달, 한국어문학 연구

수 있다. 한국어 문학을 정치적이거나 정치주의적 문학 수준에 묶어두는 것은 비단 작가들만이 아니라 그 연구자들이기도 하다. 지식인 스스로 자신을 묶어놓은 사슬을 풀어야 한다. 어떻게 그것이 가능해질 수 있을까?

소설, 소설가라는 것

─스탕달의 『적과 흑』 중에서

외국 소설을 번역해 놓았는데 마치 우리말 구어체 문장을 대하는 맛이 난다면 참 좋은 번역일 것이다. 일찍이 시인 백석이 토마스 하디의 『테스』를 번역할 때 정말 그런 우리말 문장을 풀어놓았던 적이 있다. 스탕달의 『적과 흑』 민음사 판 번역자는 이동렬이라는 분인데, 소설 읽는 맛이 그런 느낌을 자아낼 정도였고, 작품 해설도 뭐랄까, 참 성의 있어 보였다.

그에 따르면, 『적과 흑』의 그 제목은 어떻게 해서 붙였느냐 하면, 여러 설이 분분한 가운데 적색은 군직을 상징하고 흑색은 성직을 상징한다는 것이 일반적인 해석이라고 한다. 이 소설의 주인공 쥘리엥 소렐은 나폴레옹 몰락 이후 왕정복고기에 성직자의 길을 걸어 출세하고자 하는 야망에 불타는 청년이다. 그는 읽은 분들은 다 알 듯이 드 레날 시장의 집에 가정교사로 들어갔다 그 부인과 '적절하지 않은' 관계를 맺게 되고, 파리로 가서는 다시 드 라몰 후작의 딸 마틸드와 신분을 뛰어넘는 사랑을 한다.

시골 목재소의 막내아들로 농부 계급, 그러니까 소시민 출신에 지나지 않는 쥘리엥의 위험한 야심은 소설에 자주 등장하듯 '정열'이라고 부를 만한 것인데, 그러나 이 정열은 나폴레옹 시대와 달리 생로를 쉽게 찾을 수 없다. 프랑스 사회는 다시 왕정복고라는 정치적 '반동' 속에서 신분제적 칸막이가 새롭게 강조되고 왕정과 귀족들, 그리고 신권을 '대변하는' 성직자들이 군림한다. 혁명과 로베스피에르의 공포 정치에 대한 깊은 반감과 두려움은 그들 지배계급들로 하여금 자유주의, 민중들, 변혁 사상가들에 대한 증오를 부추긴다. 쥘리엥의 비극은 나폴레옹의 영웅주의에 깊이 매료된 그임에도 이 영웅됨으로 나아갈 수 있는 길이 폐색되어 있는 데서 연출된다. 그는 단지 나폴레옹을 몰래 숭배할 수 있을 뿐이고, 사실은 그가 미워해 마지않는 지배계급의 일원이 되고자 하는 '허무한' 야망에 시달린다. 그런 시대에 그는 단지 영웅을 세속적으로만 모방할 수 있을 뿐인데, 때문에 그는 전쟁터에 나가 싸우는 대신 레날 시장의 저택과 드 라몰 후작의 저택에서 스스로의 욕망을 시험대 위에 올리며 '작고', '더러운' 전쟁을 치를 뿐이다. 이것이 그에게는 전투며 정치였던 것이다. 이런 의미에서 나는 이동렬 선생이 한 페이지 이상에 걸쳐 소개한 '적과 흑' 제목의 유래에 대한 설명에도 불구하고, 여기서 '적' 즉 붉은 빛은 정열과 욕망과 사랑을 상징하고, '흑' 즉 검은 빛은 그것으로부터 생명을 앗아가는 정치와 상쟁과 음모를 가리킨다고 말하고 싶다. 빛깔은 어떤 하나의 대상을 지시하지 않고 그 풍부한 상징적 효과를 통하여 많은 것, 복합적인 것을 함께 가리킬 수 있다.

　사실 나는 지난 한 달 간 스탕달에 빠져 있어서 스테판 츠바이크의 『천재와 광기』 스탕달 편을 읽고 정음문고에서 옛날에 나온 『스탕달 평전』을 서둘러 읽었다. 게다가 어떤 필요까지 겸하여 이 『적과 흑』을, 두꺼운 책 두 권이나 되는 분량에도 불구하고 '끈기 있게' 결국은 읽어치워야 했다. 그 요인들 가운데 하나는 스탕달의 독특한 에고이즘, 즉 인생에 대한 독특한 관점, 자기 자신을 사회로부터 은폐하면서도 그 사회를 철저히 해부하고자 한 소설가적 태도 같은 것이었다. 스테판 츠바이크가 던진 충격이 스탕달에 대한 관심으로 나아가게 하고 더불어 그의 소설 스타일을 정말 '작가적' 관점에서 뜯어보고 싶다는 탐구욕을 불러일으켰다고나 할까. 실제로 그는 『적과 흑』의 이야기를 풀어나가는 내내 소설이라는 말을 수없이 사용하고, 소설가란 어떤 존재인가를 성찰적으로 돌아보는 날카로운 자의식을 드러낸다. 이 가운데 아마도 연구자들이 꽤나 많이 인용했을 만한 부분을 여기 인용해 본다.

　그런데, 소설이란 큰길가를 돌아다니는 거울과 같은 것이다. 때로 그것은 푸른 창공을 비춰 보이기도 하고, 또 때로는 도로에

소설, 소설가라는 것

파인 수령의 진흙을 비춰 보이기도 한다. 그런데 여러분은 채롱에 거울을 짊어지고 다니는 사람을 비도덕적이라고 비난하다니! 그의 거울이 진흙을 비추면 여러분은 그 거울을 비난한다! 차라리 수령이 파인 큰길을, 아니 그보다도 물이 괴어 수령이 파이도록 방치한 도로 감시인을 비난함이 마땅할 것이다.

—스탕달,『적과 흑』2, 이동렬 옮김, 민음사, 163쪽

　여기서 스탕달은 소설을 가리켜 "큰길가를 돌아다니는 거울" 같은 것이라 하고 소설가는 "거울을 짊어지고 다니는 사람"이라 한다. 반영론 같은 오래된 이론을 생각나게 하는 대목인데, 그렇다고 스탕달이 현실이나 사회를 모사해 보이기만 하려 했다고 하면 곤란할 것 같지만, 그럼에도 그는 소설가의 작품은 시대의 특색, 시대에 걸맞은 인간을 표현해야 한다는 생각을 가지고 있었다. 자신이 사는 시대가 혼탁하고 더럽다면 소설가는 그 혼탁과 더러움을 거울에 비춰 보이듯 해야 한다. 그렇다면 그 시대를 비춰 보인다는 것은 도대체 무엇을 보여준다는 것이냐? 이에, 문학과 정치에 관한 스탕달의 생각을 엿볼 수 있게 하는 대목을 찾아본다. 그는 지극히 정치적인 인간이었고 그 자신 외교관이기도 했지만 소설이 정치를 표현해야 하는가 하는 문제를 심사숙고했다. 과연 쥘리엥 소렐의 이야기에 정치는 얼마나 어떻게 표현되어야 하나? 예민한 감성의 소유자로 음악을 지극히 사랑했던 스탕달은 소설에 정치 이야기가 들어가는 것은 마치 연

주회 도중에 누군가 권총을 쏘는 것과 같다고 표현했다.

　　여기서 저자는 한 페이지쯤을 점선으로 메워버리고 싶었다. 그
러자 발행자가 나섰다. "그러면 흉해질 것입니다. 이처럼 경박한
책에 맵시마저 없다면 그건 치명적입니다." 저자가 응수했다. "정
치란 문학의 목에 매단 돌과 같아서 육 개월도 안 돼 문학을 침
몰시키고 맙니다. 상상력의 흥미 가운데 끼어드는 정치는 연주
회 도중에 들리는 권총 소리와도 같습니다. 그 소리는 힘차지도
못하면서 찢어지듯 시끄러운 소립니다. 그 소리는 어떤 악기의
소리와도 화음을 이루지 못합니다. 이 정치라는 것은 반쯤의 독
자에게는 극히 불쾌감을 불러일으킬 것이고, 아침 신문에서 훨
씬 전문적이고 활기찬 정치 기사를 읽은 다른 반수의 독자에게
는 지루함을 줄 것입니다……." 이때 발행자가 다시 응수했다.
"만약 당신의 인물들이 정치 얘기를 하지 않는다면 그들은 1830
년의 프랑스인이 아닙니다. 그리고 당신의 책은 당신이 주장하
듯이 거울이 될 수 없을 것입니다……."

　　　　　　　　　　　　　　　　　　　　　　　—위의 책, 195쪽

　　스탕달 스스로 괄호로 묶어 놓은 이 대목에서 그는, 과연
소설이 정치 이야기를 담아야 하는가 하는 문제를 '발행자'
와 '저자'의 대화 형식으로 풀이해 보인다. 저자로서 그는 정
치 이야기를 하고 싶지 않다. 그것은 마치 음악 연주 도중에
들리는 총소리와도 같다. 그러나 발행자는 그런 이야기를

소설, 소설가라는 것

집어넣어야 한다고 '우긴다'. 왜냐. 만약 이 이야기의 인물들이 정치 이야기를 하지 않는다면 그들은 1830년을 살아가는 프랑스인이 아니라는 것이다. 그 시대의 인물들을 그리는 데 있어, 그토록 정치에 몰두했던 당대인들의 특성을 이야기에 새겨 넣지 않을 수는 없으리라는 것이다.

아마도 스탕달 시대의 프랑스 사람들은 오늘날의 우리 한국 사람들처럼 정치에 꽤나 골몰했던 모양이다. 그렇다. 작가가 원해서가 아니라 시대의 인물들이 작가로 하여금 그렇게 그리도록 만들었던 것이다.

이 글을 읽는 분들께서, 여담으로, 또 유머로까지 받아주었으면 좋겠는데, 이 작품은 읽으면 읽을수록 내가 쓴 소설 『대전 스토리, 겨울』을 생각나게 했다. 아하, 그렇다면 나는 스탕달 타입의 작가였더란 말이냐. 나 또한 그 이야기 속에서 꽤나 정치 이야기를 풀어놓기는 했던 것이다.

하지만 나는 스탕달보다는 세련되게 풀어놓았다! 맙소사, 이런 '자백'. 착각은 다시없을 것이다!

훌륭한 작가는 어떻게 만들어지나?

지난 이른 봄 대구에 갔다. 경북대학교에서 국제학술대회가 있었고, 거기서 나는 작가 이상과 러시아 작가 도스토옙스키의 관련성을 이야기 했다.

27세의 젊은 나이로 세상을 떠난 이상, 그러나 그의 명성은 그의 사후에도 전혀 퇴색되지 않았다. 그 이유가 뭘까?

혹자는 그를 가리켜 천재작가라고 한다. 하늘이 낸 사람이라 그렇게 잘 썼다는 것이다. 또 어떤 사람은 그가 뿌려놓은 이야기들을 거론하기도 한다. 그는 기생 금홍과의 만남과 헤어짐을 비롯하여 숱한 일화들을 남겨 놓았고, 더구나 폐결핵으로 이르게 세상을 떠남으로써 하늘은 재주 많은 이를 시샘한다는 사실을 확인시켜 주었다.

아마도 그의 명성을 탐탁치 않게 생각하는 사람들 중에는 그는 단지 운이 좋았을 뿐이라고 치부하는 이도 있을 수 있다.

그러나, 내가 이상과 도스토옙스키, 특히 소설 「날개」와 『지하생활자의 수기』를 비교 검토하면서 얻은 생각이 하나 있다. 그것은 이런 것이다.

자신보다 앞서 있는 작품들을 단지 감상의 차원에서 읽는 이는 절대로 훌륭한 작품을 쓸 수 없다. 이래서 좋았다거나 어디가 나빴다는 식으로 작품을 하나의 대상으로 바라볼 뿐인 작가는 언제나 자기 한계 안에 머물러 있을 뿐이다.

진짜 작가는 그와 다르다. 그는 앞선 작가들을 자기를 둘러싸고 있는 문학적 현실로 받아들이고, 소화시키고, 또는 그것과 치열하게 싸운다. 말하자면 이상이 도스토옙스키를 그렇게 상대했다.

「날개」의 프롤로그 부분을 보면, 이상은 화자의 목소리를 빌려 19세기는 차라리 봉쇄하여 버리오, 도스토옙스키 정신이란 차라리 낭비인 것 같다고 말하는 것을 볼 수 있다.

어떻게 감히 이렇게 말할 수 있을까? 도스토옙스키라면 『죄와 벌』로, 『까라마조프의 형제들』로, 『백치』, 『악령』으로 오늘 이 시각까지 세계적인 대문호의 지위에서 물러서지 않는 사람이 아니던가.

그러나 이렇게 말할 수 있는 사람에는 두 부류가 있다. 하나는 무식하면서도 오만한 사람이다. 이런 사람은 덮어놓고 명성을 가진 자를 무시하려 든다. 그가 어떤 정신의 고갱이를 가지고 있었는지 헤아려 보려고도 하지 않는다.

다른 하나는 충분히 숙고한 후에 초극하려는 사람이다.

이상에 있어서의 도스토옙스키로 말하면, 그는 도스토옙스키의 소설들이 지닌 의미를 깊이 따져보려 했다.

『지하생활자의 수기』를 보면, 도스토옙스키는 자신의 시대인 19세기를 현대로 인식했고, 그 현대의 의미를 깊이 성찰했으며, 자신이 처한 러시아적 현대성과 맞싸우려 했다. 그는 이를 위해 유럽적 지성들, 또 그들의 논의를 작품에 끌어들였고, 때문에 불란서의 '앙뉘ennui',즉 권태를 자신의 소설 속에 끌어 들였다. 유럽적 현대성에 대비되는 러시아적 현대성을 자기 문제로 의식하고 싸워나갔던 것이다.

이로부터 이상이 도스토옙스키를 처리하는 방식을 뜯어볼 수 있다. 그는 자신의 시대인 20세기의 현대성을 강렬하게 의식했고, 그러한 맥락에서 도스토옙스키가 19세기의 현대성을 처리한 방식을 탐구했다.

그 결과가 바로 소설 「날개」였다. 이 소설에서 페테르부르크 네프스키 거리를 살아가는 도스토옙스키의 지하생활자는 식민지 시대 경성의 피로한 거리를 주유하는 백치적 지식인으로 재탄생했다. 이 소설 속에서 도스토옙스키의 창녀 '리자'는 창녀적인 아내 '연심'으로 되살아났다.

그러면서도 이상은 앞에서 말했듯이 도스토옙스키 정신이란 차라리 낭비인 것 같다고 했다.

나는 이 문장을 보면서 도스토옙스키 소설들의 장광설을 떠올렸다. 『죄와 벌』이며, 『까라마조프의 형제들』에 나오는 인물들은 어찌나 말이 많고 긴지 모른다. 『지하생활자의 수기』에서도 주인공은 왜 그렇게 수다스러운지 견딜 수 없을 정도다. 한마디로 말해 기름기 많은 육체의 문학이 도스토옙스키의 문학이다. 이상이 도스토옙스키의 문학을 가리켜 낭비라고 한 것은 바로 이러한 속성을 가리키고 있다.

「날개」를 통해서 보는 이상의 문학은 뼈의 문학, 현실의 본질을 투시해보려는, 엑스선의 문학이다. 그러면서도 그는 도스토옙스키와 마찬가지로 깊은 자의식으로 파놉티콘을 방불케 하는 20세기 초반의 서울의 모더니티와 맞싸우려 했다.

나는 이상이 도스토옙스키를 상대하는 방식에서 문제적인 작가가 출현하는 메커니즘을 본다. 훌륭한 작가는 전통을 의식하고 그것에 합류하려는 문제의식을 가진 존재여야 한다.

3부

페루의 바닷가에서 생을 마칠지
아이슬란드의 화산 밑에서 끝낼지

영덕에서 전복비빔밥을

이 뜨거운 여름에 하루쯤은 일을 잊고, 놓고, 포항 바닷가 쪽에 나가보는 건 어떻겠소?

포항 바닷가도 불꽃 축제 벌어지는 시끄러운 곳은 말고. 그런 곳에는 식구들하고나 가고. 그댈랑은 따로 혼자 저 북부 해안도로 외로 돌아 포항을 빠져 나가는 길목 같은 데 앉아 바다를 보며 생각에 잠겨 보오. 내가 어찌어찌 이렇게 살아가고 있는가 말이오.

그런 한적한 곳은 그러니까 아리랑 횟집 같은 곳이겠소. 포항 본고장 물회 맛이 일품인 곳. 회 무침에 얼음 김치 국물을 적당히 붓고, 국수에, 밥에, 참으로 시원스러웠소. 창밖으로는 물결이 일고 바다 건너편에는 포스코가 길게 누워 있고.

그러면 더 한적한 바다로 나가고 싶지 않겠소? 그러면 영덕 가는 쪽으로 권할 만하오. 불국사 말사라는, 보경사 돌아드는 곳은 그냥 지나쳐 조금만 더 가면 다리가 하나 보이는데, 그 짧디짧은 다리가 영덕과 포항을 경계 짓는다 하더이다.

그 다리를 건너자마자 바다가 보이는 쪽으로 돌아드니, 공기 냄새도, 물 냄새도 벌써 포항하고는 많이도 다르오. 내 마음 저절로 한적해지더이다.

바다는 해변횟집 바로 앞에 방파제까지 밀려와 일렁이고 있었소.

그 집은 벌써 몇십 년째 한집에서 장사를 하고 있다 하더이다. 전복이 비빔밥 재료가 될 수도 있음을 그때서야 알았소.

전복이라는 두 글자, 말로는 결코 실감나게 표현 못 할 향미. 바다를 얇게 썰어, 물에 헹궈, 짭조름한 맛은 덜어내고, 송이버섯같이 향긋하고 유순한 맛만 우려 놓은 것 같은 맛.

벼를 모른다고 한 이상처럼 비를 잊은 시 너무 오래 된 내게 바다는 또 무슨 호강이오? 서울에서 비린내 없는 전복 구경은 어찌나 어렵던지? 나는 으레 날전복은 비린내 나는 것이려니 했었소.

2층 방에 올라가자 오래된 화분들이 정갈하게 앉아 우릴 맞아 주고 자리를 잡자, 파도가 내 친한 벗이라도 되는 듯 장난질을 쳤소.

문득 백석이 동해를 친구 삼아 건네던 말을 떠올렸소.

'이것은 그대와 나밖에 모르는 것이지만, 공미리는 아랫

주둥이가 길고 꽁치는 윗주둥이가 길지.'

공미리는 학꽁치의 다른 이름이오.

서북 사람인 백석은 동해가 좋았던 모양이오. 충청도 평야에서 난 나도 왜 이렇게 동해, 이 친구가 좋아지는지 모르겠소.

동해야. 나도 나와 그대밖에 모르는 비밀을 하나쯤 갖고 싶으이.

숟가락 뜨다 말고 친구를 바라보고, '참' 소주병을 기울여 팔꿈치 무릎에 얹어 놓고 한참을 뜸들이다 한 모금 넘기고, 넘기고.

이것은 내가 혼자 그곳에 간다면 그렇겠다는 것이오. 그때는 바로 해가 저물어도 좋소. 바다에 그늘이, 어둠이 내리는 것, 뜨거운 낮이 차차 열이 가시는 것이 얼마나 좋이 느껴지겠소? 그러면 해풍은 또 얼마나 시원하겠소?

이렇게 폭염이 몇 날 며칠째 계속되는 나날이면, 바로 엊그제 갔다 오고도 벌써 저 멀리 웅크려 앉은 호랑이 꼬리뼈 언저리로 또 가보고 싶은 생각. 맛난 전복비빔밥에 바닷바람까지 비벼 넣고 소주 한 잔 기울이고 싶어지는 마음.

이런 마음으로도 나는 벌써 서울에 있어도 서늘해지오. 그날이 그날 같은 나날에 그런 맛있는 날은 또 없을 것 같소.

영덕에서 전복비빔밥을

대마도 단상

대마도는 가깝고도 먼 곳이다. 왜 그런가 하니 가는 데 시간이 참 많이 걸린다.

새벽 다섯 시 반에 KTX를 타고 서울역을 떠나 부산에서 다시 배를 탔다. 전날 밤 한숨도 못 잔 까닭에 기차 안에서도, 배 안에서도 내내 잠이 쏟아졌다.

그런 중에도 배 뒤쪽에 서서 바다를 바라보며 이런저런 생각을 할 수도 있었다. 바다는 검고 윤이 나고 바람 때문에 자못 물결이 높았다.

이 바다를 건너 윤심덕도, 이광수도, 임화도 일본으로 갔다. 이상은 이 바다를 건너 도쿄로 갔다 영영 돌아오지 못했다. 나는 바다를 뚫어져라 쳐다봤다. 이 바다는 꼭 살아 있는 거대한 물고기 같았다.

이 물고기는 크고

비늘은 파도

제가 성난 비늘을 어쩌지 못해

저는 잠들어 있을 때도

비늘은 늘 제 맘 가는 대로

일어섰다 누웠다

너울을 만든다

나는 이 물고기 비늘이 성나서 뱃전을 사납게 후려치는 나날들을 생각했다. 그런 나날이면 한국과 일본 사이에는 늘 운명적이면서도 불행한 일들이 생겨났던 것이다.

대마도 민심은 사나웠다. 일본에서 사람을 직접 접촉해서 밀치는 법은 여간해서 없는데, 이곳 통관 안내를 맡은 사람은 말도 없이 한국 사람을 밀치곤 했다. 거리에서는 자가용차가 사람들이 건너가는 때를 기다리지 못하고 클랙슨을 눌러대곤 했다. 호텔에서도 안내를 맡은 여인은 고개를 숙이지 않고 다다미방엔 머리칼 같은 것이 치워지지 않은 채 떨어져 있었다.

왜 이럴까. 나는 어쩐지 그 이유가 궁금해졌다. 대마도는 일본에서 손이 잘 안 가는 등짝 같은 곳이다. 그러니까 평소에 일본 사람들이 이 대마도를 알뜰히 손봐 줄 리는 없다. 도쿄나 오사카에서 대마도에 여행을 가느니 차라리 한국의 서울이나 부산에 쇼핑 관광을 올 것이다. 그만큼 여비가 비싸고 그것을 보상해 줄 만한 재미도 없다.

대마도 단상

175

대마도는 지금 한국 관광객들이 먹여 살리는 측면이 강한 것 같다. 많은 돈이 관광객을 매개로 해서 한국에서 대마도로 건너갈 것이다. 주말마다 일반 관광객이나 낚시꾼들이 그곳을 찾아 돈을 남기고 돌아갈 것이다. 아마도 정확히는 모르지만 대마도에 이런 저런 필요 때문에 부동산을 사는 사람도 점차 증가하고 있을 것이다.

유사 이래 대마도는 한반도 없이는 잘 살기 어려운 지리적 여건에 처해 있었다. 그곳은 한반도에서 노략질을 하거나 한반도에 세워진 조정과 거래를 하거나 일본 본토와 한반도를 중재해서 먹고살 방도를 찾았다.

그래서 대마도에는 한국과의 교섭을 보여주는 흥미로운 사료들, 유적들이 많다. 이 가운데 가장 흥미로운 것은 구한말, 일제시대의 덕혜옹주와 대마도 번주의 아들 소 다케유키가 결혼했다 헤어진 이야기. 덕혜옹주와 시인인 소 다케유키는 정략결혼의 희생양이었다. 그들에게는 딸이 하나 있었지만 그녀 역시 자살했다고 했다.

또 원나라와 고려 연합군이 하카다로 진격할 때 이곳을 경유해서 갔다고 했다. 임진왜란 때는 현소라는 중이 한반도를 몇 년씩 염탐했다고 한다. 왜란 후 국교 정상화 때는 국서위조 문제까지 불거지기도 했다. 대마도 사람들은 한반도의 인삼을 무역 중개해서 먹고살기도 했다.

대마도 사람들은 일본 사람이라는 자존심과 한반도에 기대야만 먹고살 수 있는 존재론적 위치 사이에서 스스로 화가 나 있는 것 같았다. 그런 의미에서 이곳 사람들은 '정상적인' 일본 사람들 같지가 않았다. 짧은 여행 기간 내내 그런 느낌을 떨쳐버릴 수 없었다.

잠에 취한 채 대마도 북쪽 섬, 남쪽 섬을 오르내리며 이 섬은 참, 고요하기도 하구나, 하고 생각했다. 그러나 이 고요는 한국과 일본 사이의 파도 높은 현해탄의 진실을 감추고 있는 것 같았다. 이 섬은 현해탄을 사이에 둔 두 나라의 사연을 애써 일부러 모르는 척 하는 것 같았다.

설국의 고향, 에치고유자와

　일본 동북부의 에치고유자와越後湯澤라는 곳은 가와바타 야스나리의 소설 『설국』의 고향이다. 이곳은 도쿄에서 신칸센으로 1시간 20분 정도 걸리는 곳이다. 옛날 같으면 훨씬 더 오래 걸렸을 곳이다.

　『설국』이 가와바타 야스나리에게 노벨문학상을 안겨준 작품이라는 것은 잘 알려진 사실이다. 최근 일본에 갔을 때, 요미우리신문 1면에 『세설』의 작가 다니자키 준이치로가 노벨문학상 후보에 네 번이나 올랐다는 기사가 났다. 그러나 결국 그 세대의 일본 쪽 노벨문학상 수상자는 가와바타 야스나리로 낙착된 것이었다.

　왜일까. 『설국』은 두 번은 읽은 것 같은데 영 줄거리 같은 것이 도통 기억이 나지 않았다. 대신에 작품 전면에 흐르는 어떤 아련한 슬픔 같은 것이 기억에 남아 있다. 주인공 시마무라와 게이샤 고마코의 연애 이야기는 줄거리도 분명치 않고 그들의 성격도 명료하게 그려지지 않는다. 기억에 그렇다는 것이다. 대신에 내 머릿속에 남아 있는 것은 작품에 가득 차 있는 눈과 우울 같은 것이다.

에치고유자와 역에서 내려 버스를 탔다. 버스는 가와바타 야스나리가 묵으면서 소설을 집필했다는 여관으로 간다. 에치고유자와는 그렇게 크지 않은 도시로서 스키 타는 사람들이 즐겨 찾는다. 버스를 타고 십 분도 채 걸리지 않아서 나는 다카항高半 여관으로 올라가는 언덕 밑에 섰다.

여기서부터 나는 천천히 언덕을 걸어 올라갔다. 다카항은 높은 언덕 위에 자리 잡고 있어 걸어 올라갈수록 도시의 모습이 눈에 점점 더 잘 들어오게 되어 있다. 도시는 한가운데에 높은 고가 철로가 지나가고 있어 아름다울 게 없다. 그러나 『설국』의 고장답게 눈이 쌓여 운치가 있다.

사방이 산으로 가로막혀 있는 폐색된 도시에서 1930년대, 1940년대의 가와바타 야스나리는 무슨 생각을 했던 걸까? 그가 이 작품을 쓰기 시작한 1930년대 중후반에 일본은 중일전쟁을 벌이던 참이고 태평양전쟁을 향해 나아가고 있었다. 그는 그런 시대와 동떨어진 소설을 썼다. 일본 춤을 연구하는 인물이며 게이샤의 이야기를 쓴 것이다. 그럼으로써 전쟁을 외면한 것이 오히려 그가 시대를 응대하는 방식이었다면, 그는 진실한 시대정신을 구현하고 있었는지도 모르겠다고 생각한다.

다카항 여관 2층에는 가와바타 야스나리가 머물렀다는

방이 옛 모습 그대로 보존되어 있다. 나는 다다미방 한가운데에 다탁을 앞에 놓고 앉아 바깥의 산을 잠시 바라본다. 문학이란 무엇인가 생각한다. 문장이란 무엇인가 생각한다. 글을 쓰면서 살아간다는 것은 무엇인가 생각한다. 짧은 시간에 많은 생각이 스쳐 지나간다.

다카항을 나와 언덕을 걸어 내려와 에치고유자와 역까지 걸어가며 나는 이것저것 사진을 찍어 기록을 남겨두는 한편으로 왜 한국엔 노벨문학상이 돌아오지 않았을까 생각한다.

시대라는 것과 너무 많이 타협해 버리는 한국문학의 풍토를 생각한다. 시대와의 불화를 이야기하는 것조차 사실은 그 시대와 타협하는 또 다른 흔한 포즈에 불과하다고 확신하게 된다. 정말 불화를 겪고 있는 사람은 말하거나 꾸짖는 대신에 방에 들어가 글을 쓸 것이다.

누군가가 나의 생각을 들어주지 않을 때, 내가 생각하는 것을 아무도 생각하지 않는 것 같을 때, 나는 나 혼자만의 세계에 침잠해서 내 세계를 만들어갈 수 있어야 한다. 그것이 바로 삶과 문학에서 침묵의 가치가 빛나는 이유일 것이다.

니가타로 갔던 나는 다음날 에치고유자와를 지나쳐 다른 도시로 가는 기차를 탔다. 끝이 보이지 않는 너른 들판에 눈이 내렸다. 천지에 가득 찬 눈 때문에 들조차 보이지 않았다. 아무 것도 없다. 그러나 있었다, 나무가. 그 나무는 고개를 숙이고 어깨를 움츠리고 눈을 맞으며 말없이 겨울을 견디고 있었다.

구마모토로 시조를 들고 가다

1박2일 짧은 여정으로 구마모토에 다녀오기로 한 날이 벌써 닥쳤다. 두 시간밖에 못 자고 떠났는데 전날 밤에 마신 술이 덧나 고생을 한다. 비행기 안에서 비닐 봉투를 준비해야 할 정도였다.

한분옥이라는 울산 시조시인이 있는데, 연초부터 구마모토에 가야 한다고 했다. 시조를 일본에 소개하는 여행이라는 것이다. 나중에 알고 보니 가토 기요마사^{加藤清正}로 악명 높은 구마모토는 울산시와 자매결연 중, 이번 여행에는 시조의 명인 박기섭 시인도 동참이다. 일본으로 떠나 세상을 뜬 작가 손창섭의 노트 하나를 가지고 있는데, 거기에 그가 '당연히' 우리말로 된 시조 70수를 남기면서 맨 앞에 이렇게 썼다. "일본은 하이쿠, 중국은 한시, 한국은 시조." 한 나라를 대표하는 문학 양식이 있다는 말을 완전히 믿지는 않지만 없다는 말은 더 신빙성이 없어 보인다.

후쿠오카 공항에 언제 또 내렸던가? 이 규슈의 중심도시에 처음 온 것은 1997년 2월. 생생하게 기억한다. 1996년 9월에 단신으로 황해를 건넌 게 첫 해외여행이었고 그 다음이 후쿠오카 행이었다. 그때 일본에 놀란 것이 내 한국문학 연구의 새로운 출발점이 되었다. 국문학자는 모름지기 자기 것을 알아야 한다.

이제 22년 만에 새롭게 밟는 규슈 홋카이도. 일제 강점기 때 평론가 김환태가 교토의 도시샤 대학을 거쳐 이곳에 와 시험을 치르면서 참 싱겁다고 했던 기억이 난다. 그런 규슈 제국대학은 '제국' 시절의 일본 안에 일곱 개 있던 제국대학들 중 하나. 도쿄, 교토, 도호쿠에 이어 이곳 규슈에 두었고 그 다음에는 홋카이도, 오사카, 나고야에 두었다. 물론 그 사이에 '조선'에 경성제대를, 대만에 타이페이 제대를 설립하기도 했다.

문학을 하려면 적어도 외국어 두 개는 능숙해야 한다던 김환태는 빼어난 평문들을 남겼지만 일제 강점기를 넘기지 못하고 요절해 버렸다. 나는 학교 때 외국어에 전념치 못한 것을 후회한다. '운동'을 익히기 전에 먼저 고등학교 때 꿈대로 외국어를 세 개는 제대로 수확했어야 했다.

비행기에서 내려 후쿠오카 공항을 빠져나가 구마모토까지 미니버스를 타고 가는데도 나는 계속 '와병 중'이다. 비평가 유성호 선배, 도예가 이덕규 선생, 시조 쓰시는 치과의 박환규 선생, 시조 일문 번역 출판사의 한신디아 대표, 시조

유네스코 원조자 문희동 님,《경상일보》의 홍영진 기자 등 일행은 '외인부대' 양상이다. 시조를 일본어로 옮기는 작업을 하는 쇼케이 대학의 나카가와 아키오 선생과 통역의 치하루 양이 안내를 해준다.

구마모토에 여장을 풀자마자 우리는 쇼케이 대학에 가서 학술 세미나를 한다. 일본은 영문학이 깊은 곳이다. 그곳 '은퇴'한 영문학 교수 니시카와 모리오 선생은 구마모토 현 하이쿠협회 회장이기도 한데, 일본의 단카, 하이쿠와 시조를 비교하는 발표를 한다. 유성호 선배도 나도 발표를 했지만, 그보다 나는 이 전통적 정형시 양식에 새삼 관심이 간다. 니시카와 선생은 나중에 구마모토 문학관을 둘러볼 때 나쓰메 소세키가 구마모토에서만 하이쿠는 일천 수 가까이 썼다 했다. 소세키는 대학에서 하이쿠 '가인' 마사오카 시키를 만나 함께 새로운 하이쿠를 쓰는 '운동'에 가담하기도 했고 그의 소설 『나는 고양이로소이다』는 마사오카 시키의 하이쿠 잡지 《호토토기스》에 연재한 것이라고도 한다. 구마모토 문학관에는 소세키가 쓴 하이쿠들에 마사오카 시키가 빨간 붓으로 동그라미 두 개, 하나 식으로 비점批點을 매겨 놓은 자료들이 남아 있다.

이 소세키는 영국으로 유학을 떠나기 전에 구마모토의 제5고등학교의 영어 교사로 일했다. 이 고등학교는 지금의 구마모토 대학의 전신이다. 소세키의 소설들 중에는 구마모토 고등학교를 졸업한 오가와 산시로의 이야기를 쓴 『산시로』,

구마모토현 다마나시 오아마 온천을 무대로 쓴 『풀베개』 같은 것들이 있다. 어렸을 때부터 한문을 배웠고 한문학을 위해 근대 교육제도마저 뿌리치려 했던 소세키는 구마모토 고등학교 교사직을 뒤로 하고 영국으로 영문학을 공부하러 갔다. 나는 언젠가 도쿄의 일본 근대문학관에선가 소세키가 영문학 연구서를 내기 위해 써나갔던 노트 원고를 본 일이 있다. 그것은 그야말로 깨알 같다고나 해야 할 지극히 촘촘한 기록이었다.

2004년까지 일본의 천 원짜리 지폐에도 나왔던 나쓰메 소세키. 그는 세월이 흐르면서 점점 더 중요성이 부각되는 작가였다. 나는 그 요인을 그의 '도저한' 문명적 균형감각에서 본다. 그는 한문학의 바탕 위에서 영문학을 공부한 사람이었고 하이쿠를 쓰면서 현대소설을 써나간 작가였다. 그는 당대의 일본인들이 서양을 모방하는 데 급급할 때 그 시류 바깥에서 세태를 담담히 관조하며 품격 높은 작품들을 써나간 작가였다.

요즘 젊은 현대 시인들이 몰두하는 그 긴 산문시들을 보노라면 과연 시조야말로 아름다운 한국의 정형시라는 생각이 든다. 균형, 균형, 하고, 나는 저녁 뒤풀이 모임에 가서도 혼잣말을 했다.

뤼순감옥에서 단동으로

인천공항에서 비행기를 타고 대련에서 내려 뤼순감옥으로 직행했다. 뤼순 감옥은 우리 선열들의 피가 배어 있는 곳이다. 그곳에서 안중근, 신채호, 이회영 같은 분들이 사형을 당하고 또 옥사했다.

뤼순 감옥에는 물론 난방장치가 없다. 교화시설이 아니라 형벌시설이라는 것을 보여주듯 감방은 좁고 남루했다. 죄수들은 노역을 해야 했는데, 일을 하러 갈 때는 무거운 쇠공이를 발목에 차고 끌고 다녀야 했다. 죄수들은 형틀에서 고문을 받기도 했다. 매일 죄수들이 죽어 나갔다. 사형을 받은 죄수들의 시신은 나무통에 통조림처럼 담겨 같은 죄수들에 의해 매장되었다.

나는 안중근 의사가 사형을 당한 시간을 기억하기로 했다. 1910년 3월 26일 오전 10시. 안중근은 그때 나이 서른두 살이었다. 너무 짧은 인생이었지만 그는 죽음 앞에서 의연

했다.

안중근의 죽음을 기리면서 생각했다. 진리나 이상은 그것을 품은 사람이 살아 있는 동안에는 결코 실현되지 않는다. 진리나 이상은 미래에 실현된다. 지금 우리는 안중근이 염원하던 독립된 나라에 살고 있다. 아직 통일되지 않았지만 안중근이 우리나라에 대해 품고 있던 이상은 머지않아 실현될 것이다.

그렇기 때문에 진리나 이상을 품고 살아가는 사람들은 존중받고 존경받아야 한다. 평범한 사람들은 진리와 이상을 품은 사람들이 비현실적이라고 비난하기를 즐긴다. 꿈이나 꾼다는 것이다. 자기 꿈에 빠져 사서 고생을 한다는 것이다. 그 사람 옆에 있으면 자기까지 불행해진다는 것이다. 바로 이런 생각을 가진 사람을 속물이라고 한다는 것을 당사자는 알지 못한다. 이 속물들의 인생조차 진리나 이상을 품고 살아가는 사람들의 빛을 쏘이고 있음을 알지 못하기 때문에, 속물들은 그저 편안한 마음으로 자기 행복만을 추구할 수 있다.

단동은 옛날 이름이 안동이다. 중국에서 동쪽을 평안하게 한다는 뜻에서 지은 이름이라고 한다. 대련에서 버스로 네다섯 시간 거리. 이곳이 어디냐 하면, 압록강을 사이에 두고 신의주와 마주보고 있는 땅이라고 하면 쉽게 이해할 수 있을 것이다.

나는 일 년 전에도 뤼순을 거쳐 단동에 왔었건만, 올해 다시 어떤 견학단의 일원이 되어 똑같은 코스를 밟아온 것이다. 단동에는 지금 신도시 건설이 한창이었다. 신의주 접경에 북한과 중국이 합작해서 무슨 단지인가를 조성하려 하고 있는데, 이런 흐름을 타고 부동산 경기가 뜨겁다고 했다. 심지어 서울 강남 아줌마들이 단동의 압록강변 쪽 전망 좋은 아파트들을 사들이고 있다고도 했다.

나는 일제 말기 몇 년을 단동과 남신의주에서 살았던 백석의 자취를 더듬었다. 함경북도 삼수라는 첩첩산중에 가서 몇십 년을 살아내야 했던 백석. 그는 왜 북한에 남아 있었던 것일까? 그는 영문학을 공부하고 그렇게 여행과 방랑을 즐겼음에도 어찌해서 사회주의 이념의 땅에 남아 있겠다고 생각했던 것일까?

그가 참으로 많이 후회했을 것이라 생각해 본다. 그리고 원치 않는 시를 쓰느니 차라리 돼지치기, 양치기로 평생을 보내려 했을 백석의 가난하고 외롭고 높고 쓸쓸한 삶을 생각해 본다.

지금 이 백석의 도시 단동은 남북한 관계가 경색된 때를 틈타 북한 경제를 좌우해 나가는 중국의 정책이 살아 움직이고 있음을 생생히 보여준다. 남북한이 멀어지니 자연히 북한은 중국 영향권 내로 점점 더 깊숙이 빨려 들어갈 수밖에 없는 것이다. 이곳에서 중국 기업가가 북한쪽에 '오더'를 주면 북한 여러 지역의 공장들이 그 주문을 소화해서 가동되어 간다는 것이다. 북한은 공장 지을 돈이 없기 때문에 중국에서 공장을 지어주고 광물자원 같은 현물로 갚기도 한다는 것이다.

통일은 쉽게 실현되지 못 할 진리요 이상인지도 모른다. 그러나 그것은 우리를 길게 살릴 단 하나의 길이다. 이것을 위해 내가 할 수 있는 일이 무엇인지를 생각할 때다.

하와이에 갔었습니다

하와이에 갔었습니다. 먼 곳이지요. 비행기로 갈 때는 여덟 시간, 올 때는 아홉 시간에서 열 시간. 가면서 날짜변경선을 지나가게 되는지, 수요일에 떠나도 여전히 수요일. 오면서는 토요일에 떠났는데 일요일이 되어 버리는 곳.

오아후 섬에 머물렀습니다. 호놀룰루 시가 있는 곳이지요. 하와이대학이 있구요. 화산이 있는 빅 아일랜드 같은 곳은 가보지도 못했습니다. 첫날은 낮에는 한국학 센터에 들러 자료를 보고 저녁에는 하와이 대학 학생회관의 볼룸에서 열린 무라카미 하루키 낭독회에 참석했습니다. 둘째 날에는 사람을 만났습니다. 낮에는 도서관에 가서 자료를 열람해 보고 저녁이 되니 이곳에 교수로 와 있다는 선생님들을 만났던 거지요. 이상협이라는 경제학과 교수와 백태웅이라는 법과 대학 교수였습니다. 셋째 날에는 다시 해밀턴 도서관이라는 곳에 가서 한국학 자료들이 어떻게 모여 있는지 살펴보고 저녁에는 또 사람을 만났습니다. 안종철이라는 국사학을 공부하고도 그곳에 가 다시 로스쿨에 다니는 연구자를 만났습니다.

하루는 또 어떻게 보냈는지 모르겠습니다. 저녁에 와이키키 해변에 가서 앉아 있었던 것 같습니다. 하와이 와이키키. 참 먼 곳입니다. 한국이 참 멀어 보였습니다. 그냥 길옥윤 같은 옛날 사람들 생각이 났습니다. 한국에서 선거가 있었다는 것조차 그때는 잊어버렸던 것 같습니다. 그곳에도 사람이 살고 있고 내일을 위해 안간힘을 쓰고 있다는 것을 실감하게 된 것이 새삼스러워 도대체 왜 사람은 이렇게 태어나 무엇인가를 하면서 살아가야 하는지 밀려오고 밀려가는 파도를 보면서 생각하고 또 생각해야 했습니다.

제가 그곳에 간 것은 무엇 때문일까요? 답을 구하러 갔습니다. 옛날에 1990년대 전반기쯤 되었을 때지요. 그때 이상하게 무라카미 하루키 열풍이 불고 있었습니다. 한국 출판계에 불현듯 나타난 이 사내는 젊은이들의 영혼을 많이도 사로잡았습니다. 그때 그의 한 단편소설의 주인공이 있었습니다. 그는 이런 생각을 하는 사내였습니다. '나는 사회를 위해서, 사회의 공적인 개선을 위해서는 절대로 일하지 않겠다. 한 가지 문제를 해결하느라 노력을 바치는 동안 또 다른 문제들이 더 많이 생겨날 텐데 하나뿐인 인생을 왜 그런 덧없는 일을 위해 바쳐야 한단 말이냐.'

저는 그때 제가 읽은 소설의 메시지를 이렇게 기억하고

있습니다. 하와이로 가기 전에 저는 이 단편소설을 찾아서 다시 읽어보려고 했지만 집의 어느 고양이가 책을 물어갔는지 보이지 않았습니다. 다만 이 질문이 저를 얼마나 오랫동안 괴롭혀 왔는지 생각하면서 지금 나는 어떻게 살아야 하나? 하고 다시 생각하면서, 무라카미 하루키라면 지금은 이 문제를 어떻게 생각하는지 궁금해졌습니다. 그를 직접 만나서 그가 말하는 것을 듣다 보면 뭔가 저만의 해답을 얻을 수도 있을 것 같다는 생각이 들었습니다.

하지만 무라카미 하루키만은 아니었습니다. 그곳에는 왕년의 이정로, 즉 백태웅 교수가 있었습니다. 그는 말하자면 이제까지처럼 세계는 이해되어야 하는 것이 아니라 변혁되어야 한다고 믿는 마르크시스트였습니다. 세상에는 살아가는 법이 적어도 두 가지가 있습니다. 그러니까 하나는 마르크스가 되는 것이며, 다른 하나는 무라카미 하루키가 되는 것입니다. 자신만을 위해 살아가는 것이지요. 그런데 또 하나 생각할 수 있는 살아가는 법이 있습니다. 그것은 제가 쓰는 소설의 주인공이 살아가는 법, 즉 혜인이가 살아가는 법입니다. 이 혜인이는 이렇게 생각합니다.

지상에서의 삶은 의미가 없다. 우리들은 창조주에게서 나와 창조주에게로 돌아간다. 가장 행복한 것은 태어나지 않는 것이며, 그 다음 행복한 것은 나자마자 죽는 것이다. 그러나 대부분의 사람들은 괴롭힘을 당하면서 이 지상에서의 덧없는 삶을 어떻게든 영위하려 애쓰며 살다 죽는다. 하지만 삶은 본래부터 텅 비어 있는 것이어서 무엇을 하더라도 의미 없는 것이다.

저는 마르크스가 되어야 하는지, 무라카미 하루키가 되어야 하는지, 혜인이가 되어야 하는지 생각했습니다. 해답을 구하러 갔지만 정작 이런 문제에 정답은 없습니다.

돌아오는 비행기 안에서 조지 클루니가 주연하는 하와이가 나오는 영화 『디센던트』를 봤습니다. 5대조였던가요? 백인이 하와이 카메하메하 왕조의 여인과 결혼하여 그 자손이 자손을 낳아 조지 클루니가 나왔습니다. 그는 아내가 죽었는데 바람피우다 그만 식물인간이 되었습니다. 그래도 그는 뒷일을 처리하고 삶을 의연하게 만들려고 애쓰고 있더군요.

답은 제대로 구하지 못했는데, 그 영화의 여운이 길게 남았습니다. 한국에 왔더니 이곳에서는 진흙 같은 싸움 끝에 여권이 승리를 거두었습니다. 이 진흙에서도 꽃은 필 거라고 생각해 마지 않습니다.

근대문학관을 생각하는 여행

1.

지난 9월 중순경.

Ke2707, 9시 김포발 하네다행.

도종환, 염무웅, 정인순, 지선혜, 김혜진, 홍수진, 그리고 나. 모두 8인의 사람들이 비행기를 탔다. 정인순, 지선혜, 김혜진, 세 분은 서초동 국립도서관에서 일하는 분들이다. 홍수진 씨는 도종환 장관과 함께 일하고 있다.

김포에서 하네다까지는 두 시간 남짓. 아주 가깝다. 이번 여행은 이분들과 함께 어떤 특별한 목적을 띠고 도쿄로 간다.

한 4월쯤이었나? 그때 나는 비로소 우리나라에 근대문학관을 지으려는 사람들이 있고, 그 구상은 1990년대 후반으로까지 거슬러 올라가며, 이 유실된 계획을 비록 늦었다 해도 현실화 하려는 사람들이 있음을 알게 되었다.

나쁘지 않은 일이다. 비록 같은 동아시아의 일본이나 중국보다 수십 년씩 늦었다 해도 이런 일은 때로 늦게 시작한 쪽이 더 멋지게 문제를 풀 수도 있기 때문이다.

도쿄로 날아가는 동안, 나는 그해, 1997년 2월의 일본 여행을 떠올렸다.

한낱 등단 3년차 비평가에 지나지 못한, 책 한 권 낸 게 없는 내가 최원식 선생의 추천에 힘입어 일본으로 열흘 넘는 순회 여행을 떠날 수 있었다. 그때 최원식 선생이 아니셨다면, 오늘의 나는 이 형태로 존재하지 못했을 것이다.

후쿠오카, 오사카, 교토, 도쿄. 일본국제교류기금의 가이코 다케시 기금으로 나는 일본의 서쪽 끝에서 동쪽 끝으로 나아가는 여행을 했다. 그때 내게 일본은 한국보다 조금 큰 나라에 지나지 않았다. 지도를 봐도 일본의 영토가 위에서 아래로 그렇게나 긴 위도에 걸쳐 있다고 생각하지 않았다. 이 나라는 우리나라를 지배한 몹쓸 나라요, 현재는 제국주의 잔재이며, 과거를 반성할 줄 모르는 데다 68혁명의 여파가 거의 다 소진된, 앞서가지만 정당하지 못한 나라일 뿐이었다.

그 무렵 나는 전공투에 관한 그림 이야기책으로 일본에 대한 흥미를 키웠을 뿐, 일본이 어떤 방식으로 자기를 지속적으로 재구성해 가는가에 대해서는 아무런 관심이 없었다. 헬멧을 다 어디서 구했지? 노선이 다른 운동권 유파들마다 제각기 다른 이름이 쓰인 헬멧을 쓰고, 각목을 들고 미국 대통령 방일 반대 투쟁을 한다고 하네다 공항에서 도쿄 도심으로 통하는 도로를 가로막는 운동권들. 천황 같은 비현실적 과거가 지금도 현재로서 국민 위에 군림하는 나라.

후쿠오카 현 지사가 주최하는 저녁식사 자리에서 나는 놀라운 광경을 목도했다. 큰 내실에 사각형으로 둘러쳐진 식탁에 앉아서 지사를 비롯한 주최 측 인사들이 우리와 함께 밥을 먹는 동안 공항에서 나를 영접해 준 직원, 그는 주사 직함을 가지고 있었는데, 이 분은 장지문 옆에 무릎을 꿇고 앉아 여러 가지 시중을 들고 있었다.

한국 같으면 있을 수 없는 일일 것이다. 식사를 같이 할 수 없다면 바깥에서 뭔가 명령이나 지시를 기다리며 다리를 꼬고 앉아 있어도 될 일일 것이다.

나는 뭐라고 할 수 없었다. 새파란 신출내기로 그런 굉장한 자리에 초대받은 자가 무슨 말을 할 수 있겠는가? 이건 뭔가 다른 세상에 온 것이다, 라는 감각밖에 달리 이 장면을 해석할 수도 없었다.

후쿠오카에서 주사들이 나를, 그때 신경숙 씨도 같이 초청을 받았었는데, 어떤 절로 데려갔다. 절은 크고도 전통적인 형태를 잘 간직하고 있었다. 그것은 그때 내가 서울에서 보아온 고궁들, 사찰들과는 달랐다. 훼손되지 않은 과거라고나 할까? 훼손됨 없는 과거를 상상할 수 없는 내게 과거가 현재에 그대로 연결되어 있는 듯한 풍경은 어떤 해석을 요구하는 듯했다. 나는 일본인들이 나를 데리고 다니는 동

근대문학관을 생각하는 여행

안 그 일본을 통하여 한국의 현재를 생각하고, 또한 한국의 소위 인텔리의 길을 걷고 있는 나 자신을 보기 시작했다.

오사카, 그리고 교토. 교토는 에도시대 이전의 일본을 대표하는 고풍스럽기 그지없는 공간이다. 나는 그 도시에서 나무들로 지은 건축물들을 물릴 정도로 보았다. 그곳은 목재 건축물의 도시였다. 오사카에서도 성은 화려하고도 오랜 일본적 전통을 상기시킨다. 오사카에서 나는 보잘것없는 지식에 기대어 한국문학의 현재를 읽기 위한 세 개의 도표라는 제목을 가진 평론을 발표했다. 강연 형식이었고, 동시통역이었고, 강연장에는 진지한 표정의 중년, 노년의 사람들이 그득히 앉아 있었다. 그 평론은 현실을 바라보는 세 개의 논리라는, 내 평론 등단작과 평행을 이루도록 쓴 것이었고, 지금 도야마대학 교수인 와다 토모미 선생의 조언을 참고하여, 제법 객관적인 조명을 하는 듯한 어조를 구사하면서 쓴 평론이었다.

하지만 내 머릿속, 가슴속은 아주 복잡했다. 계속해서, 한국은, 우리나라는, 이라는 질문이 솟아나고, 그러면서도 해답을 얻을 수는 없었기에, 갑갑함에 사로잡힌 여정이 계속되었다.

도쿄에 가서도 사정은 마찬가지였다. 도쿄 프로그램의 하나로 일본 쪽에서는 가나가와 현립문학관 방문을 준비해 놓고 있었다. 또한 기억은 분명치 않으나 아마도 야나기 무네요시 기념관이라 할 수 있는 일본 민예관에도 갔을 것이다.

벌써 그때로부터 15년 이상이 흐른 만큼 내가 어떤 이유들로 일본에 갈 때마다 누적된 어떤 인상들은 서로 겹쳐져서 언제, 어느 곳에서의 일들인지조차 가늠할 수 없게 되어 버렸다. 그래도 분명한 것들은 있다. 가나가와 문학관은 그때까지의 나로서는 한 번도 보지 못한 새로운 타입의 문학관으로 그곳 사람들 또한 꽤나 자부심을 가지고 방문객을 대하고 있었다.

우리에게는 이런 것이 왜 없나? 가난했기 때문인가? 기념할 만한 자료들이 없기 때문인가?의식이 부족하기 때문인가?

나는 본디 충청도 촌에서 태어난 데다 공주, 대전을 거쳐 성장하면서 목표라고는 서울에 가서 문학을 한다는 것뿐이었다. 또 그때까지 해외여행이라고는 1996년 9월에 혼자 인천에서 텐진으로 진천 페리호를 타고 겨우 일주일 동안의 중국행을 했던 것밖에는 없다. 이 여행에 관해서는 다른 자리에서 자세히 쓰겠지만, 그때까지의 나란 단단한 알껍질에 감싸인 난생동물의 태아 같은 존재였다고 생각한다.

줄탁동시라고 할까. 누군가 알의 바깥세상에서 조그맣고 예쁜 부리로 내가 깨어나는 것을 도와 주었고, 때마침 나는 바깥세상을 맛보고 싶은 열망으로 시달림을 받고 있었기 때문에, 그로부터 내 인생길은 커다랗게, 다른 쪽을 향해 선회하기 시작했다.

한국적이라는 것, 전통이라는 것, 무엇인가를 지키고 잇고 낮게 만들어 간다는 것, 이런 문제에 결국 눈 떠야 했고, 때문에 나는 달라져야 했다. 비평의 목소리가 달라져야 했고, 관심을 기울이는 작가, 작품, 주제가 바뀌어야 했다.

나보다 나이가 몇 년 앞선 사람들도, 또 몇 년 아래의 사람들도 그 무렵 일본에 가기 시작했다. 그들은 나와 달리 일본에 장기 체류하며 일본어와 일본적인 습성에 대해 충분히 익힐 만큼 익혔다. 하지만 나는 그들과 나를 내면적으로 구별하면서 내가 쌓아나가는 한국문학 연구의 방법론이 어떤 의미에서든 그들의 것과는 다른 가치를 지니고 있다고 생각했다. 일본을 그대로 받아들여 내면화하는 것은 예를 들면, 한국의 환상소설들을 엮어보겠다고 선집을 내고, 또 한국의 자전적 소설들을 묶어내기도 한 것이다. 박사논문을 정리해서 책을 내면서 채만식과 조선적 근대문학의 구상이라고 한 것이다. 김윤식론을 쓰면서 그것을 한국문학연구의 방법론에 관한 문제로서 다룬 것도 그 일단 가운데 하나였다. 우리에게도 한국문학의 보편성이나 고유성을 주장할 만한 근거가 있는가? 앞으로 그 근거를 만들어갈 수 있는가? 어떻게 하면 그런 일들이 가능한가? 일본은 벌써 아주 오래전부터 사고해 온 것을, 나는 선배세대에게 배우는 데 게으른 부정적인 생리를 가진 자로서 스스로 묻고 터득하는 데 오랜 시간을 들이지 않을 수 없었다.

하지만 세상에는 혼자만 앞선 사람은 적다. 최근 들어 나는 도종환 시인이 국회의원으로서 한국에 근대문학관을 설립하는 일에 깊은 관심을 가져 왔으며, 염무웅 선생 같은 원로께서도 이 논의에 오래전부터 참여해 오셨음을 알게 되었다. 김재용 교수, 유성호 교수, 김영민 교수 같은 분들도 또한 그러했다. 내 자신이 오랫동안 문단에서나 학계에서나 일종의 고립주의를 표방해 오는 동안 이 분들은 어떤 형태로든 이 사업의 첫 삽을 뜨게 하기 위해 공동의 노력을 기울여온 것이고, 서울에서 도쿄, 도쿄에서 베이징, 베이징에서 도쿄로 이어지는 이번 답사 여행은 그러한 노력이 겉으로 드러난 한 형태라고 할 수 있다.

2.

우리가 하네다 공항에 도착한 것은 11시 40분경. 무슨 이유에선가 출발이 꽤 지연된 탓이었을 것이다. 일본 도쿄의 심동섭 한국문화원장과 최상진 주 일본대사관 참사관이 우리를 따뜻하게 맞아 주었다. 리무진에 나누어 타고 우리는 시내 쪽으로 옮겨갔다. 그때 와다 토모미교수는 도야마에서 도쿄로 날아와 제2터미널에서 일본 근대문학관 쪽으로 이동해 오고 있었다. 와다 교수는 통역을 맡아주는 일 외에도 일본에서의 일정에 상세한 도움을 주고 있었다.

우리는 아카사카 사료라는 음식점에서 도시락으로 점심을 때우고 첫 번째 행선지인 일본 근대문학관으로 이동했다. 일본 근대문학관 이사장과 문학관 이사 가운데 한 사람인 와세다 대학 교수가 우리를 맞이했고, 그 자리에서 우리는 나쓰메 소세키의 소설『미치쿠사』의 육필 원고를 직접 살펴보는 행운을 누렸다. 소세키는 일본 현대문학의 역사 속에서 가장 중요한 인물의 한 사람으로 부각된 존재이고, 문학관 쪽으로서는 보물이나 다름없이 여기는 원고였다. 노벨 문학상 수상자인 가와바타 야스나리가 초대 이사장을 지냈다는 이 일본 근대문학관은 작가들이 기금을 직접 모아 마련했으며, 지금도 국가보다 문학인들의 힘으로 운영되고 있다고 했다. 이 대목에서 도종환 시인이 특별히 관심을 나타냈던 것으로 기억하는데, 이는 지금 국립도서관을 통하여 근대문학관 건립 준비를 하고 있는 그로서 누가, 어떻게 문학관을 준비할 것이냐가 가장 큰 현실적 문제일 것이기 때문이었다.

접견을 마치고 우리는 지상 3층 지하 1층 규모의 근대문학관의 수장서고로 안내를 받았다. 그곳에는 개조, 중앙공론, 소년구락부, 와세다 문학 같은 잡지류 들과 아쿠타가와 류노스케가 소장했던 책들이 가득 들어차 있었다.

아쿠타가와야 그의 이름을 빌린 문학상의 존재로 한국에도 아주 잘 알려져 있을 뿐 아니라 이상이나 김동인 문학과의 관련성 때문에도 종종 논의에 붙여지는 작가다. 나는 지난 몇 년 사이에 무슨 논문을 쓰는 관계로 그의 단편소설들을 읽어봐야 했다. 최근에 읽은 창작집은『서방의 사람』이었던가 했는데, 이 번역소설집에는 아쿠타가와의 서양 기독교에 대한 시선이 잘 드러나 있었다. 하지만 뭐니 뭐니 해도 「지옥변」이며 「코」 같은 작품들이 재미있다. 이런 작품들은 그가 얼마나 구성, 플롯 짜기에 골몰하는 계획가였는가를 잘 보여준다. 또 「톱니바퀴」 같은 말년의 작품도 이상 연구를 위해서는 빼놓을 수 없는 작품이다.

좋은 작품을 쓰려면 공부가 깊어야 한다. 아쿠타가와의 장서들은 내게 역시 지적인 조작의 중요성을 말해주었다. 그는 영문학, 불문학 관련 책들을 오래된 도서관의 묵직한 장서들처럼 거느리고 있었다. 훌륭한 작가의 장서들은 연구 대상일 뿐 아니라 그 자체로 훌륭한 문화유산이기도 하다.

일본 근대문학관을 나서서는 바로 근처에 있는 야나기 무네요시의 일본 민예관을 방문해서 그와 6촌지간이라는 관장을 만나 직접 설명을 듣고 2층짜리 기념관과 길 건너편에 있는 야나기의 저택을 함께 둘러보았다. 외부인들에게는 좀처럼 개방되지 않는 이 저택은 야나기와 그의 아내의 예술적이면서도 인간적인 삶의 체취가 깊이 스며들어 있는 공간이다.

나는 야나기라는 몸집 작은 인간의 가슴 속에 들어 있던 아름다운 영혼에 관해 생각했다. 조선의 미에 관한 그의 글을 읽은 후 나는 그에 대한 한국 쪽 지식인들의 비판이 일본인에 대한 선입견에 기초한 흔해빠진 단견에 불과한 것이라고 생각해 왔다. 무엇보다 그는 중국, 일본과 나란히 조선을 미의 서로 다른 특징을 가진 주체로 정립시켜 준 사람이다. 중국의 형의 미, 일본의 색의 미에 대해 조선은 선의 미를 특징으로 한다는 것인데, 이는 민족별 또는 국가별로 아름다움을 종별화한 방법의 실효성을 둘러싼 논점들에도 불구하고 동아시아 한중일 삼국의 문화예술에 대한 미학적 접근법으로서는 가장 뛰어난 것이며 가장 크고도 긴 영향력을 가지고 있는 것이다.

과연 오늘날에 한국의 어느 지식인이 야나기처럼 아픈 상처를 입고 신음하는 민족을 위해 고립을 감수한 동정과 공감의 언어를 창조할 수 있는가?

나는 우리 한국의 지식인들, 특히 문학인들이 상투적인 표현을 넘어서는 수준에 육박해 가는 언어로써 그런 일을 행하는 것을 별로 보지 못했다. 열정 또는 선의지의 부족이나 지성의 결핍에 기인한 둔중한 옹호에서 벗어날 수 있는 사람은 없는가? 근현대사를 주밀, 섬세하게 이해하고, 그 바탕 위에서 고통받는 타자, 소수자들을 위해 문학을 쓸 수 있는 사람이 어찌나 귀한지, 그런 의미에서 한국문학은 오늘도 지독히 빈곤하다고 할 수 있다.

문학은 자기 자신만을 수난자라고 생각하는 특권의식 속에서는 위대해질 수 없는 법이다. 인류라는 거울에 자기를 비추어 볼 줄 알고 그 도저한 보편성 속에서 자기 문제를 상고할 수 있는 자만이 오래가는 문학을 할 수 있는 법이다. 그런 의미에서 야나기 무네요시를 가진 일본은 행운이 있었다. 김지하를 구명하려는 노력을 펼친 노벨문학상 수상자를 가진 일본문학은 세계문학에의 발언권이 있다.

저녁식사는 요코하마 라면박물관에서 요즘 유행이라는 츠케면으로. 숙소는 요코하마 베이 호텔, 내 호실은 1605호. 도서관 직원으로 오신 분들은 2인1실.

둘째 날 일정은 빠듯했다. 요코하마 가나가와 현립문학관을 방문하고 베이징으로 이동해야 하는 빡빡하고도 무리한 일정이었다.

우리는 아침 일찍 요코하마 한국 영사관으로 갔다. 가나가와 문학관은 영사관과 이웃해 있고, 두 기관은 그런 연유로 서로 왕래가 있었다고 한다. 우리는 항구가 내려다 보이는 언덕 공원쪽 영사관으로 가서 먼저 문화적인 감각을 갖춘 분이라는 느낌을 주는 이수준 총영사를 만났다. 우리는 같이 가나가와 문학관으로 건너가 문학관 관계자들의 정성 어린 설명을 들으며 문학관의 모든 시설을 둘러볼 수 있었다. 나리타 쪽의 별관까지 합치면 규모로 보아 일본 최고라는 일본근대문학관이 이미 50년 넘는 역사를 가진 까닭에 다소 낡은 듯한 인상을 주었던 것과 달리 이곳은 활기가 넘치는 생기 있는 현재진행형 문학관이었다.

모든 것을 칼같이 예정대로 진행하지 않으면 안 되는 일본식 코스를 따라 우리는 그곳의 사와 사무관 등의 설명을 들으며 두 시간 넘도록 문학관 곳곳을 둘러보았다.

이곳에는 무엇보다 나쓰메 소세키 자료가 많았고, 이노우에 야스시와 같은 저명 역사소설가의 육필 원고며 자료들이 소장되어 있으며, 문학관의 특성을 살려 대중잡지 및 대중소설이 다량으로 지하 수장고에 모아져 있었다.

이곳에서도 도종환 시인은 '국회의원답지 못하게' 도서관의 모든 시설, 운영방식, 소장자료, 디지털화 과정 등에 일일이 관심을 표명하고 사진을 찍었다.

나쓰메 소세키 생전의 집필실을 찍은 사진에 담겨 있는 소품들, 소장품들을 일일이 갖추어 보관하고 재현해 놓은 이 문학관의 성실함, 이미 우리보다 앞서 소세키 같은 작가들의 원고들을 하나하나 끊임없이 디지털라이징해 나가는 지속성과 일관성, 지하 수장고의 책들, 유품들이 지진에도 손상되지 않도록 그물망을 쳐놓은 섬세함 같은 것에 나 자신 내심 또 한 번 감탄하지 않을 수 없었다.

어찌 되었든 일본은 확실히 문화 전통에 대한 자각 면에서 우리보다 훨씬 대규모로 일찍 눈뜬 사회라 하지 않을 수 없다.

그러나 나는 늦은 것은 아무런 문제도 되지 않는다고 생각하며 또한 앞선 자를 모방하거나 본뜨는 것도 아무런 죄될 것이 없다고 생각한다.

문제는 아직도 무엇이 문제인지, 문제를 어떻게 해결해 나가야 할지 모르는 둔감함이고, 인간의 삶에서 문화, 특히 문학이 얼마나 중요한지, 그것을 수집, 보존, 연구, 전시하는 일이 한 사회의 미래와 어떤 관계를 맺는지 알지도, 알고 싶어 하지도 않는 무지함이며, 그런 문화나 문학보다는 먹고 사는 경제 문제가 백배는 더 소중하다고 믿고 또 역설해 마지않는 경제 동물적 속물성이다.

이런 것들을 극복하고 버릴 수만 있으면 늦은 자가 가장 빠른 자가 되고 가장 새로운 자, 가장 창조적인 자가 될 수 있다. 그리고 그것을 이루어내야 한다.

예정보다 15분 늦게 견학을 마치니 12시 15분. 우리는 요코하마 중화거리 입구 쪽에 있는 중국집 카세이로에서 점심 식사를 했다. 중화거리를 잠깐 산책 삼아 둘러보고 이수존 총영사와 헤어져 나리타 공항까지 두 시간 넘게 달려갔다. 나리타 공항에서 에어차이나로 7시 반 이륙이건만 비행기는 좀처럼 출발 신호를 받지 못한다. 겨우 떠서 4시간 비행 끝에 베이징으로 향하니 호텔 도착이 밤 12시 30분이다. 베이징 메리어트 호텔, 염무웅 선생과 동숙, 긴 하루였다.

3.

염무웅 선생과는 함께 잠을 잔 것이 처음이었던 것 같다. 언젠가 염선생께서 영남대학교에 계실 때 무슨 인터뷰 일인가로 찾아가 이야기를 나누어 본 적이 있었으나 기억이 분명치 않다. 그때 당뇨병이 있으시다고, 걷기를 하고 계신다고 했는데, 지금 보니 만보기를 가지고 하루에 일정량 이상

걷기를 하신다고 한다. 이제는 인슐린 주사를 맞지 않고도 견디실 만큼 회복이 되셨다고 하며, 그럼에도 건강에 각별히 신경을 쓰시는 눈치다. 사람의 수명이나 건강은 각기 다른 것이지만 좋은 상태를 유지하는 것은 문학을 위해서 꼭 필요한 요건이라고도 할 수 있을 것이다.

하지만 여행 내내 나는 염선생을 잘 모시지는 못했다. 그렇다기보다 선생 역시 도종환 시인과 마찬가지로 계속 사진을 찍고 궁금한 것을 푸느라 단독행동을 서슴지 않았고 특히나 일본이나 중국의 선례를 주의 깊게 경청, 시찰하고 한국의 방식은 어떠해야 하는가를 고민하고 계셨다.

아침이 되자 우리는 여덟 시 경에 식사를 하고 전날 밤에 마중 나와 주었던 베이징의 김진곤 한국문화원장과 함께 베이징의 중국현대문학관으로 향했다. 중간에 통역을 해주기로 했던 중앙민족대학의 김성옥 선생과 혼선이 생겨 통역을 급히 교체하면서 9시 30분쯤에 현대문학관에 도착했다.

문학관장 대신 부관장이 영접을 해주었고 우리의 일에 관심을 크게 표명해 주었다. 면담이 끝나고 우리는 수장고며 전시실을 둘러보기 시작했다. 안타까운 것은 우리보다 일찍 국가가 문학관 건립을 주도해서 작가들로 하여금 관리를 맡겼음에도 문학관의 설비는 다소 노후해 보였다는 점이다. 수장고는 대규모 시설에도 불구하고 건물 내부 관리나 자료 정리가 다소 미흡해 보였다.

그러나 중국은 지금 막 성장하고 있고 내일은 더 나아질 것 같다는 생각은 가능하다. 전시실은 훨씬 상태가 좋았다. 중국 정부의 공식적인 입장이 투영된 듯한 전시실 구성에도 불구하고 문학관 건립에 기여한 바진의 손바닥을 떠서 현관문 등의 손잡이로 만든 것이나 중국 문학사의 중요 장면이나 작품을 조각해 놓은 벽화, 작품 속에 등장하는 인물이나 사건을 긴 벽화 속에 어우러지도록 한 창조성은 각별히 주의해 볼만 했다. 돈이 흔해서인지 모르지만 돈이 있다고 다 이런 기념관에 투자하는 것은 아니니까. 돈이 생기면 더 많은 돈을 버는 데 혈안이 되어 있는 자들도 얼마든지 있다. 경제동물은 그런 것이니까.

하지만 중국의 현대문학관 전시실은 중국 이데올로기의 냄새가 물씬 풍긴다. 중국현대사를 바라보는 관변적 의식 아래 중국문학사를 시대구분 한데다 여기에 작가들이 관리하는 까닭인지 가능한 한 많은 작가들의 사진과 생애를 상설 전시해 놓은 폐단이 없지 않았다. 이것은 중국이 현체제로 존립해 있는 한 고치기가 쉽지 않을 것이다. 중국의 변화와 맞물려 있는 문제라서 쉽지 않다.

부관장의 후의를 입어 직원식당에서 좋은 식사를 하고 우리는 루쉰 기념관으로 향했다. 기념관은 리무진으로 좁은 골목을 비집고 들어간 곳에 있었는데, 나중에 보니 큰길 대신 지름길로 데려다 주느라 그랬던 것 같았다.

루쉰은 중국 근대문학사에서 가장 문제적인 인물의 하나로 중국문학 현대화의 개척자다. 문학을 조금이라도 아는 사람은 누구나 아는 얘기다. 그의 본명은 주수인, 동생은 일본에 부역했다 처형된 주작인이다. 형과 동생이 상반된, 비극적인 길을 걸었다. 나는 그의 문제작 『아큐정전』을 비롯하여 『루쉰전집』을 다 읽었다. 단편들은 짧고 강렬한 인상을 풍겼지만 시간이 많이 흐른 지금은 다 잊었다. 내 두 번째 평론집 『납함 아래의 침묵』에서 '납함'은 루쉰의 소설 제목에서 빌려온 것이다. 여러 사람이 시끄럽게 떠드는 소리, 싸움에서 크게 응원하는 소리라는 뜻에서 역설적으로 가져다 쓴 것이다. 시끄럽고 요란하지만 기이하게도 진짜 말은 없다는 뜻으로 '납함 아래의 침묵'이라고 했었다.

그때가 2001년경이니 이미 나는 일종의 고립주의적 태도로 나만의 길을 가겠다는, 나쓰메 소세키류의 에고이즘에 들어가 있었다. 그 산물이 또한 2005년인가에 낸 평론집 『행인의 독법』이다. '행인'은 가라타니의 필명이기도 하지만 그가 이름을 빌려온 나쓰메 소세키의 장편소설 제목이기도 하다.

나는 그 무렵 나쓰메 소세키와 루쉰을 비교한 일본 서적을 읽으며 이 두 사람에게 심취해 있었는데, 그에 따르면 루쉰은 자신, 즉 중국의 강한 자기중심성을 극복하지 못하면 근대로 나갈 수 없다고 생각한 반면 소세키는 자기 당대의 서구 추수주의, 모방과 수용 일변도에 맞서 자기 본위를 지키려 했다. 나는 이 자기부정과 자기본위를 다 같이 수용하려 했으니, 그것은 일종의 형용모순을 범하는 일이었지만 문학에서는 그런 것이 언제나 가능하다.

우리는 관장을 만나고 루쉰 기념관의 전시공간을 둘러보았다. 상하이의 루쉰 기념관도 가보셨다는 염무웅선생은 혼자 계속 무언가를 들여다보고 사진을 찍으며 자신만의 생각에 빠져 계시고 도종환 의원은 안내원의 설명을 끈기 있게 들어주며 엄청난 분량의 사진 자료를 전시해 놓은 공간을 시간을 들여 견학해 나갔다.

나는 나대로 이것저것 생각한다. 루쉰과 같은 사람은 흔치 않다. 1881년에 와서 1936년에 떠났으니 결코 길지 않은 생애였다. 그러나 그는 폭죽처럼 강렬한 생애를 보냈고 진취적인 사상적 편력 속에서 사회주의에까지 접근했다. 그는 어려서 『산해경』의 그림들을 좋아했던 사람답게 그림, 스케치, 표지화, 타이포그래피에 깊고도 넓은 관심을 표명했다. 그는 많은 잡지에 관계했는데 일종의 편집디자이너 감각으로 그것들을 손수 제작해 보였던 것이다.

가나가와 현립문학관에서 본 나쓰메 소세키의 영문학 연구서의 강의록이 지금 막 다시 생각났다. 루쉰을 쓰는 까닭이다. 깨알 같은 글씨체로 적어 내려간 문장들은 런던의 외로움 속에서 영문학을 공부한 소세키의 고독을 상상하게 했다. 돌아오니 그는 혼자였을 것이다. 일본으로 애초에는 의학을 공부하러 센다이로 갔던 루쉰도 그 강한 정신력에도 불구하고 고독했을 것이다. 그의 조상은 한림학사 벼슬을 했으니 그는 깊은 한문학 전통 속에서 이 근대의 탁류쪽으로 스스로 헤엄쳐 온 것이다. 소세키 역시 어려서 한학을 했다고 했고 여기에 영문학을 더해 강한 주체성을 가지게 되었다고 볼 수 있다. 깊고 힘든 공부를 한 사람들만이 강한 자기 중심성을 가질 수 있으니 그 점에서 루쉰과 소세키는 한 패거리였다. 나는 너무 많은 자료를 거느린 루쉰의 생애를 따라가며 나는, 나는, 하고 15년 전과 똑같이 그들과 나를 견주어 본다. 기질 하나로 모든 것을 해결하려는 나는 몹시 추하다.

한국에 이 정도로 자료를 전시할 수 있는 작가가 있을까?

도종환 의원의 물음이다. 이 분은 지금 너무 진지해서 모든 것을 인정해 드리고 싶은 심정이 된다.

있습니다. 이광수라면.

이광수라면 루쉰의 회화적, 타이포그래피적 화려함은 보여줄 수 없을지라도 소설가로서, 언론인으로서의 생애, 시대와 문단과 그의 문학이 만나는 지점들을 루쉰 기념관만큼이나 크고 화려하고 깊게 다룰 수 있다. 그러나 그에게는 안타깝게도 대일협력이라는 딱지가 붙어 있다. 그가 만약 소세키였다면 그는 제국주의에 그렇게 굴종할 필요가 없었을 것이다. 소세키처럼 적당한 위화감 속에서 지낼 수도 있었을 것이므로. 그가 만약 루쉰이었다면 불행과 시련이 자신을 시험하기 전에 세상을 떠나는 것으로 더럽힘에서 벗어날 수도 있었을 것이다. 그러나 그는 역시 이 불행한 한국의 문학을 대표하는 사람이었다. 나는 도종환 시인의 씁쓸한 표정을 지켜보아야 했다.

이 긴 전시공간의 마지막 장면은 영면에 든 루쉰의 모습이다. 또 장례 행렬 장면이다. 죽으면 모든 것이 끝이다. 그러나 살아 있는 이 세계에서는 모든 것이 문제다. 이것이 또한 문제다. 과연 어떻게 살며 무엇을 해야 하나? 무엇을 남겨야 하나? 이 인생의 문제는 다른 모든 문제 앞에 존재하며 이것이 곧 근대문학관의 문제이기도 하다.

이것으로 공식 일정은 끝났다. 일본에서 베이징으로 3박 4일. 마지막 날 저녁식사는 교포가 경영하는 한국식 식당. 우리는 비로소 긴장을 풀었다.

일본도 좋고 중국도 좋지만 우리는 늦은 만큼 더 활기차고 입체감 있는 문학관을 지어야 하며, 그것은 첨단기술과 결합된 일종의 라키비움 같은 것이 되어야 한다고 생각했다. Larchiveum! 근대문학관에서 근대문학 라키비움으로. 이것이 우리 모두의 예정된 결론이었다.

나는 이 라키비움 형태의 문학관 구상을 2000년대 초반에 문화예술위원회 기관지에서 거칠게나마 제시해 본 적이 있다. 이제 그것은 상식처럼 변했다. 그러나 그렇게 신개념의 공간을 만든다고 해도 자료는 어떻게 모으고 또 예산이며 주체는 누가 떠안을 것인가. 너무 많은 문제가 우리 앞에 놓여 있다. 또 나는 나 자신의 인생의 문제가 따로 있다.

다음날 아침 일찍 우리는 서울로 향했다. 모두들 짧지만 빡빡한 일정에 지쳐 있었다. 그리고 해결해야 할 문제들이

산적해 있었다. 서울로 돌아오는 길은 그다지 유쾌할 수가
없었다.

보스포루스 해협, 지하교회, 올리브 나무

가을이 시작되고 터키에 갔다. 한국과 터키, 경주와 이스탄불을 하나로 연결하는 교류 행사에 동행하게 된 것이다. 동리목월문학관의 후의를 입은 것으로, 대륙과 대륙을 잇는 나라를 참관하는 귀한 기회를 얻게 된 것이었다.

첫 도착지가 바로 이스탄불, 아시아와 유럽에 걸쳐 있는 도시였다. 인구는 2천만 명이나 되고 면적만 해도 서울의 9배나 되며, 기독교 중심지에서 이슬람 중심 도시로 변화해 온 유서 깊은 도시.

이 이스탄불은 보스포루스 해협을 건너면 유럽이요, 이쪽은 아시아, 그래서 아가사 크리스티의 추리소설 『오리엔트 특급 살인사건』의 배경이 된 유럽 종착역이 있었지만 지금은 폐쇄되었다고 한다. 그럼에도 이스탄불은 왠지 전혀 쇠퇴하지 않는 것 같다. 너무 넓고 복잡하고, 그러면서도 평화롭고 조용한 도시, 술을 마시지 않고 돼지고기를 먹지 않는 사람들이 살기 때문일까. 이슬람 도시가 이토록 평화로운 것은 시리아 난민이 30만 명이나 들어와 있다는 소식 때문에 더욱 놀랍게 느껴졌다. 적어도 이 나라는 난민을 30만 명 정도는 아무 잡음 '없이' 받아들일 수 있는 나라인 것이다.

터키에 갈 때부터 나는 무거운 등짐을 진 사람처럼 힘들어 하고 있었다. 남이 부과해 준 과제가 아니요, 내 스스로 짊어진 것이기에 남을 탓할 수도, 내려놓을 수도 없는 등짐, 그것은 시인 백석의 말년에 관해 쓰겠다는 것이었다.

뜨거운 여름을 다 보내면서 취재도 하고 궁리도 했지만 무엇보다 결말이 떠오르지 않았다. 많지 않은 경험의 결과로 내가 얻은 교훈 하나는 소설은 결말을 알아야 차착 없이 전개시킬 수 있다는 점이었다. 그러면 백석의 말년 이야기는 무엇으로 결말을 지어야 할 것인가? 흔해 빠진 엔딩도 아니어야 할 것이며, 그를 죽여서 끝내기는 이미 세상을 떠난 그를 위하여 도저히 할 수 없는 일인 까닭에, 고민은 많이 해도 결론은 잘 나지를 않았다.

터키 여행에서 한국, 터키 학술행사를 마치고 사흘간 이곳저곳을 찾아다니게 되었을 때다. 카파도키아라는 곳에서 말로만 듣던 지하교회라는 곳에 가게 되었다. 지하 85미터까지, 그러니까 지하 8층 깊이까지 터널을 뚫고 파내려간 사람들의 도시, 그곳은 로마병정들로부터 종교적 신념을 지키려는 사람들의 의지로 이룩한 성소였다. 설명에 따르면 그들은 박해자들이 오면 동굴의 입구나 중간을 두꺼운 돌로

막고 암흑과 같은 어둠 속을 견뎌냈다고 한다. 때로 2백년씩 지속된 은신 생활을 이어갈 때 그들의 평균 연령은 겨우 30세 정도였다고 하며, 여성들, 아이들은 땅 위로 올라가지도 못했다고 한다.

이 말들이 모두 사실이었을까? 그러나 내게 디테일 전부까지 사실이었는가는 중요치 않았다. 정말 중요한 것은 인간이란 역시 정신적 동물이며, 그런 한에서 신념을 쉽사리 억압할 만한 힘이란 존재하지 않는다는 사실이다.

나는 그러니까 그곳에서 백석을 다시 만났다. 1959년에 양강도 삼수에 내려가 살게 된 후 모든 공식적 글쓰기를 완전한 침묵 속에서 생애를 마친 그는, 상상컨대, 거짓된 언어 대신 첩첩산중의 고독을 선택할 줄 알았던 의지의 인간이었다.

캄캄한 동굴 속을 행렬을 따라 돌아다니며 오로지 시인 백석만을 생각했다. 지상으로 다시 올라오자 햇살이 그렇게 따갑고 눈부실 수 없었다. 하지만 나는 어둠 속에서 빛을 만날 때 눈이 멀지 말자고 생각했다.

이제 버스는 끝없이 펼쳐진 황무지 사이로 난 길을 달려갔다. 오른쪽에도, 왼쪽에도 지평선이 보이는 길을 달려 나무 한 그루 없는 산과 구릉이 잇닿은 곳을 옆에 끼고 달리기도 했다. 그때 그 황야와 산기슭 같은 곳에 이따금씩 나무 한 그루가 홀로 서 있는 풍경이 눈에 들어오곤 했다. 나는 물었다. 저것은 무슨 나무냐고.

보스포루스 해협, 지하교회, 올리브 나무

올리브 나무였다. 그 순간, 내 머리를 치는 것이 있었다. 백석은 세상 사람들에게 너무나 잘 알려진 어느 시에서, "굳고 정한 갈매나무"를 말했었다. 바로 그 나무를 통해서 그는 지금 저 올리브 나무처럼 황야를 견디는 의지에 관해 말하고 싶었던 게 아닐까.

터키에서 나는 백석을 다시 발견한 셈이었다.

요제프 마리아 올브리히

요제프 마리아 올브리히^{Joseph Maria Olbrich}. 이것은 내가 9박 10일에 걸친 비엔나 여행에서 만난 예술가들 가운데 한 사람의 이름이다.

1867년에 태어나 1908년에 타계한 이 건축가는 세기말 세기 초 비엔나의 새로운 예술운동에서 핵심적인 역할을 한 사람 가운데 하나였다.

그때 비엔나에서는 분리파라는 새로운 예술적 창조의 흐름이 형성되고 있었다. 그것은 합스부르크 왕조의 낡은 전통의 압력으로부터 자유로운 삶과 예술을 창조하려는 움직임이었다.

올브리히는 이 사람들의 거점이었던 제체시온^{Secession}이라는 건물을 설계한 사람이다. 지금 그곳 지하실에는 구스타프 클림트의 저 유명한 벽화, 〈베토벤 프리즈^{The Beethoven Frieze}〉가 전시되어 있다.

나는 이 지하방에 오랫동안 머물러 서서 그 환상적인 벽화의 아름다움에 눈을 빼앗길 수밖에 없었는데, 이 벽화가 설치된 건물이 바로 올브리히의 작품이었던 것이다.

그런데 내가 이 사람에 대해 놀라게 된 것은 벽화가 설치된 건물 때문이 아니라 한 미술관에서 목도한 그의 작품들 때문이었다.

어떻게 표현할 수 있을까.

우리식으로 말하면 그는 대목大木이자 소목小木이고, 소목이자 대목인 사람이었다. 즉 그는 숟가락이나 포크 같은 지극히 작은 공예품부터 거울이며 화장대며 장롱, 그리고 비엔나에 우뚝 선 웅장한 건축물들에 이르기까지, 온갖 것을 다 설계할 수 있었고 또 그렇게 한 사람이었다.

이것들을 보면서 내 뇌리에 떠오른 의문 하나. 도대체 이 사람은 왜 이렇게 '잡다한' 것들에까지 매달린 것일까? 웅장한 건축물을 얼마든지 설계할 수 있는 사람이 왜 포크를, 나이프를, 술잔을, 장롱까지 설계하고 만들었던 것일까?

머릿속 질문 끝에 내가 떠올린 대답은? 이 사람은 삶을 둘러싼 모든 것을 바꾸고 싶어 했다!

삶을 바꾸려면 어떻게 해야 하나? 사람들은 이렇게 생각하곤 한다. 돈을 벌자, 인간관계부터 정리하자. 보잘것없는 애인을, 직업을 바꾸자!

올브리히라는 사람은 건축가답게 삶을 둘러싼 공간을 바꾸고 싶어 했다. 그것도 송두리째. 어떻게? 아름답고 세련되게.

그는 삶이 접촉하는 모든 공간, 모든 공간적 물상을 다 바꾸고 싶어 했다. 그렇게 해서 삶을 아름답고 세련되게 만들려 했다.

이쯤에서 내가 던지고 싶은 질문. 지금 우리는 어떻게 우리의 미래의 삶을 아름답고 세련되게 만들어 갈 것인가?

지금 한국 사회는 과거 그 어느 때보다도 물질적으로 풍요롭다. 빈부격차 같은 물질적 부조리에 눈을 감지는 말자. 그런 문제들은 그런 문제들대로 해결해 나가자. 그러나 바야흐로 한국인들이 자신의 삶의 공간을 손쉽게 뒤바꿀 수 있는 능력을 갖춘 시대임에는 틀림이 없다.

4대강이니, 세종시니 하는 것, 국토균형개발이니, 새만금이니 하는 것도 다 그래서 생긴 것이다. 새로운 개발의 현장들이 넘쳐나는 이 이상한 '활력'의 공간, 이것이 바로 이 시대의 한반도다. 이 놀라운 능력을 어떻게 사용할 것인가?

올브리히 식으로 말하면, 우리의 삶의 공간을 바꾸는 방식이 곧 우리의 삶을 바꾸는 방식이다. 어제의 올브리히가 오늘의 비엔나를 아름답고 세련되게 만들었듯 우리 역시 우리들의 미래의 삶의 공간을 오늘 아름답고 세련되게 창조해 나가야 한다.

비엔나에서의 9박 10일 후 인천공항에 내려 서울 시내로 돌아오는 길에 신문을 펴들었다. 우리 사회는 여전히 깊은 논란과 논쟁의 수렁에 빠져 있는 것 같다.

요제프 마리아 올브리히

219

고함소리를 멈추고 생각해 보자. 과연 우리들의 미래의 삶의 공간은, 또 그것이 창출할 삶의 양식은 어떻게 해야 아름답고 세련되게 창조될 수 있는가?

때로 우리 한국인들은 성미가 급해서 지금은 행동할 때지 생각할 때가 아니라고 판단하곤 한다. 그러나 지금은 생각해야 할 때이며 행동해야 할 때가 아니다. 왜냐하면 우리들은 이미 너무 많이 행동해 왔기 때문이다. 콘크리트, 아스팔트, H빔이 상징하는 우리들 삶의 틀에 박힌 형식성을 생각해 보면 그것이 자명하다. 높고 깊은 산줄기를 '시원스럽게' 관통하면서 일직선으로 달리는 고속도로들을 보면 이것이 명백하다.

비엔나의 아름다운 거리를 보면서 생각했다. 우리 역시 우리의 도시들, 산하를 그렇게 바꿀 능력을 갖고 있다. 그러나 그 방법이 무엇일까? 나는 여기서 이 답을 제시하고 싶지는 않다. 다만 생각을, 성찰을 권유하고 싶다.

운명이라는 것

최근에 백석이 번역한 『테스』에 대해 글을 쓴 일이 있었다. 백석은 너무나 잘 알려진 시인이지만 이 사람이 토마스 하디의 소설 『테스』까지 번역했다는 사실을 아는 이는 많지 않다. 그뿐이 아니다. 백석은 숄로호프의 노벨문학상 수상작 『고요한 돈강』의 1부와 2부까지 번역하기도 했다.

백석은 언어에 달통한 사람인 듯했다. 그는 일찍이 일본에 건너가 영문학을 공부했고, 신문사 기자로 일하기도 했다. 함흥에 있는 영생고보라는 곳에서 교사 일을 하기도 했는데, 그때 러시아 사람에게 러시아어를 배우는 것을 목격한 제자들의 증언이 있다. 그러니까 백석은 영어나 러시아어, 일본어 같은 외국어들을 상당히 자유자재로 이해하고 구사할 수도 있는 사람이었던 것 같다.

그러나 그런 백석이라고 해서 시인이 『테스』라는 분량 많은 소설까지 번역해야 한다는 법은 없었을 것이다. 그러나 백석은 조선 땅을 떠나 만주로 건너가 살면서도 이 번역 일을 놓지 않았고, 마침내 1940년 9월에 조광사라는 곳에서 한국어 번역『테스』가 세상에 모습을 나타내게 된다.

나는 이 번역작에 대한 글을 쓰면서 생각했다. 백석은 그 자신이 이 소설의 여주인공 '테스'처럼 자신의 뜻이며 의지로 세상을 헤쳐 나갈 수 없었음을 너무나 괴롭게 자각했던 것 같았다.

자, 먼저 이 소설의 줄거리를 보자. 소설 속에서 테스는 집안 형편을 좀 더 낫게 만들어 보려는 아버지의 욕심 때문에 자기와 먼 친척뻘이라고 여겨지는 사람들을 찾아갔다가 그곳에서 알렉이라는 남자에게 겁탈을 당한다. 그리고 아이가 생겼다. 테스는 집에 돌아와 이 아이를 낳아야 했으나 결국 아이는 일찍 죽고 만다. 집을 떠난 테스는 멀리 가서 착유장에서 젖 짜는 일을 한다. 참 고된 일이었을 것이다. 작가 토마스 하디는 이 광경들을 참으로 자세하게 묘사하는 힘을 가진 작가였다. 그곳에서 테스는 또 다른 남자를 만나는데 그의 이름은 엔젤이다. 엔젤은 관념적이지만 이상을 꿈꾸는 사람이었고 이 때문에 테스의 아름다움에 주목해서 청혼을 한다. 테스는 이 결혼을 끝내 받아들이지만 자신의 과거를 고백하지 않고는 견딜 수 없었다. 그러나 엔젤은 테스의 과거를 용납하지 못한 채 멀리 브라질로 떠나버린다. 홀로 남은 괴로운 테스에게 또 다시 다가온 알렉은 엔젤이 그녀에게 돌아오지 않을 것이라며 집요하게 새로운 결혼 생활을 요구한다. 남편의 냉대와 시간의 흐름에 패배해 버린 테스가 그것을 받아들였을 때 먼 곳에서 세상의 참된 아름다움에 눈 뜬 엔젤이 돌아온다. 그러나 이미 때는 늦었다. 절망에 빠진 테스는 자신을 속이고 또 불행의 나락으로 빠뜨린 알렉을 살해하고 만다.

운명이란 참 이상한 것이다. 무엇을 가리켜 운명이라 하는가? 그것은 백석의 시 「남신의주 유동 박시봉방」에 나오는 구절이 잘 보여준다.

> 이때 나는 내 뜻이며 힘으로, 나를 이끌어가는 것이 힘든 일인 것을 생각하고,
> 이것들보다 더 크고, 높은 것이 있어서, 나를 마음대로 굴려가는 것을 생각하는 것인데,

그렇다. 운명이란 내 뜻이나 힘으로 나를 이끌어 가는 것이 힘든 것이다. 내 뜻이나 힘보다 더 크고 높은 것이 있어 나를 마음대로 굴려가는 것이다. 그 힘은 대문자로 된 파워Power이기 때문에 그것을 물리칠 수도, 넘어설 수도 없다.

사람은 누구나 운명이란 것에 직면한다. 왜냐하면 사람은 늘 자기보다 더 크고 높은 것 앞에 놓여 있고, 그것을 능가할 수 있는 슈퍼 파워를 가진 인간이란 없기 때문이다.

요즘 내 주변에는 참 어려운 일들이 많다. 학교도 어렵고, 공부도 어렵다. 세상도 어렵다. 운명이란 것을 생각하지 않

운명이라는 것

을 수 없는 날들이다.

북쪽 동해안으로

두어 달 전에 『서울문학기행』이라는 책을 출간하고 이번에는 '남해안 문학기행'을 써볼까 했다. 그것도 좋지만 뭔가 더 새로운 얘기를 써보는 것도 좋겠다, 하고 생각을 돌리니 눈에 들어오는 것이 북한쪽 동해안이다.

지금은 가지 못하는 땅, 그나마 금강산이라도 왕래는 했었는데, 지난 두 정부 동안 관광 갔던 국민 한 사람이 죽고 남북대화가 단절되면서 그것조차 끊어졌다. 세월이 바뀌었으니, 지금은 전쟁이라도 날 것 같은 분위기지만 머지않은 시기에 다시 오갈 수 있게 되리라고 생각한다. 기왕이면 7번 국도를 타고 한반도 등뼈를 훑어 오르듯 금강산 위로 원산, 함흥도 갈 수 있으면 좋으련만.

'북한 동해안 문학기행',이라고 해도 지금은 갈 수 없으니 현재를 쓸 수는 없고, 과거, 함경선 타고 저 두만강 어귀까지 거슬러 오를 수 있었던 때로 한번 가보자.

일제시대 때 금강산은 민족의 성소였다. 이광수가 「금강산유기」를 썼고 《개벽》지 발행인 박달성도 기행을 남겼지만, 뭐니 뭐니 해도 김동인이 《창조》지에 발표한 「약한 자의 슬픔」(1920)의 주인공이나 이광수 장편소설 『재생』의 여주인공이 금강산에 오르는 대목은 인상 깊다 하지 않을 수 없다.

원산에는 누구보다도 최인훈과 이호철 같은 작가들의 기억이 생생하게 남아 있다. 그들은 모두 원산고등학교를 다니다 말고 6·25 전쟁을 맞아 우여곡절 끝에 미군 수송선을 타고 부산으로 내려와 남한에서의 삶을 시작하게 된다. 6·25 중 미군 원산폭격의 '문학적' 의미는 심각한 숙고의 대상이 아닐 수 없다. 이광수, 메논 등과 밀접한 관계에 놓인 모윤숙도 함흥 태생이다.

함흥에 가면 문학인들의 일들이 더욱 많다. 일제말기에 조선어학회 사건은 함흥영생 여고보 학생의 일기장 내용이 도화선이 되어 일어났다. 이극로, 최현배, 이희승 등 많은 한글학자들이 체포되어 곤욕을 치렀고 이윤재, 한징 두 분은 함흥형무소에서 끝내 옥사하고 말았다. 시인 백석이 함흥영생고보 영어교사로 있으면서 「함주시초」 연작을 썼다. 수필 「동해」도 필시 이쪽에 머물 때 썼으리라. 지도를 보면 '북관'의 관문이라는 함주는 함흥을 에워싼 모양을 하고 있다. 백석은 평안북도 정주 태생으로 이곳에 와 머물렀지만 고향이 함흥 쪽인 문학인들이 많다. 순서 없이 한설야, 박연희, 안수길, 김은국, 강용흘, 이북명, 김송, 박순녀 같은 이름을 명기해 본다.

낙원, 홍원, 신포를 따라 거슬러 올라 북청에 이르면 작가 전광용의 고향이요, 해방 공간 때 활동한 시인 이찬도 이곳 태생이다. 김동환의 시 「북청 물장수」를 생각하게 한다. 또 『해방전후』를 쓴 여성작가 임옥인의 길주를 옆에 두고 명천으로 해서 단천에 이르면 작가 최정희, 시인 설정식 등이 이곳 태생 사람들이다. 나는 특히 최정희의 삶과 작품에 관심이 있고 논문도 써본 적이 있다. 아직도 공부해서 쓸 게 많은 작가다. 어떤 곳에서는 성진 태생이라고도 써 있으니, 오늘 한번 최정희의 수필을 직접 찾아보아야겠다.

오늘날 김책시라 명명된 곳은 과거에는 함경북도 성진이었고, 아주 의미 깊은 시인이자 비평가 김기림이 이곳에서 났고 신경향파 작가 최서해, 또다른 비평가 박치우 등도 여기 사람이다. 김기림에 관해서 최근에 나는 그와 박인환의 사상적 교호 관계에 관심을 가진 적이 있지만, 그보다 그가 일제말기에 고향 근방으로 물러나 붓을 꺾고 경성고보 영어교사로 버틴 일을 너무나 귀하게 여긴다. 경성 출신 시인 김규동이 그에게 배웠다.

명천, 어랑 지나 경성에 이르면 작가 이효석의 아내 이경원이 여기서 났고 그런 연유로 이효석이 경성농업학교에 머무르며 자신의 문학세계를 바꾸어 나갔다. 경성은 또 김동환 시인과 손소희 작가가 난 곳이기도 하며, 근처에 유명한 '주을온천'이 있기도 하다. 이 주을온천은 주을에 온천이 있기도 하지만 본래 여진말인 '주을온'에 '천'자가 붙어 이 말이 된 것이라 한다. 수필 등에 자주 나오는 곳이다.

이제 어랑 거처 청진에 이르면 영화 〈아리랑〉의 나운규가 이곳 청진형무소에 있었고, 평론가 이봉래, 동화작가 김요섭, 영화감독 신상옥 등이 여기서 났으며, 부령 태생 작가 장용학이 해방직후 월남 전에 청진여자중학에서 교사로 있기도 했다. 탈북작가 이지명 씨, 김정애 씨도 여기서 살다 남쪽으로 왔는데, 칠보산이 널리 알려져 있다고 했다.

그러고 나면 나진, 웅기, 한반도의 북단에 가까워진다. 유명한 작사가 양인자가 나진, 근대문학 연구가 주종연 선생이 웅기 태생이다.

유난히 더웠던 이번 여름, 동해안으로 떠나는 자동차 행렬이 길고 길었다. 이제 좀 북녘 땅 동해안을 따라 거슬러 오르고 올랐으면 싶다.

고지식한 사람들

전북 김제에 있는 조정래 아리랑 문학관에 다녀왔다. 아침부터 서둘러야 했다. 압구정역 현대백화점 주차장에서 리무진버스를 타고 죽전까지 가서 거기서 조정래 선생, 김초혜 여사, 최선호《작가세계》사장 등이 동승을 했다.

평일이어서인지 아침인데도 고속도로가 붐비지 않았다. 우리는 망향휴게소에서 커피를 마시고 또 내리 달렸다. 차 안에서 우리는 갖가지 이야기를 나누었다. 잡지 주간인 박광성 씨, 편집위원인 장영우 교수와 박철화 씨, 그리고 나까지 앞뒤로 앉아 이 얘기 저 얘기 나누는 사이에 어느덧 버스가 문학관에 다다랐다. 겨우 세 시간밖에 걸리지 않은 쾌적한 여행이었다.

조정래 아리랑 문학관은 김제평야를 무대로 삼은 대하소설 『아리랑』을 기념하는, 개인 문학관으로서는 대단한 기념물이라고 할 수 있다. 1층, 2층에 설비된 전시실을 둘러보면서 나는 조정래 작가가 대단한 사람이라는 것을 직접 확인할 수 있었다.

순 원고지로만 쓴『아리랑』원고가 자신의 키보다도 훨씬 높이 쌓여 있었고, 그가 작품을 구상하면서 취재한 기록들, 스케치들, 수첩 같은 것들이 가지런히 정돈되어 있었다. 그 중에서도 놀라운 것은 그가 직접 그린 스케치들인데, 여기에는 그의 창작 비밀이 숨겨져 있다고 할 수 있다.

그는 자신의 소설의 무대들을 직접 발로 뛰어 다니며 그다닌 경로들, 특정한 공간의 지형들을 고등학교 때 화가가되고자 했던 사람의 실력으로 섬세한 펜화를 남겨 놓는데, 이 과정은 곧 그의 머릿속에 자신의 소설 속의 영상을 사진을 찍어 놓듯이 인쇄해 놓는 것이기도 하다. 작가가 직접 말하기를 자신은 세밀한 시놉시스를 작성하지는 않는다고 한다. 이것은 독자들이나 비평가들이 쉽게 믿기 어려운 점이지만, 대신에 그는 이 영상들을 밑그림처럼 그려놓음으로써그 긴 소설들을 유려하게 써나갈 수 있었던 것이다. 소설이라는 언어예술의 밑그림을 스케치화라는 영상의 형태로 머릿속에 저장해 둔 것이 차례로 대하소설의 이야기로 풀려나온다는 것, 참으로 흥미롭고도 재미있지 않은가?

아리랑 문학관 기행을 마치고 우리는 김제 시내의 한 음식점으로 갔다. 그곳은 김제평야의 상징이라고 할 수 있는지평선이라는 말을 붙인 음식점이었고, 호남답게 굴이며, 삼합이며, 쇠고기 육회며, 전 등이 싱싱하고도 맛깔스럽게 나오는 것이었다. 그리고 나중에 이건식 김제 시장이 오셔서 여유롭고도 예의바르게 우리를 맞이하는 따뜻한 말씀들을 해주셨다. 한 사람의 문학인이 어떤 의미를 가지고 있으며, 또 공적인 사회가 그를 대하는 방법을 잘 알 수 있게 해주는 자리였다.

여기서 일행들은 벌교의 태백산맥 문학관으로 향했고 나만은 따로 떨어져 다시 서울로 올라와야 했다. 그러고 보니 김제와 전주는 버스로 40분 거리밖에 되지 않았다. 전주에는 오수연 선배가 살고 있다. 한국일보 문학상을 탄 작가이고 대학교 같은 과 선배이자 연극회 선배이기도 한 오수연, 그가 작년부터인가 전주에 내려가 살고 있는 것이다. 서울에서의 다른 약속 때문에 빠듯하지만 다만 한 시간이라도 만나서 정담을 나눠 보면 좋을 것 같다.

전화를 걸어보니 다행히 전주에 있다고 한다. 얼마 후 우리는 전주 고속버스 정류장 앞에서 만나 밀린 얘기들을 나눈다. 그런데 일행들과 헤어질 때 박광성 《작가세계》 주간이 선물을 하나 들려 주었다. 그것은 《작가세계》 여름호에 단편소설을 하나 써달라고 말하라는 것이다. 요즘처럼 지면을 얻기 어려운 세상에서 원고료를 다 받으면서 단편소설을 발표할 수 있는 기회는 좀처럼 많지 않다.

나는 제법 신이 나서 원고 청탁 이야기를 꺼냈는데, 이 선배 왈, 쓸 수 없다고 한다.

왜요?

쓸 수가 있어야 쓰지.

소설을 쓸 수 없다니, 그런 법이 어딨어요? 아무거나 써도 되는 게 소설인데.

야, 내가 그게 되냐. 생각 좀 정리하고 되겠다 싶을 때 쓸게.

나는 속으로 생각한다. 참, 답답한 사람이다. 돈도 없을 텐데. 생활은 도대체 어떻게 꾸려 나가려고 이러시나.

그러고 보니 세상에는 이 오수연 같은 고지식한 사람들이 더러 있다. 아무리 궁하고 또 급해도 자기 이상이나 성미에 안 맞는 일은 절대로 하지 못하는 사람들. 나는 그런 사람들을 마땅히 존중한다. 아니, 이 글을 쓰는데, 왜 지금 실천문학사 사장으로 있는 김남일 선배가 생각나는지 모르겠다. 아마도 이 두 사람이 '초록이 동색'인 모양이다.

하동에 가다

하동은 서울에서 버스로 네 시간 정도 걸리는 거리다. 지난 금요일 하동에서 김동리 탄생 100주년을 기념하는 '역마 문학제'가 있었다. 나는 김동리 선생 탄생 100주년 사업추진단에서 개최한 이 행사에서 김동리 문학에 대한 발표를 하기로 되어 있었다.

버스는 압구정역 현대백화점 앞에서 출발했다. 예정대로 8시 30분에 떠났지만 그날이 바로 초파일, 부처님 오신 날이었다. 버스는 가다 서다를 반복하면서 더디게 달렸다. 차라리 기어간다고 해야 맞을 것이다. 일곱 시간이 넘게 걸려 도착했으니 행사는 예정보다 두 시간 이상 늦어졌다.

김동리의 단편소설 「역마」가 화개장터를 배경으로 씌어졌다 해서 하동에는 역마 공원도 꾸며져 있고, 몇 년 만에 보는 화개 장터는 놀랄 만큼 변모, 그야말로 번화하기 이를 데 없는 곳이 되어 있었다.

나는 그곳에서 「김동리의 일제 말기 넘어서기」라는 주제로 발표를 했다. 여기서 밝히는 것이지만 내게 이 발표는 매우 중요한 생각의 전환을 가져다 준 것이라 해야겠다. 몇 년 전부터 나는 김환태의 순수문학론이나, 조지훈 또는 오장환의 일제 말기 행적이나, 작년에 백석의 일제 말기 번역 작업 같은 것에 관심을 가져 왔었다.

일제 말기라는 어려운 시대에 공동체의 운명에 대한 윤리적 감각을 저버리지 않고 자신의 삶을 희생해서라도 문학적 순수성을 지켜나가고자 한 사람들의 행적과 작품을 살피는 것이 내 의무 같은 것이라고 생각해 왔었다. 세상은 언제나 세속적인 욕망과 힘의 논리가 이끌어가는 것 같지만 그 흐름 밑에는 진정한 의미의 수류水流가 있음을 이들을 접하면서 나는 비로소 깨달을 수 있었다. 그러니까 이들에 관한 내 공부 과정은 세상에 대한 나의 관점을 교정하거나 공고히 하는 계기들이기도 했다.

김동리는 그런 내 학문의 길에 하나의 결정적인 포인트가 되었다고 해도 과언이 아닌 듯하다. 이로써 나는 역사와 문학을, 그리고 사람을 이데올로기에 비추어 판단하는 인습에서 완전히 떨어져 나올 수 있을 것 같은 느낌이 들었기 때문이다.

김동리의 소설 가운데 「두꺼비」라는 것이 있다. 이 작품은 이야기 중에 하나의 설화를 소개한다. 능구렁이에 잡아먹힌 두꺼비는 그 뱃속에서 알을 까서 종내 능구렁이 뼈마디마다 새끼 두꺼비들이 벌개미들이 쏟아져 나오듯 쏟아져 나온다는 설화가 있다는 것이다.

김동리는 나중에 이 설화의 의미를 설명하는 글을 쓰기도 했다. 그에 따르면 이 두꺼비 설화가 우리나라 곳곳에 퍼져 있음은 그것이 우리 민족의 사고방식이나 의지 같은 것을 대변해주기 때문이다. 그는 이 설화의 핵심적인 내용은 능구렁이 뼈마디마다 두꺼비 새끼들이 알을 까고 나온다는 것인데, 그것은 두꺼비는 죽을지언정 두꺼비의 의지는 죽지 않음을 의미하는 것이라고 했다. 해방 후에 김동리는「윤회설」이라는 소설 첫머리에서 이 설화가 민족의 운명에 대한 이야기였음을 분명하게 드러내고 있다. 일제 말기에 민족은, 그리고 김동리 자신은 일본이라는 능구렁이에 잡아먹힐지언정 그 정신만은 죽지 않고 미래를 준비해야 한다고, 그는 그 어려운 때에 생각할 수 있었던 사람이었다.

해방 후에 김동리는 분단이 현실화되고 좌우익 대결이 극심한 상황 속에서 순수문학론을 기치로 이른바 우익 문단을 이끄는 '실권자'의 역할을 해냈다. 김동리의 이름은 이때부터 좌우익 대립이나 참여문학론, 순수문학론의 대결, 현실 비판적인 문학과 '어용문학'의 갈등 같은 이름들에 의해 오염되었다.

그러나 일제 말기 김동리가 보여준 행적과 작품들은 그에게 있어 문학의 순수라는 것이 결코 무사상, 무정치한 것이 아니었음을 보여준다. 그는 속류 정치보다 더 깊은 정치, 민족의 명운이 경각에 걸렸을 때, 자기 삶을 걸고 문학의 가치를 지키는 일을 해낸 사람이었다.

하동까지 갔다 돌아오는 길 또한 멀고도 멀었다. 나는 일행들과 헤어져 구례구역에서 KTX를 타고 겨우겨우 서울로 혼자 올라왔다. 지칠 대로 지쳤으면서도 나는 한 인간의 내부를 이렇게 알게 된 것을 나 자신을 위해 기쁘고 다행스럽게 여기지 않을 수 없었다.

작가에게 고향이란?

평창 동계 올림픽이 이제 코앞으로 다가왔다. 소설 연구자인 까닭에, 나에게 이 겨울 올림픽은, 다른 무엇보다, 작가 이효석의 고향 평창의 올림픽으로 이해된다. 과연 이효석이란 존재를 평창의 올림픽은 어떻게 다룰 것인가?

이미 근 한 해 전에 나는 평창에서 이효석을 가지고 뭔가를 만드는 사업의 자문 역할을 한 적이 있는데, 한마디로 끔찍한 경험이었다.

정부나 기관에서 부를 때 응하지 않으면 도도하게 구는 것도 같고 또는 눈총을 받을 것도 같아서 싫어도 좋아도 가는 쪽을 택하게 마련이기는 하다. 하지만 그렇게 해서 차려진 자리가 한갓 구색 맞추기에 불과했으며, 문학에 대한 어떤 배려도 없었다는 것을 알게 되는 순간, 도대체 '내'가 왜 여기 와 있나? 하는 자괴감은 이루 말할 수 없다.

이효석은 평창이 고향이었지만 고향을 표가 나게 내세운

적은 없다. 고향이 상기시키는 자연을 너무나 사랑한 작가였지만 그 고향의 특권적인 위상을 주장한 적은 없다. 대신에 그는 고향이란 과연 무엇인가를 말하면서, 어떤 사람이 태어난 곳만이 고향이 아니요, 그가 그리며 살고 싶어 하는, 아직 가보지 못한, 미지의 고향이 또한 이상 속의 고향이라 했다.

나는 작가 연구를 좋아하고 작가의 생애 속에서 피어난 작품을 사랑하기 때문에 최근에는 최인훈과 이호철의 작품에 좀 더 관심을 표명해 왔다. 때문인지 이호철 작가께서 지난해에 애석하게 세상을 떠난 은평구에서는 고향이 이북 원산인 그분이 오랫동안 터를 잡고 살아온 세월을 기려 이호철 문학관도 만들고 더하여 뭔가 의미 있는 작업도 계획하는 듯했다.

여기 내가 또 오지랖 넓게 참여하게 되기는 하였는데, 이 은평구의 작가 기리는 방식, 작고한 작가를 현재에 의미 있게 만들고자 하는 방식에는 뭔가 성의 같은 것, 사려 같은 것이 있어 보여 좋았다. 그렇다면 이호철이라는 이 고향 잃은 작가는 저 세상에서도 자신이 깃들여 살아온, 미성 아파트가 있는 은평을 또 다른 고향으로 위안 삼아도 좋으리라.

그러니 자기 타고난 고향만 고향이 아니요, 그 어떤 사람이 그리는 이상적인 삶의 공간은 또 다른 고향이 될 수 있는 것이요, 고향 떠나 잃어버린 사람도 다시 정붙이고 생활의 구체적인 에너지를 오래 쏟아 부으면 고향이라 불러도 손색

없게 되는 것이라 생각해 볼 수 있으리라.

그러나 개중에는 아예 고향 없는 사람, 고향을 그리되 이상의 고향을 아직도 못 찾고 심중으로만 그런 공간을 그리면서, 아직 나타나지 않은 그 고향 대신에 고향을 아직까지 찾기만 하고 있는 자기 자신을 '수선화'처럼 사랑하는 사람도 없지 않을 것이다.

문학을 연구하면서, 나는 최인훈 같은 작가가 바로 그런 문학인이라고 생각하지 않을 수 없었다. 왜냐하면 그는 저 한반도 북쪽 회령에서 태어나 원산으로 옮겨와 해방 공간을 보내고 6·25 전쟁이 발발하자 어떤 계기로 부산까지 배를 타고 남하하지 않을 수 없었을 뿐만 아니라 바로 그러한 자기 삶의 궤적으로부터 기인하여 자기 스스로를 일종의 '난민'이라고, 전쟁과 분단과 대립으로 얼룩진 한반도는 일종의 난파선과 같고, 그 자신은 그런 난파선에 올라 바다를 헤매며 진짜 고향을 찾고 고향으로 돌아갈 날을 손꼽아 기다리는 난민 같은 존재라고 생각하기 때문이다.

내가 이 작가에 관해 생각하기에 그렇다는 것이고, 내가 그렇게 헤아릴 수 있는 한 이 작가는 그렇게 생각하며 오늘에까지 살아왔을 것이라 생각한다. 그는 지금 서울 근교 일산하고도 화정인가 하는 곳에 거주하고 있는데, 그 아파트라는 것이라야 별반 특별할 것도 넓을 것도 기념할 만한 것도 없다고 할 수 있다. 하지만 이미 그가 그곳에 오래 산 것을 보면 누군가 나중에 그를 기념해야 할 일이 있다면, 그곳은, 그가 언젠가 청춘 시절에 살았다는 서울시 용산구 청파동 아니면 바로 이 서울 근교 같은 곳이 되어야 하리라고 생각은 할 것이다.

진정한 작가에게 사실은 고향이란 없는 것이고, 있어도 없는 것이나 같은 것일 수도 있고, 마음속에 그리는 고향이 더 진짜 고향일 수도 있다. 그리고 작가는 고향같이 안주할 곳은 생각하지 않고 나아가 자기가 도대체 어느 페루의 바닷가에서 생을 마칠지 아이슬란드의 화산 밑에서 끝낼지 몰라야 할 수도 있다. 페루에 바다가 있다면 말이지만 아마 '다행히' 있을 것이다.

그러니 일반 사람들이야 작가를 보고 여기 살아라 저기 살아라 할 것도 없는 일이요, 작가도 구태여 정해 놓고 삶의 방도와 방향을 택할 수도 없는 일, 그럼에도 세상은 이효석 시절에도 고향을 놓고 말이 많았고, 지금도 누가 어디 있느냐를 놓고 설왕설래가 많다. 이때나 저때나 세상은 혼탁하고 어지러운 것이다.

4부

기괴하게 웃는 당신의 웃음소리가 듣고 싶어졌소
폐병 든 그 수척한 몸 더 축내서 뭣하려오

나, 잡지를 만들어 볼 생각이오

김해경 씨, 나 한번 잡지를 만들어볼 생각이오. 이름은 '문학의 오늘'이라오. 내가 지은 게 아니라서 맘엔 덜 드오. 돈이 있느냐구? 당신도 돈타령이오? 당신은 돈 있어서 《시와 소설》을 냈소? 그래서 폐병에 걸린 채로 일본까지 건너가 뭘 그렇게 애써 찾다 죽었소?

그렇기는 하오. 주제넘은 짓이오. 내가 아무래도 말 많은 바본가 보오. 젊은 날이 억울하게 느껴지나 보오. 뭐 그리 슬픔이 많은 척 하느냐구? 그렇소. 나는 불행의 인자보다 불행의 포즈가 더 큰 위선자오. 그래도 한번 말을 위한 공간을 만들어 보고 싶은 걸 어쩌오?

어제는 어플리케이션을 디자인하는 사람을 만났소. 이제 출판사에 앉아서 원고지 교정을 보던 당신의 시대는 어림도 없소. 이 한국에서도 우주선 실험을 하고, 바다 건너에선 원자력 발전소가 망가지고, 리비아라는 나라가 있어서 카다피라는 독재자가 끝장이 났다오. 북쪽에선 김정일이라는 자가 있어 그 나라에 나가 있던 인민들을 들어오지 못하게 한다는구려.

그럴 게오. 무슨 말인지 도통 알아들을 수가 없을 게오. 당신이 스물일곱 나이로 요절을 할 땐 세상에 없던 일들이니 말이오. 신기하지 않소. 당신이 그렇게 떠난 뒤에도 너무나 많은 일들이 벌어졌다는 것이.

어이, 김해경 이상 씨. 어플리케이션이 뭔지 아오? 스마트폰이 뭔지 아오? 아이패드가 뭔지 아오? 실은 돈만 있으면 그런 데 탑재하는 잡지를 만들고 싶소. 안타깝게도 돈이 없소. 사업을 해 본 적도 없소. 당신처럼 다방을 하다 망가진 적도 없소. 그래도 난 당신보단 돈이 많소. 빚보다는 재산이 아주 더 많소. 그래도 문학잡지를 스마트폰이나 아이패드에 올릴 힘은 없는가 보오. 그래서 종이 잡지라도 만들 궁리를 했소. 당신이 한번 읽어봐 주시구려. 돈도 생기기 전에, 원고도 들어오기 전에 창간사부터 썼다오. 이하는 그 요점이라오. 정색을 하고 썼다오.

첫째, 우리 책은 뉴스와 정보를 창조하는 잡지가 돼야겠다. 남의 소식을 받아쓰는 잡지가 아니라 남에게 먼저 주는 잡지가 돼야겠다.

둘째, 우리 책은 보는 기쁨이 있는 잡지가 돼야겠다. 흰 종이 위에 검은 글씨만 내리 달리는 잡지가 아니라 글도 보고 그림도 보고 사진도 보는 잡지가 돼야겠다.

셋째, 우리 책은 현대문화의 첨단 지대를 함께 살아가는 잡지가 돼야겠다. 철 지난 문화를 보수하는 사람들이 되지 말고 맨 앞에 가는 사람이 무엇을 하는지 아는 잡지가 돼야겠다.

넷째, 우리 책은 우리 스스로를 가두지 않는 잡지가 돼야겠다. 원형 감옥 안에 갇혀 있는 줄도 모르는 죄수처럼 되지 말고, 문학의 안과 밖을 다 보는 잡지가 돼야겠다.

다섯째, 우리 책은 지금 삶에 더 밀착해 있는 잡지가 돼야겠다. 인생에 대한 추상적인 해석에 머무르지 말고 언어가 살아 있는 삶과 만나는 공간이 돼야겠다.

여섯째, 그러고도 우리가 훌륭한 소설과 시를 이 책에서 볼 수 있고, 날카로운 비평적 시선을 이 책에서 느낄 수 있고, 살아 있는 사람들, 문학인들, 다른 예술인들을 이 책에서 만날 수 있어야 하겠다.

그렇소. 그때에야 이 잡지는 단 일 년을 살더라도 보람이 있었다고 말할 수 있을 것 같소. 어떻소? 야심차지 않소? 너무 경박한 것 같소? 그렇다오. 그런데도 나는 지금 한껏 가벼워지고 싶구려. 한없이 가벼운 것이 한없이 무겁게 느껴지는 요술을 부려 봤으면 싶소. 미래가 과거와 동거하는 이상한 정부를 세워보고 싶소.

당이 있느냐고 물었소? 그렇기는 하구려. 당신이 그때 "아당만세"를 외친 그 "아당"이 내게는 적구려. 내게는 겨우 몇 사람의 동반자가 있을 뿐이구려. 하지만 어떻소. 문학에서 언제 숫자가 글자를 이겨본 적 있소?

오늘 문득 당신에게 편지가 쓰고 싶어졌소. 기괴하게 웃는 당신의 웃음소리가 듣고 싶어졌소. 모를 게요, 남들은. 우리가 이렇게 친하다는 것을. 우리가 가끔은 편지도 주고받을 정도라는 것 말이오.

거기도 단풍 들었소? 잘 지내시오. 내 또 연락하리다. 그나저나 거기선 술 너무 많이 드시지 마소. 폐병 든 그 수척한 몸 더 축내서 뭣하려오.

바야흐로 '풍자' 시대

〈시라노〉라는 프랑스 영화가 있었다. 이 영화의 주인공 '시라노'는 코가 유난히 컸다. 잘생겼다고 말할 수 없는 사내였다. 그러나 문학에는 아주 능했다. 말도 잘하고 글도 잘 썼다.

그는 친척 관계에 있는 아리따운 여인을 사랑했다. 하지만 자신이 못생겼다고 생각한 나머지 감히 사랑을 고백할 엄두를 내지 못했다. 그런데 그의 동료가 이 여인을 사랑하게 되었다. 그는 아주 잘생긴 남자였지만 시라노와는 반대로 말도 글도 형편이 없었다. 세상에 이런 사람 많다.

시라노는 그에게 자신이 여자에게 사랑을 대신 고백해 주겠다고 제의했다. 한밤에 이 잘생긴 사내가 그 여자 방의 베란다 밑에 가서 서 있으면, 자기가 나무 뒤의 어둠 속에 숨어서 그를 대신해서 사랑을 고백해 주겠다고 했다.

이렇게 해서 잘생긴 남자는 여자의 마음을 사로잡을 수

있게 되었다. 시라노가 그를 위해 말도 해주고 편지도 써주었다. 정작 여자 앞에만 가면 숙맥이 되기 일쑤인 잘생긴 사내는 그의 말과 글에 사로잡힌 여자를 안타깝게 했다.

그러다 전쟁이 났다. 이 잘생긴 남자는 여자와 이별하고 전장에 나가 죽어버리고 말았다. 여자는 사랑의 비밀을 알지 못한 채 슬픔에 잠겨 수도원으로 가 여생을 보내게 되었다. 시라노는 그런 그녀의 친척 오빠로서 언제나 다정한 사내로 남아 있었다.

그러던 어느 날 시라노에게도 죽음의 날이 닥치고 말았다. 본래 문학을 잘하던 그는 특히 날카로운 풍자시로 권세 있는 귀족들의 심기를 건드렸다. 그의 재능은 아주 위험한 것이었다. 마침내 이를 견디지 못한 권력자가 그를 죽이러 암살자를 보냈다.

큰 부상을 입고 자신의 죽음을 예감하게 된 시라노는 평생을 사랑해온 수도원의 여인에게로 간다. 그리고 여자는 자신이 애타게 사랑했던 말과 글이 잘생긴 남자의 것이 아니었음을 알게 된다. 시라노는 슬퍼하는 그녀의 품속에서 최후의 순간을 맞이한다.

본래 풍자란 남의 도덕적 결함을 날카롭게 찔러대는 웃음이다. 그것은 권세 있는 사람들, 신분 높은 사람들, 돈 많은 사람들이 겉으로는 근엄한 척, 도덕적인 척 하지만 그 이면에 얼마나 많은 탐욕과 타락이 숨어 있는지 드러낸다. 그럼으로써 겉과 속의 괴리가 얼마나 심각한지, 겉으로 번드르

르한 사람들이 얼마나 위선적인 삶을 살아가고 있는지 폭로한다.

이 풍자는 유머나 해학과는 다르다. 유머는 사람이 가진 결함을 관대하게 받아들이는 정신적 여유의 산물이다. 한국의 전통적인 해학도 바로 그런 '미덕'이 있다. 『춘향전』의 변학도는 탐관오리의 전형이지만 민중적 시각은 이것을 절대적인 대결의 대상으로 그려내지 않았다. 웃음으로써 비난하는 한편 용서를 베풀기도 한 것이다. 한마디로 불쌍해서 봐줬다고나 할까?

풍자는 그러한 여유로움과는 거리가 멀다. 그것은 힘 있는 자들의 도덕적 위선을 꾸짖어 현실에서는 강한 그들의 힘을 문학 속에서 무력화한다. 이 비판의 서슬이 새파랄수록 풍자의 효과는 커진다. 그러나 바로 이 효과 때문에 풍자가 자신은 위험하게 된다. 자신의 신변의 위험을 감수하면서라도 세상을 향해 힘 있는 자들의 위선을 조롱하지 않을 수 없는 것이 바로 풍자가의 체질적 '결함'이다. 독일 시인 하이네가 그러했고, 젊었을 때의 김지하 시인도 그러했다. 덕분에 그들의 삶은 위험이 가득했다.

우연한 기회에 '나꼼수'를 듣게 됐다. 벌써 27회째나 된다던데, 이제야 들었다. 진중권 씨가 '나꼼수' 사람들을 향해 '막장 비판'이라고 비난을 가했다고도 한다. 내가 보기엔 진중권 씨나 '나꼼수' 사람들이나 오십 보 백 보다. 그만큼 풍자가 이 시대의 대세라는 걸 입증하는 분들이다.

왜 이런 '나꼼수'가 그렇게 인기일까? 그것은 이 시대가 위선의 시대라는 뜻이 아니겠는가 생각해 볼 일이다. 어떤 사람들이 풍자가의 자질을 드러내고 그것 때문에 인기를 얻는 시대, 그런 시대는 돈과 권력이 그 정당성을 의심받는 때다.

문화 설계도가 필요하다

향수는 옛날에 살던 곳을 그리워하는 것이다. 그러나 이효석은 먼 곳, 경험하지 못한 곳을 향한 그리움을 말했었다. 살지도 않았던 곳, 익숙하지도 않은 곳을 사랑한다는 것은 몽상가적 기질 없이는 불가능할 것이다.

비엔나가 그리웠고 프라하가 그리웠다. 한두 번 머물렀을 뿐인 먼 타국의 수도들이 왜 이렇게 그리웠던 것인지. 학생들을 인솔하여 그곳에 갈 계획을 세워두고 날짜가 하루하루 가까워 오자 그곳에 가볼 생각을 오랫동안 마음속에 숨겨두었던 것처럼 여행이 기다려졌다.

겨울의 비엔나는 겨울답지 않게 따뜻했다. 고국에서는 문자가 왔다, 속초에 사는 친구. 눈이 너무 많이 내렸다고 했다. 한번 눈 구경 하러 오라는 것이었다. 타국에서는 고국에서 오는 어떤 소식도 반가운 법이다. 겨울 비엔나는 관광객이 적었다. 그리움을 꼭 참고 복합 미술관 구역인 무제움스

크바르티어를 학생들과 함께 다시 돌아다녔다. 벨베데레 궁전 2층에 전시된 에곤 실레와 구스타프 클림트의 그림들을 오랫동안 못 본 연인처럼 바라보았다.

비엔나의 도시 구성은 꼭 서울처럼 뭔가 부조화를 이룬 것 같은 건물들로 이루어져 있었다. 수백 년 된 석조건물들과 현대식 건물들이 대조를 이루며 엇각으로 서 있고, 트램 전차길과 오래된 전철과 현대식 자동차도로가 혼거하고 있고, 전형적인 갈색 머리 오스트리아 비엔나 사람과 터키 사람, 흑인, 동양인 관광객들이 함께 빨간색, 노란색 전차 안에 뒤섞여 타고 있었다. 이 대조들은 단지 부자연스러운 것인가?

그러나 그렇지 않다. 무제움스 크바르티어 구역은 레오폴드 미술관과 쿤스트할레관과 무목MUMOK관, 그리고 몇 개의 부속건물들로 구성되어 있는데, 레오폴드는 20세기 초반 비엔나 모더니즘 시대의 그림들을, 쿤스트할레는 그 이후 미술사의 주목할 만한 전시들을, 무목은 더 첨단적인 경향을 보여주는 그림들을 전시하고 있었다. 지난번에 키스 해링의 그래피티를 전시했던 쿤스트할레의 이번 주제는 1970년대 유럽과 미국의 페미니즘 그림들이었다. 이러한 분담적 전시 설계는 누군가 이 구역 전체를 지혜롭게 총괄하는 사람 없이는 준비되기 어려운 것이리라.

신세대답게 영어를 잘하는 지도학생들을 이끌고 비엔나에서 프라하로 옮겨가자 겨울다운 추위가 밀려왔다. 서울을 닮아 추운 프라하에는 겨울인데도 관광객이 만만치 않았다. 프라하는 도시 중심구역 전체가 관광지여서 이 도시를 찾아오는 외국인들은 프라하 성, 비트 성당의 외관에 놀라고 도시의 길들에 잔돌을 깔아놓은 아기자기함에 감탄하고, 카렐 다리의 야경에 시선을 빼앗기게 된다.

프라하에는 물론 카프카가 살고 있다. 학생들과 함께 카프카 박물관을 찾는다. 전시실 안은 전체가 검은색과 흰색의 대비 구조로 이루어져 있다. 입구부터 출구까지 카프카에 대한 하나의 개념, 하나의 이미지가 지배하고 있다. 프라하라는 도시의 역사성을 보여주면서 이 도시에 태어나 복잡한 인종 구성 속에서 현대성을 경험하며 살아갔던 카프카의 질문이 어두운 조명, 신비스러운 음악, 구성적인 자료 전시들과 조화를 이루고 있었다.

며칠 동안 디스크 증세로 허리를 움켜쥐고 절뚝거리며 다시 살펴본 비엔나와 프라하. 외부를 보는 것은 내부를 보기 위한 가장 좋은 방법이다. 과연 우리의 서울은 어떻던가. 우리 서울에는 어떤 문화적 전통과 현대의 대조가 숨 쉬고 있던가. 역사성을 갖지 못한 도시는 아무리 화려해도 '위대한 개츠비'처럼 귀족스럽지 못한 것이다. 이때 이 귀족은 경제적 신분이 아니라 어떤 고상함의 척도다.

한국문화를 보여줄 수 있는 도시 설계도가 필요하다는 생각을 움켜쥐고 서울로 돌아오는 대한항공에 몸을 실었다. 과연 우리나라는 우리가 어떤 존재인지 어떻게 보여줄 수 있는지 하는 고민이 머릿속을 온통 복잡하게 했다. 그러면서 든 생각. 설계도가 필요하다. 설계도…… 건축설계도 이전에 문화 설계도가. 100년 후 서울은 지금과 같지 않도록.

시대를 건너는 한 방법

최근에는 가람 이병기의 삶과 문학에 관해 공부하고 있다. 무슨 공부든 하면 할수록 자신의 무지를 깨닫게 되는데, 가람의 경우가 딱 그 경우라고 할 수 있다. 현대시조를 개척한 사람이요, 조선어문학회 사건으로 옥고를 치른 사람이요, 국학으로서의 한국문학 연구를 정립시킨 사람이다. 그러나 그 이면으로 들어가 보면 알지 못하던 것이 그 모습을 드러낸다.

참 끈질기고도 일관된 삶이었다. 어려서부터 한학을 하다가 열아홉 살에 중국 사람의 글을 읽고 뜻한 바 있어 보통학교에 들어갔다. 지금으로 보면 초등학교인 셈이다. 창피하기도 했을 텐데 뜻을 세웠으니 이행한 것이었다. 보통학교를 나와서는 한성사범학교라는 교사 양성소에 들어갔고, 그로부터 보통학교 선생님이 되었다. 이때부터 이병기는 줄곧 교사의 길을 걸었고, 우리 옛 문헌 수집하기를 그만두지 않았고, 시를 쓰고 국학 연구를 게을리하지 않았다.

뿐만 아니라 열아홉 살 때부터 일기 쓰기를 시작한 것을 40여 년 동안 놓지 않고 써나갔다. 그가 일기를 중단한 것은 1942년 10월 초부터 1943년 어느 때까지 조선어학회 사건에 연루되어 투옥되었을 때뿐이었다. 이렇게 일기를 쓰는 사람은 매일 자신의 삶을 들여다보는 사람이기 때문에 일기에도 또 다른 글에도 사실과 다른 글, 본마음과 다른 글을 쓰기 어려울 것이다. 가람은 일관되면서도 지속적인 사람이었다.

가람은 해방 후에 일제 시대를 회상하면서 자신은 조선어학회 사건으로 투옥된 것 외에 다른 것은 남들 하는 대로 다 했다고 썼다. 이 말은 자신이 그리 영웅적으로 시대에 저항하거나 반발하는 삶을 살아간 것이 아니며, 따라서 크게 무엇을 잘했다고 내세울 만한 것은 없었다는 것이다. 겸허한 태도다. 하지만 조선어학회 사건은 그 진행 중에 이윤재와 한징 등 두 분이 옥사를 당한 가혹한 탄압 사건이었다. 그 고초를 겪고도 자신의 삶을 내세우지 않을 수 있는 사람은 뭔가 삶에 대한 확고한 인식을 가진 사람이어야 할 것이다. 무엇이 가람으로 하여금 그러한 태연함을 유지할 수 있게 했을까.

그는 일제 강점기에 《동아일보》에 자신의 호를 소개하는 글을 발표한 적이 있다. 여러 사람이 릴레이식으로 자기의 호나 필명을 소개하는 자리인데, 여기서 그는 이렇게 썼다.

나는 워낙 강호를 좋아한다. 나도 강호와 같은 몸이 되었으면 한다. 거기에 고기가 뛰놀든, 새가 와 날든, 달이 와 잠기든, 배를 띄우든, 혹은 바람이 불고, 물결이 일어나든, 홍수가 나서 흐렁물 북덩물이 밀려오든, 그는 다 용납하여 솟구치게 할 것은 솟구치게 하고, 가라앉힐 것은 가라앉히며, 뚫을 것은 뚫고, 부술 것은 부수고, 굽힐 데는 굽히고, 바르게 할 데는 바르게 하고, 흐리고 맑고, 깊고 얕고, 좁고 넓고, 혹은 느리게 혹은 빠르게, 앞으로 항상 그침이 없이 나아가는 것이다. 그 뒤에는 잔잔한 샘이 잇고 그 앞에는 양양한 바다가 있다. 이것이 곧 "가람"이다.

강은 모든 것을 포용하고 가야 할 데를 가리지 않고 다 둘러 가지만 그러나 그침이 없이 나아간다는 것이다. 이 강의 마음으로 평생을 살아가리라고 생각한 것이다. 그러기에 자신의 호를 "가람"이라 한 것이다.

이 가람이 6·25 전쟁을 치른 과정도 많은 것을 생각하게 한다. 이때 그는 국립 서울대학교 문리대 국문과 교수로 재직하고 있었다. 전쟁이 나자 피난을 떠난 사람은 떠났지만 떠나지 못한 사람은 학교에 남았고, 이것이 9·28 수복이 되자 문제가 되었다. 이 시기를 가람은 1950년 10월 6일자 일기에서 "나는 6·28 이후 92일 동안 포로 생활이었다"라고 썼다. 전쟁이 터진 지 사흘 만에 나간 학교에서 교수 자치 위원회 상임위원에 피선되었던 것을 가리키는 말이다. 이 "포로생활"이 문제가 되어 그는 서울대학교 교수직을 사임하게 되고 고향 쪽으로 내려가야 했다.

그해 말인 12월 28일 일기가 인상적이다. "명랑하다. 심신이 상쾌하다. 개설을 초하다. 향가다. 간명직절한 설명을 힘쓴다. 잔설은 산기슭에 남고 석양은 앞산에 잦고 산새는 뜰에 지절거린다. 한가함보다도 고요함이 더욱 사랑스럽다. 도시도 영화도 명예도 업적도 계획도 다 잊는다. 이런 순간만이 나는 기쁘다."

직업을 파하고 고향에 내려가서도 그는 "향가" 연구를 했다. 그리고 "이런 순간만이 나는 기쁘다"라고 썼다. 요즘 세상은 참 쉽지 않다. 나아가기도 물러서기도 어려운 것이 지금 세상이다. 세상에는 숱한 다툼과 난관과 부침이 있다. 이 세상을 응대하기를 가람과 같이 할 수 있어야 한다는 생각을 해본다. 세상의 어떤 물결에도 흔들리지 않는 자기 삶의 나침반만 있다면야 그 세상이 어디로 흘러간들 무엇이 두려우랴.

두 사람의 선택

　김기림과 임화는 모두 1908년생이다. 두 사람 모두 일반인들에게는 잘 알려져 있지 않지만 일제 강점기에 문학비평 활동을 활발하게 펼쳤고 시인으로도 활약했다. 특히 1939년, 1940년에는 임화가 세운 학예사라는 출판사를 중심으로 위기에 빠진 당대 한국문학의 생명 유지를 위해 협력을 펼치는 등 두 사람은 서로 문학 경향이 다른 사람들임에도 가까운 사이를 유지한 것으로 알려져 있다.

　이 두 사람의 행로가 결정적으로 달라지게 된 것은 1945년 해방 이후다. 해방이 되자 두 사람은 문학가동맹이라는 단체를 중심으로 다시 협력 관계를 유지했다. 김기림은 모더니즘 비평가이고 임화는 리얼리즘 비평가라는 점에서 이것은 해석을 요하는 일로 받아들여지곤 한다. 그러나 남로당이 불법화되고 38선이 고착화되는 과정에서 두 사람은 다른 길을 선택하게 된다. 김기림은 고향이 함경북도임에도 불구하고 서울에 남는 길을 선택했던 반면, 임화는 전직 KAPF(조선프롤레타리아예술동맹)의 '서기장답게' 고향이 서울임에도 불구하고 월북을 단행했던 것이다.

두 사람 모두 6·25전쟁 과정에서 불행하게 세상을 떠났다. 김기림은 전쟁 과정에서 행방불명되었는데 내가 읽은 책의 기억을 더듬어 보면 어느 쪽인지는 몰라도 폭격에 의해 숨겼다고 한 것으로 기억된다. 책을 다시 확인해 본 것은 아니라서 다소 불확실하기는 하다. 임화의 최후는 잘 알려져 있는데 남로당 당수였던 박헌영 등과 함께 김일성 정권에 의해 미 제국주의의 첩자로 지목되어 재판을 받고 사형에 처해졌다.

두 사람의 삶은 모두 전쟁 이후까지 지속되지 못했지만, 나는 두 사람의 선택에서 어떤 의미심장한 요소를 발견하곤 한다. 1930년대 중반 이후 문학적인 협력 관계를 지속해 온 두 사람이 체제선택에서는 왜 그렇게 달랐던 것일까? 또 그렇다면 어느 쪽의 선택이 옳았던 것일까?

두 번째 질문에 대해서 먼저 답해 보면 물론 김기림 쪽이 맞았다고 해야 할 것이다. 역사라는 것은 미래를 점칠 수 없는 것이다. 하지만 해방 공간 때 친일파가 득세하고 이승만 정권의 테러 정치가 판을 쳤던 남쪽은 지금 우리가 경험하고 있는 것과 같은 민주주의 및 경제 성장을 이루었다. 반면에 북쪽은 어떤가. 지금 김일성, 김정일에 이어 김정은이라는 손자 권력 세습까지 감행하고 있는 형편 아닌가. 그곳에는 민주주의와 경제성장은 말할 것도 없고 가장 기초적인 생존마저 위협받는 나날이 이어지고 있다. 기아와 궁핍과 인권 유린이 지금 북한의 현주소라 해도 틀릴 것 없지 않은가.

그렇다면 두 사람은 왜 다른 선택을 했던 것일까. 그것은 문명에 대한 전망 또는 시각의 차이에서 비롯된 것이라는 게 내 생각이다. 김기림은 기본적으로 서양문명에 대한 관심에서 비평활동과 시 창작 활동을 시작한 사람이었다. 임화는 반면에 KAPF 활동을 주도했던 데서 나타나듯이 처음에는 다다이즘 같은 데 경사되기도 했지만 근본적으로 사회주의 사상에 경도된 사람이었다. 그런데 이 사회주의라는 것은 마르크스에서 엥겔스를 지나 레닌을 통과한 후 스탈린에 귀착되는 이른바 '정통 마르크시즘'이었다.

이 정통 마르크시즘은 소련에서는 스탈린주의, 중국에서는 마오주의, 북한에서는 김일성주의 등으로 변형되는데, 그 공통점은 '동양적' 전제주의로부터 자유롭지 못한 사상이라는 것이다. 소련 제국과 중국 제국에서 이 마르크스 사상은 한결 더 독재적이고 전제적인 사상으로 가공되었다. 이 사상은 이질적인 사상적 요소를 받아들이지 않는 닫힌 체계였고 자신만을 정통이라고 믿는 교조적 체계였다. 임화는 일제 말기에 이 전제적 마르크시즘으로부터 자유로울 수 있는 사상을 발명할 수 없었고 그 결과는 해방 후 월북하는 것으로 귀결되었다.

김기림이나 임화나 다 중요한 비평가였고 문학사에 커다

란 기여를 했다. 그러나 김기림이 서양을 보았던 것과 달리 임화는 '동양'을 바라보고 있었다. 나는 지금 이것이 매우 중요한 교훈이라고 생각한다. 한국은 말할 것도 없이 동양의 일부다. 그러나 한국의 미래는 서양을 바라보는 데 있다. 동양이면서 서양을 바라봄으로써만 우리는 혼합적인 문화의 풍요로움을 누릴 수 있다.

이 물음을 다시 잠깐 변형시켜 보겠다. 한국은 미국을 중시해야 하는가, 중국을 중시해야 하는가. 다 중요하다. 그러나 미국을 바라보기를 멈춘다면 우리의 미래는 위태로워질 것이다.

일제 말기 문학 연구 단상

일제 말기 문학 연구에서 문제가 되는 것은 그 시대의 문학이 어떤 보편성을 함유하고 있는가 하는 것이다. 문학의 보편성이라는 것은 그렇다면 뭘까? 그것은 어떤 문학 작품이 인간적 가치를 새롭게 발견하게 하고 인간성을 더욱 풍부하게 계발시켜 줄 수 있는가 하는 차원의 문제일 것이다.

우리가 많이들 알고 있다시피 일제 말기 문학은 이른바 '친일문학' 문제로 얼룩져 있다. 나는 문학인들이 자발적으로 그러했는지, 외압에 따른 것이었는지 따져봐야 하는 문제가 있기 때문에 일단 일제말기 문학인들의 '대일 협력'이라는 문제로 치환해서 사고해야 한다고 주장하고 있다.

그 어느 쪽이든 일제의 전쟁 동원 논리나 서양 증오 논리에 동조했다는 것은 일종의 죄악을 범한 것이라고 할 수 있다. 왜냐? 그것은 이러한 논리가 인간적 가치나 인간성의 측면에서 결코 바람직하지 못할 뿐만 아니라 오히려 이에 대해 부정적, 파괴적, 말살적이기 때문이다.

그러므로 나는 일제 권력에 의해 이런 문학을 강요받던 시대의 문학인들이 그런 노선을 따라 쓰거나 행동한 것을 가슴 아프게 생각하는 한편, 그렇지 않은 문학, 문학적 보편적 가치를 옹호하고 새롭게 발견해 나가고자 노력한 작가들이 있었는지, 그들이 어떤 노력을 기울였는지 알고, 분석하고, 평가하고자 한다.

그런데 이러한 일을 해나가는 과정에서 꼭 필요한 것이 있으니, 그것은 일종의 역사철학적 사유 능력이다. 역사란 무엇인가? 바람직한 역사란 무엇인가? 개개의 민족이나 인류 전체는 어떤 역사적 전개를 가져야 하는가? 이런 질문들에 대한 나름대로의 판단 능력 없이는 이 시대 문학을 제대로 다루기 어렵다. 지금 국문학계에서는 일본의 시책에 적극 협력했던 사람들의 문학을 집중적으로 다루는 경향이 생겨난 지 오래인데, 이런 흐름을 나는 불편한 심정으로 관조하면서 "내게는 나의 길이 있다"고 생각하곤 한다.

공부하는 사람은 주어진 여건상 모든 문제를 다 다룰 수 없기에 공부의 대상이나 방법을 선택해야 하는 상황에 직면하지 않을 수 없다. 그런데 이처럼 무엇을 어떻게 공부할 것이냐 하는 문제는 결국 무엇을 어떻게 남길 것이냐 하는 문제로 직결된다. 이 가치의 차원은 결국 세계관 또는 역사철학을 요구한다.

식민지 시대의 문학을 어떻게 볼 것이냐 하는 문제에 답하고자 할 때 비로소 부각되는 것이 바로 "주인과 노예의 변증법"이라는 명제다. 고전적으로 보면 헤겔이 『정신현상학』에서 이 문제를 제출했고, 니체와 들뢰즈는 어떻게든 이 명제를 비틀거나 전복시켜 새로운 주인과 노예의 논리를 창조하고자 했다.

헤겔은 말한다. 역사는 진정한 자기의식을 성취하기 위한 과정이다. 그런데 '나'라는 의식은 '타자'를 필요로 하며 '타자'의 인정, 승인을 필요로 한다. 이를 위한 투쟁에서 이기는 쪽은 주인이 되고 지는 쪽은 노예가 된다. 그러나 노예는 노예로서의 굴욕적인 노동의 과정에서 자신의 본질을 깨닫고 새롭게 독립적인 자기의식을 획득하게 된다. 이로써 새로운 역사가 시작된다.

이러한 주인과 노예의 변증법의 각 항에 '제국'과 '식민지'라는 말을 대입하면 모든 게 풀릴 것 같다. 그러나 니체와 들뢰즈는 다르게 말한다. 그들은 타자에 의해 매개되어 발견되는 자기의식이란 '노예'의 의식에서 벗어날 수 없다고 말한다. 그들에게 '주인'이란 타자와 비교되거나 타자라는 거울에 의해 비춰지지 않는, 자기 자신의 고유한 역량을 깨닫고 이것을 발휘해 나가는 존재다.

어느 쪽 시각을 취하느냐에 따라 일제 말기 문학을 연구하는 방법이나 태도가 달라질 수 있다. 꼭 이렇게 단순화할 수는 없지만, 헤겔의 입장을 따르면 노예로서의 의식, 노예로서의 노동에 초점을 두게 된다. 반면 니체나 들뢰즈의 입장을 따르게 되면 처음부터 '주인'이고자 했던 이들을 발견하려 애쓰게 된다.

이들의 입장에 서면 '현해탄'이라는 제국과 식민지의 거리는 따라잡아야 할 거리가 아니라 오히려 유지되어야 할 거리다. 이 차이의 거리가 일본문학과 비교되거나 그것에 비춰지는 것에 국한되지 않는, 한국문학의 가치를 이해할 수 있도록 해줄 것이기 때문이다.

일제 시대 문학하던 생각

그 시대에는 한국어로 문학을 하는 것이 특별한 의미를 지니고 있었다. 일제가 '국어', 즉 일본어로 문학을 할 것을 장려 또는 강요했기 때문이다. 《문장》이나 《인문평론》 같은 잡지가 폐간되고 대신에 《國民文學》이라는 것이 생겨나 일본어로 소설이나 시, 평론을 발표하는 일이 생겨났다. 이것은 새로운 '문학장'의 출현을 의미했다.

일찍이 이광수는 조선문으로 쓴 문학만이 조선문학이라고 해서, 식민지 지배를 받고 있었음에도 불구하고 문학에서만은 제국적인 지배로부터 자율적인 거리를 확보하려고 했다. 언어 자체가 일종의 상징 자본이라는 점을 감안하면 이광수의 이 생각은 아주 중요하다. 이광수는 《조선문단》이라는 잡지를 펴내, 작가들을 등단시켜 작품을 발표하도록 했다. 이러한 과정에서 나도향, 현진건, 채만식 같은 중요한 작가들이 나타나 '조선문학'이 활성화되었다.

1940년을 전후해서 일제가 학교에서의 조선어 교육을 폐지하고, 이광수를 수양동우회 사건으로 감금하고, 한글 잡지들을 폐간시키고, 조선어학회 사건을 오늘날의 국가보안법에 해당하는 치안유지법 사건으로 다룬 것은, 이 문학장의 재편을 노린 것이었다. 그것은 조선문단에 일본어를 도입하는 것이었으며, 이광수 이래 형성된 조선문학의 전통을 폐지하려는 것이었다.

이 새로운 '장'의 출현에 조선 문학인들은 크게 세 가지 유형으로 반응했다. 그 첫 번째 유형은 일본어로 문학하라는 권력의 '명령'을 수용하는 것이었다. 상대적으로 고등교육을 받은 문학인들 중 상당수가, 이들 가운데에서도 특히 기존의 문학장에서 별다른 재능을 나타내지 못한 사람들이 이 '명령'을 높이 받들었다. 물론 아주 우수한 능력을 가진 사람들 가운데서도 이 '장'의 출현을 불가피한 것으로 받아들이거나, 일본어를 쓰는 이들에게 조선인의 입장을 전달, 표현하기 위해서 일본어 문학을 시도하는 이들이 생겨났다.

두 번째 유형은 여전히 조선어로 문학을 해나간 사람들이었다. 이태준이나 박태원, 채만식 같은 중요한 문학인들이 여전히 거의 모든 문학 작품을 조선어로 창작했는데, 이것은 단순히 그들이 일본어를 구사할 수 없어서는 아니었다. 이른 나이에 일본에 유학했던 이광수마저 자신의 일본어 문학이 절망적이었다고 보았던 만큼, 문학에서 모국어의 의미와 역할은 절대적이며, 이들은 이 가치를 포기하려 하지 않았다. 몇몇 일본어 문학 작품을 남긴 사람들도 여전히 자신의 문학의 본령을 한글 문학에서 찾은 이들이 많았다.

　세 번째 유형은 침묵을 선택한 이들이다. 한글로 문학을 하는 것이 여의치 않고, 그 문학에 대일협력적인 색채를 부조하지 않고는 작품을 쓸 수 없는 상황이 심화되어 감에 따라 작가와 시인들은 차라리 침묵을 지키는 길을 선택해 나갔다. "묵하는 정신"을 주장한 백석은 그 대표적인 경우였다.

　'문학장'이란 다소 생소한 말이다. '장'이라는 것에 대해서부터 생각해 봐야 한다. 피에르 부르디외에 따르면 그것은 "입장들의 구조화된 공간"이다. 서로 적대적이거나 차이나는 입장들이 뒤얽혀 있는, 힘들의 충돌 공간이 바로 '장'이다. 따라서 '문학장'이라는 것도 문학적 입장이 서로 다른 사람들이 서로 다른 가치 지향을 가지고 함께 뒤얽혀 혼거하는 '공간'을 의미한다.

　그러나 이 '문학장'이 단순히 공간인 것은 아니다. 그것은 기억을 포함하는 시간의 장이기도 하다. 우리의 역사가 불운했다면 백석의 의지는 일본어가 주도하는 문학장에 가려 햇빛을 쐬지 못했을 것이다.

　그러나 역사는 한글을 지킨 문학인들, 침묵을 선택한 문학인의 손을 들어 주었다. 그럼으로써 우리의 지금 '문학장'은 그런 과거를 기억하는 이들이 주도하고 있다. 만약 그 시기에 백석 같이 한글문학의 정신을 지키고자 한 사람들이 없었다면, 오늘의 우리가 어떠했겠는가? 백석에게 있어 진정한 '문학장'은 일본어와 한국어가 혼거하고 있는 시대의 '단면'이 아니라 저 멀리서부터 다른 저 미래로 연결되는 기억의 장이었던 것이다.

창조의 동력학

다윈의 『종의 기원』은 기념비적인 저작으로 알려져 있다. 1859년에 출판된 이 역사적인 저술은 현대인들에게 가장 넓고도 깊은 영향을 미치고 있는 책일 것이다.

사람은 원숭이와 같은 조상에서 뻗어 나왔다는 충격적인 종의 진화의 이론은, 종은 신의 피조물로서 불변하는 것이라는 창조설의 진리성을 그 근저에서부터 뒤흔들어 놓았다. 신이 세계를 창조했느냐 그렇지 않느냐의 문제는 근원적인 질문이며, 사람들의 존재론적 위치를 재설정하게 하는 것이다.

혹자는 이 진화론을 악마의 사상이라고 치부할 수도 있겠지만, 창조설이 진리라면 그것은 어떤 시험에도 굴하지 않는 논리를 구축해야 하며, 때문에 진화론은 역설적으로 창조설로 하여금 논리를 강화시킬 수 있는 풍토를 조성해 주는 셈일 수도 있다. 그러나 현대인들은 조물주에 의한 우주 창조를 기대하면서도 다윈적인 진화론에 푹 빠져 있는 듯하다.

이 다윈이 『종의 기원』을 저술할 때, 자연과학들, 생물학이나, 유전학이나, 지질학은 충분히 발달하지 못한 상태였다. 말하자면 그때 지구의 나이는 가장 선도적인 학자조차 9만 년을 헤아릴 정도였고, 진화의 계단을 연결해 줄 생물 화석들의 발견도 지극히 부분적이었다.

아주 많은 것들이, 따라서 다윈의 창조적 상상력에 의해 채워져야 했다. 질리언 비어라는 사람이 쓴 『다윈의 플롯』이라는 책에 따르면, 『종의 기원』은 이론적 저술일 뿐 아니라 하나의 이야기이기도 하다. 그는 자신이 살아가던 시대의 여러 첨단적 학설들을 바탕으로, 자신의 이야기의 뼈대를 세우고, 빈 데를 채워 넣어 플롯을 짜 맞추고, 세목들에 살을 붙여, 자기 당대의 수준을 넘어서는 진화의 이야기를 창조해 놓았다.

이러한 까닭에 『종의 기원』은 그 논리가 수미일관이라고도 할 수 없고, 서로 양립할 수 없을 듯한 이야기가 산견되는 등 일종의 논란거리를 제공하는 책이었다. 그러나 이 책은 바로 그 때문에 오랜 세월을 견디며 살아남았고, 변이와 자연선택이라는 핵심적 가정은 오늘날에도 완전히 무너지지 않고 다양한 자연과학의 지지 속에서 오히려 새로워지고 풍성해지는 과정상에 놓여 있다.

이 『종의 기원』과, 다른 여타의 생명력 있는 저작들을 살펴보면, 좋은 저술이나 이론이라는 것은 그때까지의 지식들을 얼마나 요령껏, 체계적으로, 자세하게 모아놓았는가에 의해 좌우되는 것이 아니요, 당대 지식의 결핍 지점을 메울 수 있고, 또 그 학설이라는 '이야기'의 결말까지도, 혹은 그 너머의 이야기까지도, 풍부한 상상력과 통찰력, 예지력을 발휘하여 내다볼 수 있는 창조력에 의해 나타나게 됨을 확인할 수 있다.

나는 이 창조력을 따라서 기존의 것을 종합하면서 그 수준을 뛰어넘는 비약을 가능케 하는 힘으로 재정의할 수 있다고 생각한다.

이러한 창조력에 의해서 나타나는 새로운 '발명품'은 무엇보다 외견상 모순되는 논리들이 혼거하고 있는 듯한 인상을 준다. 예를 들어, 『종의 기원』에서는 자연선택의 원리로서의 생존경쟁을 고도로 강조하고 있는데, 다른 한편으로는 상호 의존에 대한 설명도 함께 존재함을 볼 수 있다.

마치 삼각기둥에 사각기둥을 겹쳐 놓을 때 생겨나는 논리의 빈틈 같은 것이 발견되는 것인데, 나는 이것을 창조적 빈틈, 비약을 위한 빈틈이라고 생각한다. 이것이 『종의 기원』을 문제작으로 만들어 주며, 이 바탕 위에서 크로포트킨처럼 상호부조를 강조하는 『만물은 서로 돕는다』 같은 저작도 나올 수 있었고, 최근 들어서는 페미니즘과 진화론의 관계를 새롭게 설정하려는 시도로 연결되기도 한다.

'참된' 창조적 비약은 빈틈, 여백을 갖는 논리의 탄생일 수밖에 없고, 이 이야기의 결핍된 부분을 메우고자 할 때 비로소 인간은 새로운 창조를 향해 나아갈 수 있게 된다.

본래의 자기를 그대로 유지하려는 태도로는 결코 참된 창조를 이룰 수 없으며, 논리의 상충과 모순을 감당하면서 상상이 가능한 최대치를 모색하는 행위 속에서 비로소 새로운 계단의 창조가 가능한 것이다.

두려움 없이 종합하고, 접합시키고, 접붙일지어다. 혼란과 혼돈 위에 새 질서가 싹틀 것을 믿고. 이것이 창조의 동력학이다.

식민지 근대화론 문제

최근 들어 일제 침략을 어떻게 보아야 하는가가 새롭게 문제시되고 있다. 국무총리 지명과, 또 『제국의 위안부』라는 저술과 관련해서다.

역사관이 정치 문제로 본격 거론되는 것도 우리나라에서는 아주 드문 일이다. 과잉 역사, 과잉 정치적인 우리 사회의 풍토에 비추어 볼 때 이는 하나의 역설이라 할 만하다.

그러나 학계, 특히 국문학계와 국사학계에서는 이 문제가 지난 십오 년 사이의 중심적인 학문적 논점 가운데 하나였다.

이른바 식민지 근대화론은 저항 민족주의에 입각한 식민지 시대 분석 및 평가를 비판하면서, 그 시대에 한국의 근대화가 실질적으로 이루어졌음을 적극적으로 논변하려 했다.

논자들에 따라 편차가 크지만 이 논리는 식민지 지배가 근대적 제도의 이식, 경제 성장, 삶의 향상에 기여했다는 논리를 취한다. 또한 이 논리는 민족주의적 저항 이데올로기에 입각해 과거사를 부정하려 들지 말고 현상을 현상 그대로 인정하라고 주장한다. 일제의 식민 지배가 한국 근대화의 기초이자 동력이 된 것이 사실 아니냐는 것이다.

또 이에 따라, 개항에서 '한일합방'에 이르는 개화기에 관한 인식, 1940년 전후 일제 말기 역사 및 문학사의 해석, 해방에서 한국전쟁에 이르는 과정에 대한 재평가 같은 문제들이 그 세부적 논점을 이루면서 식민지 근대화론의 실험장이 되었다.

그런데, 이와 같은 논의들은 뜻밖에도, 근대란 무엇이며 또 어떤 근대가 되어야 하는가에 대한 성찰적 논의를 충분히 수반하지 못하는 경우가 많았던 것으로 기억된다.

근대란 무엇인가? 이에 대해서 단순 명료하게 답변하는 방법이 있다. 즉 근대란 생산양식으로 보면 자본주의요, 국가체제로 보면 국민국가요, 사회와 개인의 관계로 보면 개인주의라는 것이다.

그런데, 이렇게 규정하고 나면, 이 모든 것이 일제에 의해 식민지화되기 이전의 한국에는 없었거나 충분치 않았으므로, 근대란 결국 수입되고 이식되는 것이 되지 않을 수 없다.

나는 그와 달리 생각하는 방법이 있을 수 있다고 생각한다. 즉, 근대는 과거로부터 이어져온 것과 새로운 것, 낯선 것이 공존하면서 관계 맺는 과정 그 자체이며, 이를 통해 자기 사회의 '유전적' 형질에 걸맞은 새로운 질서를 만들어 가는 실험의 장이다.

따라서 문제는 자본주의, 국민국가, 개인주의 자체가 아니라 어떤 자본주의냐, 국민국가냐 개인주의냐이며, 그것을 결정하는 것은 들어오는 것들만큼이나 원래 있었던 것들이다.

때문에 서양에는 그들에 걸맞은 근대가 있을 수 있고, 일본이나 중국, 한국에는 또 그 역사적 토양이나 환경에 걸맞은 근대가 있을 수 있다.

한국에 있어 일제에 의한 식민지 근대화는 이 과거의 힘을 삭제하려는 외부적 억압 과정이요, 그 외부만으로 내부를 규정하려 한, 그러나 실현 불가능한 시도였다. 그럼에도 이러한 강제 속에서 한국인은 자신의 역량을 부정당해야 했다. 이러한 역사적 과정의 의식적 결과의 하나가 바로 일제가 없었다면 우리는 근대로 나아갈 수 없었을 것이라는 믿음이다. 그리고 이 오해된 인식은 다시 우리 자신의 과거를 부정 또는 망각하게 한다.

오스카 와일드는 예술지상주의자로 알려져 있지만 당대 또는 근대를 이해하는 방식과 관련하여 다음과 같이 말한 바 있다.

"현재가 오직 현존하는 것인 사람은 그가 살고 있는 시대를 전혀 모르기 때문이다. 19세기를 이해하려면 우리는 그 세기 이전에 지나갔지만 그 세기의 형성을 위해서 공헌한 모든 세기를 이해하지 않으면 안 된다."

이 말의 초점을 조금 바꾸어 보자. 즉, 현재 속에 응축된 과거를 이해하지 못하는 이는 현재를 알지 못하는 사람이다. 오로지 가까운 과거만 알 뿐, 먼 과거로부터 내려오는 소식을 전해 듣지 못하는 이는 현재를, 따라서 근대를 알지 못하는 사람이다.

식민지 근대화론이 중심적 논점으로 제기된 지도 벌써 십오 년이나 흘러버렸다. 이제 다시 우리의 지난 백오십 년 근대화 과정을 새롭게 성찰할 수 있는 시각을 찾아 나설 때다.

근대란 무엇인가? 아니, 한국에서 근대란 어떤 과정이었고, 또 어떤 과정이 되어야 했나? 역사를 현상만으로 보고, 따라서 외면적 현재만으로 보는 시각으로는 이 물음에 좋은 답을 내놓기 어려울 것이라 생각한다.

경쟁인가, 협동인가

　이상의 「날개」라는 소설, 어렵지만 역시 재미있다. 해석의 묘미를 느끼게 한다. 무기력한 주인공이 거리를 배회하며 아내의 정체를 놓고 고민한다. '아스피린 아달린 아스피린 아달린 마르크스 맬서스 마도로스 아스피린 아달린'. 희한한 주문 같은 독백을 한다. 이 독백에 숨은 논리가 있다.

　여기서 아스피린은 각성제요, 아달린은 수면제다. 주인공은 아내가 자기에게 무엇을 먹여 왔는지 고민한다. 이 소설에서 아내는, 내 판단에 따르면, 자본주의적 현대성을 가리키는 기호다. 주인공은 자본주의적 현대성에의 각성과 마취, 그 양면적 효과를 놓고 고민하는 것이다.

　그럼, 마르크스, 맬서스는 무엇을 말함인가. 그냥 정신이상자의 독백일 뿐인가?

　이 두 사람의 공통점이 하나 있다. 그들은 둘 다 크로포트킨이 비판한 투쟁, 경쟁주의자였다. 상호 원조를 진화의 중요 원리로 본 크로포트킨은 스펜서와 맬서스의 경쟁주의를 사갈시했고, 마르크스 또한 생물학적 경쟁주의의 사회학적 번역판이라고 생각했다.

마르크스는 맬서스도 스펜서도 다윈도 마음에 들어 하지 않았지만 크로포트킨 쪽에서 보면 그 역시 또 다른 의미의 경쟁, 투쟁주의자였을 것이다.

이것은 내 생각이기도 하다. 계급투쟁론이라는 것은 원리적으로 경쟁 근본주의라 할 수 있다.

그 연장선에서 생각한다. 지금 한국 사회를 움직이는 가장 큰 원리는 '경쟁'이라는 두 글자다. 예컨대, 대학에서 인문학 쪽을 줄이거나 폐하고 이공대 중심으로 재편해야 하는 것은 그것이 학생들의 취업에 득이 되기 때문이다. 취업을 위한 경쟁이 극대화 되어 있고 실업자 신세 면하기가 지상명제인 까닭이다. 그 앞에서 인문학은 쓸모없는 것으로 치부된다.

기업의 노동자 해고를 가급적 쉽게 만드는 정책도 경쟁 논리에 바탕을 두고 있다. 기업이 살아남자면 생산성을 높여야 하고 그러자면 보다 잘 일할 수 있는 노동력을 상시적으로 유지해야 한다. 노동자들끼리 경쟁을 시키고 링 밖으로 약한 자를 밀어내는 게임 위에 기업은 번창할 수 있다고 생각한다.

한국에 이주 노동자나 이주 여성들이 급격히 증가한 것도 기업의 원가 절감 의도, 싼 노동력으로 경쟁력을 높이려는 생각에서, 농업처럼 경쟁력 떨어지는 산업은 줄이거나 접고 살아남을 수 있는 산업을 집중 육성해야 한다는 생각에서 비롯된 것이다.

이상의 시대에도 이 투쟁, 경쟁주의는 강력한 힘을 미치고 있었고, 그는 맬서스와 마르크스와는 다른 사고법, 크로포트킨의 사상, 상호 협동에서 새로운 삶의 원리를 찾아내려 했다.

정말 그랬느냐고 반문할 수도 있다. 이상의 「날개」의 독백이 정말 크로포트킨 사상에의 경사를 말해주는 것인가 하는 의문일 것이다. 이에 관해서라면, 우선 김유정이 이상의 절친한 친구였다는 사실, 그리고 이 김유정이 크로포트킨주의자였다는 사실을 상기할 수 있다. 어느 좌석에서 누군가 인류의 역사는 투쟁의 역사라고 외치자, 김유정은 말했다. 그러나 그것은 사랑의 투쟁의 역사라고. 투쟁 대신에 사랑을 말한 것은 톨스토이요, 나아가 크로포트킨이었다. 비록 크로포트킨은 감정으로서의 사랑의 작용보다 본능으로서의 상호부조를 말했지만, 그렇다면 그것은 본능으로서의, 유전자에 새겨진 힘으로서의 사랑이 아니고 무엇이랴.

일제 강점기의 한복판에서 이상은 맬서스와 마르크스를 비껴 크로포트킨을 기웃거리면서 '마도로스'의 길, 즉 외국으로 떠나 새로운 삶의 길을 가며 새로운 사상에 눈뜨고 싶어 했다. 그는 서양으로 가지 못했고 대신에 일본으로 갔고, 거기서 일본 경찰에 체포, 구금되어 이른 죽음에 내몰렸다.

경쟁인가, 협동인가

과연 투쟁, 경쟁이 인류의 삶의 근본 원리일까. 그 논리에 익숙해진 사람들, 그 논리의 체제 속에서 우월한 입지를 확보한 사람들, 이미 많이 가져서 지킬 것이 많은 사람들 중에는 원조나 협동이나, 환대나 증여가 가져다주는 따뜻한 사회적 관계의 힘을 경시하는 이들이 있다.

경제가 침체되고 위기에 처할 때 투쟁, 경쟁의 사상은 사회적 약자들에게도 설득력을 가지는 수가 많다. 하지만 우리는 스스로에게 물어봐야 한다. 투쟁과 경쟁이 과연 우리를 행복하게 해주려는지.

『무정』과 「계몽이란 무엇인가에 대한 답변」

이광수 장편소설 『무정』이 한국 근대문학의 중요한 버팀목이 되었다는 건 다들 아는 사실이다.

나는 몇 년 전부터 이 소설을 새롭게 보지 않으면 안 된다고 생각하고 있었다. 국문학 연구자로서 내가 가진 가장 큰 불만은 도대체가 이 소설의 새로운 점이 어디에 있는가를 사람들은 잘 알지 못하는 것 같다는 것이었다.

이 소설에는 잘 알려진 대목이 하나 있다. 이 소설 남자 주인공은 '형식'이라는 경성학교 영어 선생인데, 자기가 가정교사로 있던 김장로 집 딸 '선형'을 데리고 유학길에 오른다. 그런데 이 기차에는 어렸을 적 '형식'의 정혼녀였던 '영채'가 병욱이라는 여성과 동행하고 있다. '영채'는 정조를 유린당할 뻔한 죄책감에 '형식'의 곁을 떠나 평양으로 죽으러 가다가 병욱에게 설득되어 새로운 공부를 하러 유학을 떠나는 참이다.

일행은 경부선 기차가 삼랑진에 다다랐을 때 수해를 만나게 되고 수재민들을 돕기 위해 백방으로 노력한다. 겨우 사태가 진정되었을 때 세 사람의 여성 앞에서 '형식'은 배워야 한다는 것을 역설한다. 이 말에 세 여성은 마치 어미 새의 모이를 기다렸다 작은 입을 다투어 내미는 새끼 새처럼 화답한다. 교육과 실행으로 조선을 바꿔 놔야 한다는 것이다.

바로 그 장면 때문에 『무정』은 외국 유학과 신교육을 통해서 조선을 바꾸어 놓자고 주장한 소설로 평가되어 왔다. 그것이 몇십 년 『무정』 연구사의 대체적인 해석 방향이었다. 하지만 나는 생각하곤 했다. 그것은 이인직의 『혈의 누』가 이미 말해 놓은 것이 아니던가. 그곳에서도 청일전쟁 평양성 싸움의 와중에서 부모와 헤어지게 된 옥련이가 우여곡절 끝에 미국 유학을 떠나 공부하고 돌아오지 않던가.

나는 『무정』의 참된 새로움은 그런 유학과 신교육 사상에 있는 것이 아니라 사랑과 운명 앞에서 고뇌하는 형식의 '내면세계'를 깊이 있게 드러낸 것이라고 보았다. 그것이 이 소설을 명실상부한 근대소설로 만들어 주었다고 본 것이다.

앞에서 말한 이 기차 안 장면에서 형식은 영채가 한 기차에 탄 것을 알고 생각한다. 선형과 영채를 사이에 두고 번민하던 형식은 자신이 사랑도 모르고 현실도 알지 못하는 어린애라고 생각한다.

이 장면을 새롭게 곱씹으면서 나는 문득 칸트의 짧은 글 「계몽이란 무엇인가에 대한 답변」을 떠올렸다. 형식이 말하는 어린애란 칸트가 그 글에서 말한 미성년이 아니더냐.

칸트는 말했었다. "계몽이란 우리가 마땅히 스스로 책임져야 할 미성년 상태로부터 벗어나는 것이다." 그러면 이 미성년 상태란 무엇이냐. 그것은 "다른 사람의 지도 없이는 자신의 지성을 사용할 수 없는 상태"를 말한다. 그러면 이 미성년 상태를 왜 스스로 책임져야 하느냐. 그것은 그 미성년 상태의 원인이 지성의 결핍에 있는 것이 아니라 다른 사람의 지도 없이도 지성을 사용할 수 있는 결단과 용기를 가지지 못한 데 있기 때문이다.

그러므로 계몽이란 무엇이냐. 그것은 자신의 지성을 스스로 발휘하여 진리와 빛을 찾아가는 것을 의미한다. 그것은 자기를 알아가는 능동적 과정이며 자기의식을 획득하는 과정이다. 또 바로 그런 의미에서 계몽이란 선생이 학생을, 제국이 식민지를, 어른이 아이를 가르치는 일방향적, 하향식 주입이 아니라, 자신이 스스로 알아야 할 것을 터득하는 과정을 의미한다.

자, 이렇게 보면 『무정』에서 형식은 왜 유학을 가는가? 그것은 서구나 일본 같은 남한테 배우러 가는 게 아니다. 아니, 그들에게 배우기는 하지만 그것은 그들이 가진 것을 넙죽넙죽 받아먹으려는 게 아니라, 스스로 생각해서 터득하기 위한 것이며, 자기에 대한 자각을 얻기 위해서다.

나는 그저께 이 문제를 가지고 논문을 하나 완성했다. 국문학 공부하는 한 사람으로서 『무정』 같은 작품에 대해 새

로운 관점을 수립하고 있을지 모른다는 기쁨이 결코 작을
수 없는 일요일 밤이었다.

『사랑의 동명왕』

이광수가 쓴 마지막 장편소설은 1950년 초에 발간한『사랑의 동명왕』이다. 해모수와 유화 부인 사이에서 태어나 동부여를 떠난 지 이태 만에 고구려를 건설하는 위업을 세운 사람이 바로 동명왕 주몽이다.

하지만 삶은 무상하여 그 또한 세상을 떠나지 않을 수 없었으니, 왕위를 이을 아들 유리에게 마지막 유훈을 내리게 된다. 마흔을 넘기지 못한 나이였다.

그런데 이『사랑의 동명왕』은 이광수에 있어서도 마지막 유언과 같은 작품이었다.

이광수 역시 일제 말기에 부역을 일삼은 죄인의 몸이었으나, 박두한 6·25 전쟁의 와중에서 1950년을 넘기지 못하고 세상을 떠나게 된다.

논문 때문에 이 작품을 되짚어보다 느낀 바 있어 그 문구들을 인용, 소개해 본다. 이 작품 마지막 장에서 동명왕이 유리에게 남기는 유훈은 이광수 자신이 이 땅의 위정자들에게 남겨놓고 싶은, 진심 어린 말이었을 것이다.

— 듣거라. 네 진실로 어리석은 줄을 알면 좋은 임금이 될 것이다. 임금은 몸소 일하는 자가 아니요, 사람을 골라 일을 시키는 자다. 네 마음대로 하면 나라를 잃을 것이요, 어진 사람들의 마음을 좇으면 나라를 크고 힘있게 하리라.

— 면전에서 감히 임금의 말을 거슬르는 자는 충성 있는 자요, 임금의 비위를 맞추어 아첨하는 자는 제 욕심을 채우려고 임금과 백성을 깎는 소인이니라.

— 백성이 배곯고 헐벗지 않으면 나라의 힘이 있고, 백성이 임금과 그 신하들을 믿으면 나라의 힘이 있고, 군사가 죽기를 두려워 아니하고 장수를 잘 믿으면 나라의 힘이 있느니라. 요는 백성이 임금을 믿음에 있느니라.

— 백성을 속이지 아니하고, 백성의 것을 빼앗지 아니하고, 백성이 사랑하는 자를 상주고, 백성이 미워하는 자를 벌하면 백성이 믿느니라.

— 백성은 제 욕심이 없이 저희를 위하는 자를 사랑하고 저희를 해하는 자를 미워하나니, 백성을 위하는 자에게 높은 벼슬을 주고 백성을 해치는 자에게 엄한 벌을 주면 백성이 믿느니라.

— 한 일도 제 마음대로 말고 어진 사람과 일 맡은 사람에게 물어하고, 백성이 배부른 뒤에 배부르고, 백성이 즐거운 뒤에 즐겁고, 궁궐을 높이 짓지 말고, 재물을 탐하지 말고, 여색을 가까

이 말고, 간사한 무리를 멀리 하고, 네게 잘못하는 자는 너그럽게 용서하되 백성에게 해롭게 하는 자는 용서 없이 법대로 벌하고, 술 취하지 말고, 놀이로 밤새우지 말고, 항상 몸이 편할까 저어하고, 마음이 게으를까 두려워하면 하늘과 신명이 너를 도우시리라. 조심하고 조심하여라.

동명왕은 유리를 향한 당부의 말씀 끝에 자신과 고락을 같이 해온 신하들을 가리키며 마지막으로 고언한다.

—너는 이 사람들을 존경하고 만사에 물어 하여라. 그러나 한 사람에게 오래 큰 권세를 맡기면 맡는 자는 교만한 마음이 나고 다른 사람들은 이를 시기하여서 편당과 알력이 생기나니, 조심조심하여라.

이 소설 끝에는 집필을 끝낸 시기가 적혀 있는데, 단기 4282년 12월 17일 석양 무렵이다. 서기력으로 따지면 1949년이고, 그렇게 해서 이 소설은 1950년 5월에 한성도서 출판사를 통해 세상에 나왔다. 그 바로 다음 달에 전대미문, 동족상잔의 전쟁이 발발한 것을 우리 모두 잘 알고 있다.

세상 많은 사람들이 정치를 혐오하고 정치인을 욕한다. 하지만 정치가 없이 어떻게 세상이 움직이랴. 세상과 사람들을 이렇게도 저렇게도 움직이는 힘을 가진 정치이니, 이에서 무턱대고 고개 돌릴 수 없다. 아니, 무엇보다 귀하게 여겨주어야 한다.

예부터, 좋은 정치를 만나면 백성들이 눈에서 눈물을 씻

『사랑의 동명왕』

어냈고 나쁜 정치 아래서는 고통과 절망을 면치 못했다. 저 끝 아메리카부터 또 다른 끝 이라크까지, 세상은 쇠와 구리가 끓는 것 같은 형국에서 벗어나지 못하고 있다.

왜 하필 '사랑의 동명왕'이라 했을까? 동명왕은 큰 나라 고구려를 세운 임금이니 '사랑의 동명왕'이 아니라 '정복자 동명왕'이라고 쓸 수도 있었다.

하지만 그 모든 힘보다 크고 강한 것이 바로 사랑이요, 자비다. 동명왕東明王이란 동쪽의 밝으신 왕이라는 뜻이고, 이 때 이 '명'자는 해와 달을 합쳐서 글자를 만든다. 해와 달같이 밝은 마음으로 백성들을 넓게 사랑하신 왕이었다는 뜻이다. 단군의 뜻을 이은 이 나라에서 사랑을 아는 밝음보다 위에 설 것은 없다.

월남과 월북

한국에서 전후문학이라고 하면 대체로 6·25전쟁 이후의 문학을 가리킨다. 이러한 용례에서 한국을 독립시킨 촉매제가 된 태평양전쟁의 존재는 잠시 잊혀진다. 역사로서, 경험으로서는 엄연히 존재하는 전쟁이건만, 그것은 전쟁의 어둠보다는 해방의 빛으로 이해된다.

이 '잊혀진' 전쟁 기간 동안 많은 것이 준비되었다. 일본의 전쟁담당자들에게 이 전쟁은 대동아전쟁이 되어야 했다. 또한 자본주의도 사회주의도 아닌 신체제를 위한 전쟁이 되어야 했다.

이 전쟁은 물론 일본의 패배로 끝났다. 그러나 이 전쟁의 경과 속에서 한국은 해방과 더불어 분단되어야 하는 운명에 빠지지 않을 수 없었다. 카이로 회담, 포츠담선언을 거쳐, 얄타회담의 결과 한국은 남과 북에 각각 미국과 소련이 신탁통치를 하기로 결정되었다.

여기서 하나의 의문이 발생한다. 도대체 왜 미국은 소련의 태평양전쟁 참가를 받아들였는가 하는 것이다. 얄타회담은 1945년 2월에 있었다. 이때는 이미 일본의 패전 기색이 뚜렷한 때였는데, 왜 이런 결정을 해야 했던 것일까.

해방이 되자 남북이 갈린 가운데 남쪽에서는 시국 인식을 둘러싸고 복잡한 국면이 전개된다. 좌익들의 시국인식을 집약한 박헌영의 팔월 테제는 미국과 소련을 함께 진보적 민주주의 국가로 규정했다. '점령군'에 의한 군정통치를 상대하기 위한 고육지책이었을 것이다. 이 직후 발표된 채만식의 단편소설 「역로」(《신문학》, 1946.6)는 독특한 시국인식을 보여준다. 소련이 제국주의 국가일 수도 있다는 것이다. 이것은 물론 등장인물의 이야기다. 하지만 이것은 소련은 응당 피압박민족의 해방자려니 생각했던 좌익의 사고방식의 허점을 정확히 짚은 것이라 할 수 있다.

좌익들에게 소련은 일종의 종주국이었다. 코민테른이니, 스탈리니즘이니 하는 것들은 철권적인 고정관념에 사로잡히고도 자신이 옳다고 믿는 확신범적인 사고틀이었고, 이것을 해방정국의 좌익들도 그대로 받아들였다.

역사를 조망하는 시점에서 보면 가치 있고 의미 있는 사상은 유행적 사상과 거리를 둔 사상이다. 유행을 따르는 사고의 소유자는 그 유형을 대표하는 하나나 둘이면 충분하다. 어느 누구도 시대적 조류로부터 벗어날 수 없지만, 이 시대를 자기만의 각도로 수용하는 이만이 가치 있는 사고를 창조할 수 있다.

소련과 미국. 사회주의와 자본주의. 무엇이 인간의 이상향인가. 우리는 어디를 향해 가야 하나. 이 문제가 해방공간 속에서는 하나의 현실적 선택 가능성으로 존재했다. 비록 계용묵 소설 「별을 헨다」(《동아일보》, 1946.12.24~31)에 나오듯이 곧 38선을 넘는 일이 목숨을 거는 일이 되어 갔으나, 그래도 자신의 선택을 감행할 수 있는 여지가 있었다.

과연 어느 곳을 지향해야 했는가. 이것은 임화냐 김기림이냐 하는 문제이며, 백석이나 김동리냐 하는 문제이기도 하다. 임화와 김기림이 각기 북쪽과 남쪽을 선택한 양상은 특기할 만하다. 주지하듯이 임화는 서울 낙산이 고향이고, 김기림은 함경북도 성진 출생이다. 두 사람은 마르크시스트와 모더니스트로 대극적이었으나 보성고보 동창에, 일제 말기에 학예사를 매개로 활동하면서 문학사상의 공동보조를 취했고, 이것이 해방공간에 조선문학가동맹에서 함께 일하게 되는 근거를 이루게 된다.

하지만 임화는 남쪽에서의 공산주의 운동이 어렵게 되자 북으로 떠난 반면, 김기림은 북쪽이 고향임에도 불구하고 남쪽에 남았다. 김기림이 남쪽을 선택한 것은 서구문화와 과학, 개방적 사고를 중시하던 그의 사고방식의 산물이었다. 반면에 임화가 북으로 떠난 것은 한갓 좌익적 유행병을 행동으로 옮긴 데 지나지 않은 것이었다고 평가할 수도 있다. 나중에 역사를 통해 확연해진 것처럼 북녘땅은 같은 사회주의자끼리도 피의 살육전을 벌이는 감시와 통제의 땅이 되었다. 최인훈의 장편소설 『화두』(1994)가 천착을 통해 보여주었듯이, 미국만이 아니라 소련도 제국주의였고, 북한은 약속의 땅이 아니었다.

이와 같은 아이러니를 백석에게서도 발견하게 된다. 작년에 백석 탄생 100주년 학술행사들을 통해 드러난 번역가 백석의 면모는 그가 '동양적' 폐쇄성과 거리를 가진 인물이었음을 깨닫게 했다. 그러나 해방 후 그는 남쪽으로 오지 않고 자신의 고향이 있는 북쪽에 머물렀다. 일제 말기에 그가 러시아 소설과 시를 꾸준히 번역했었음을 생각하면 그의 선택은 납득이 간다. 하지만 「조선인과 요설」(《만선일보》, 1940.5. 25~26)에 나타난 서구주의, 개방적 대지에 대한 사랑이 '동양적' 마르크스주의에 귀결된 것은 아이러니라 하지 않을 수 없고, 이것이 바로 그의 불행으로 귀착되었다고 할 수 있다.

백석과 김동리가 과연 무슨 관련이 있겠느냐고 따져 물을 수도 있겠지만 예의 그 '동양적' 폐쇄성이라는 것을 문제시할 때 김동리만큼 이 문제에 내포된 아이러니를 실감 나게 보여주는 작가도 없다.

일제 말기에 그는 많은 신세대 문학인들과 달리 문학상의 대일협력과 시종 거리를 두는 행보를 보였다. 그 배경에 만해 한용운이나 범부 김정설이라는 불교, 대종교의 이론가들이 있었음은 김윤식이나 홍기돈 같은 연구자들이 이미 논증한 것이다. 김동리의 비평을 보면 르네상스니 휴머니즘이니

하고 자못 서구적 교양어를 도입하고 있는 듯하지만, 기실 김동리 사상은 선이니 무속이니 신라니 하는 전통적 고립세계에서 그 근본을 찾을 수 있는 성질의 것이다. 이 '동양주의'가 남쪽에서도 지배적인 담론으로 자리를 잡았다면 북쪽이나 남쪽이나 모두 서구적 개방성과 자유, 합리성에 대해서는 지극히 소극적인 사상적 경향을 드러냈고, 이를 중심으로 포스트 식민주의의 정신적 거점을 구축한 셈이다.

월남이나 월북은 겉으로 보면 해방공간 이후 한국전쟁 기간까지 우리 문학인들이 보여준 이념 선택에 관한 문제였다고 정의 내리기 쉬우나, 그 이면에는 해방 후, 전후 한국사회의 문명론적 방향 선택이라는 문제와도 긴밀한 내적 관련을 맺고 있다.

그리고 이로써 월남 문학인들이 왜 바야흐로 남쪽에 형성되고 있던 질서에 비판적이었는지 거칠게나마 설명된다. 손창섭도 장용학도 다 이북 출신 작가들이지만, 그들은 해방공간의 소용돌이 속에서 남쪽을 선택했고, 그러면서도 남쪽의 체제, 문화적 현실에 지극히 비판적이었다. 이러한 월남형 작가를 대표하는 존재가 바로 황순원이나 최인훈이다. 이들에게 월남은 단순한 고향 상실이 아니라 새로운 형태의 유토피아 찾기이며, 이것이 남쪽의 현실에 의해 뒷받침 되지 못할 때 그들 소설의 주인공들은 불행과 방랑과 망명에 내쫓겨야 했다.

해방공간에 이은 실질적 분단을 거쳐 한국전쟁이 발발하

자 다시 또 일군의 작가들이 북쪽으로 갔다. 정지용은 북쪽으로 향하는 대열에서 폭격에 희생되었고, 김기림 역시 피난가지 못하고 북쪽 기관원들에 의해 납북되던 중 행방이 묘연해졌다. 박태원은 어떤 경유로 해서든 북쪽에 자리를 잡았다. 자의 반 타의 반, 또는 그들에게도 유토피아를 향한 어떤 동경이 숨겨져 있었을 것이다. 그러나 북쪽에서의 문학적 환경은 남쪽에서의 그것보다 훨씬 열악했다. 북으로 간 작가들에게 예술과 인격의 자유는 주어지지 않았다.

그들은 사이비 교리를 답습하거나, 역사소설, 아동문학으로 '도피하는' 일만이 허용되었고 이마저도 대체로 1958년경 전후로 불가능해졌다.

반면에 남쪽의 문학은 월남작가들에 의해 풍요로워졌다. 그들의 입각점, 일종 크리티컬 아웃사이더의 시점이 김동리와 서정주, 조연현의 고색창연한 토착적 동양주의를 파열시켜 이질적인 문학의 배양토가 되었다. 장용학은 장편소설 『원형의 전설』(《사상계》, 1962.3~11)을 통해서 자유와 평등 어느 하나의 원리에 의해서 일방적으로 지배되지 않는 원형의 세계를 미래상으로 제시했다. '동양적' 폐쇄성에 사로잡힌 이들, 또 이념이나 유토피아에 오불관언, 지위나 명성에 안주하는 이들에게 이러한 이상 문제는 차라리 공상에 가깝게 이해될 것이다.

하지만 오스카 와일드 같은 이도 사회주의자였다. 물론 그는 명석해서 유행병 사회주의를 따르지는 않았다. 그는 사회주의는 진정한 개인주의를 위한 조건이라고 했다. 궤도에서 이탈한 자들에게서 구원의 새로운 희망이 창조된다. 월남이나 월북은 바로 그 궤도 이탈이다. 이 이탈이 또 다른 궤도를 만나자 북에서는 파멸과 죽음이, 남에서는 새로운 창조가 나타났다. 월남 작가를 지금 곧 본격적으로 연구해야 하는 이유가 바로 여기에 있다.

반디 소설집『고발』

　반디라는 북한의 저항작가가 있어 『고발』이라는 창작집을 펴냈다. 이게 처음에는 조갑제닷컴에서 나왔는데 지금 내가 구입한 판본은 다산북스다. 이 책은 구미권에 먼저 알려져 여러 언어로 번역되고 소비에트 시대의 솔제니친 같은 작가라는 평을 들으면서 책 내는 출판사가 '업그레이드' 된 것 같다.

　나도 지난 세 개의 정부 시절 내내 북한의 민주화나 인권 상황에 관심을 가져왔다고 말할 수 있다.『국경을 넘는 그림자』,『금덩이 이야기』,『꼬리 없는 소』등 탈북 작가와 한국 작가가 함께 펴내는 공동 소설집을 통하여 북한의 현실에 관한 관심을 촉구해 왔고, 올해도 어떻게든 이 앤솔로지만은 내야겠다고 생각한다.

　반디라는 이름은 물론 필명인데, 반딧불이를 의미한다고 한다. 북한은 전기가 공급되더라도 어둠의 땅임에 틀림없다.

문학도 죽었다. 살아있는 문학은 당국의 사전 검열에 의해서 철저히 통제된 관제, 어용문학뿐이요, 진정한 문학은 어디에 어떤 식으로 존재하는지 알기 어려울 정도다. 이런 땅에 하나의 살아 있는 작가가 있어 그가 『고발』이라는 창작집에 일곱 편의 작품을 실어 체제 바깥으로 보내 세상의 빛을 본 것이다.

이 소설을 쓴 사람은 어떤 사람일까? 책을 소개한 사람은 무슨 북한 민주화 운동을 하는 단체의 대표인 듯한데, 그가 1950년생이며 북한작가동맹의 일원이기도 하다고 했다. 뒷부분은 그럴 것이라 생각된다. 작품 면면을 보면 그 문장이나 문체가 심히 간결하면서도 표현력이 뛰어나 전문적 문학 수업을 받지 않은 사람은 도저히 구사할 수 없다고 여겨진다. 앞부분은 어쩐지 의문이 든다. 예를 들어 첫 번째로 수록된 「탈북기」라는 작품에는 옛날 일제 강점기의 신경향파 작가 최서해가 쓴 「탈출기」 이야기가 나온다. 「탈북기」라는 제목도 「탈출기」를 패러디한 것이고 작중에 나오는 주인공과 굶주리는 아내의 관계도 「탈출기」를 다분히 의식했다고 할 수 있다. 신경향파 작가의 존재라는 문학사를 충분히 의식하고 패러디할 수 있으려면 그는 상당한 연륜을 가진 사람이어야 하고 어떻게 보면 1950년 출생 이상의 세대적 위치를 가져야 할 것이다.

이 작품집 전체를 살펴보면 그 창작연대가 대략 1989년부터 1995년에 걸쳐 있음을 알게 된다. 반디는 아마도 작가

동맹 급에서 활동할 수 있을 정도로 역량 있는 작가였으나 1990년을 전후로 한 세계사적 격변부터 김일성 사망 시기에 이르는 현실세계의 변화를 목도하며 북한체제에 대한 각성에 이르게 된 것으로 보인다.

또 그런 만큼 그의 작품들은 북한체제의 누적된 문제를 날카롭게 드러낸다. 「탈북기」의 주인공은 누대에 걸쳐 적대 계급으로 분류되는 멍에를 짊어지고 있다. 이른바 내각 결정 149호에 따라 압록강 근방으로 강제이주를 당한 그의 가족의 불행은 해방 직후 부친이 유산자 계급으로 분류되어 원산으로 강제이주를 당해야 했던 연장선상에 있다. 「유령의 도시」에서는 마르크스의 '공산당 선언'에 빗대어 마르크스, 김일성의 초상화가 군림하는 평양의 전체주의 메카니즘을 신랄하게 비판하고 있으며, 「준마의 일생」에서는 한평생을 북한체제 유지를 위해 바친 성실한 노인의 죽음을 그린다.

남북 사이에 정상회담이 열리고 미국과 북한 사이에도 정상회담을 준비한다는 소리가 들려온다. 판문점이다, 평양이다, 얼마 전에는 싱가포르에서 개최할 것이라는 소리도 들렸다.

길주군 풍계리에 핵실험장이 있는데 이것을 어떻게 폐기할 것이라는 이야기도 있으니 확실히 평화 무드가 이 시대의 주조가 된 것은 사실인 것도 같다. 오늘 뉴스는 어감이 좀 달랐다. 북한쪽에서 정상회담 연기를 일방적으로 주장했다는 소식이 들리고 김계관인가 하는 외교 '수장'은 북한만 일방적으로 핵을 폐기하는 식은 곤란하다고 말했다고도 한다.

일보전진 이보 후퇴, 이보 전진 일보 후퇴, 하는 것이 외교나 국가 간 관계의 항다반사니 이런저런 변화의 굴곡들에 신경을 쓰는 것은 건강에도 해롭다. 분명 한반도에는 화해와 평화가 열려야 한다. 또 그래도 있는 것을 있는 그대로 보는 눈들도 없어서는 아니 된다.

『채식주의자』와 세계문학

『채식주의자』를 오늘로 세 권째 산다. 한 권은 처음 나왔을 때 샀고, 두 번째 산 것은 40쇄이고, 서울역에서 오늘 산 것은 39쇄이다.

많이 팔렸다. 뭐니 뭐니 해도 많이 팔린 책에 관심을 쏟는 한국문학 풍토에서 앞으로도 한 동안 판매는 좋을 것이다.

맨부커상을 수상했다는 소식이 들려오자 언론은 빠르게 반응했고, 독자들의 호응이 이어졌다. 『채식주의자』뿐 아니라 다른 책들도 판매지수가 올랐다는 소식도 들렸다.

작년 한 해 내내 한국문학에 실망했다는 소리들이 많았는데, 맨부커상 하나로 심기일전의 기회를 맞이한 듯한 한국문단, 나쁘지 않은 일이다.

『채식주의자』는 연작소설이다. 세 편의 중편소설로 구성된 조금 작다 싶은 분량으로, 「채식주의자」, 「몽고반점」, 「나무 불꽃」의 세 편. 단순한 연작 구성에 한 편 한 편도 그리

복잡하지 않다.

어떻게 해서 이 소설이 외국, 영국 평단의 관심을 끌 수 있었던 것일까. 비록 인터내셔널 부문으로 번역자까지 함께 영예를 안는다 하지만 작품에 대한 인정이 없고서야 이런 일이 생기기 어려웠을 것이다.

또, 외국에서 상 하나 받았다고 무슨 대수냐 하고 심드렁해 할 수도 없지는 않지만, 적어도 문학상 쪽에서 보면 한국의 권위 있다는 상들에 비해 그래도 외국이 아직 신뢰도가 높다. 몇몇 출판사에 연줄 댄 작가들 중심으로 돌려받는 상보다야 나을 것이라는 선입견들이 이번의 한강 신드롬을 만들어 내지 않았을까.

세계의 권위 있는 문학상 수상 여부가 그 작품의 의미나 가치를 무조건 점칠 수 있게 하지는 못한다. 하지만 나는 노벨문학상의 위상을 믿고 싶다.(뿐만 아니라 노벨평화상도)

또, 그러한 맥락에서 『채식주의자』는 도대체 어떤 강점을 가졌는지 따져보고 싶다. 만약 이 작가의 수상이 한갓 오해나 협상의 산물이 아니라면 그것대로 이유가 없지 않을 것이다.

첫째, 이 소설이 다루고 있는 주제는 작가가 세상의 문제를 근본적으로 사유하고 있음을 보여준다. 육식이냐 채식이냐 하는 것은 물론 삶 속에서는 식성과 취향의 문제다. 생활 속에서의 육식과 채식은 선악의 문제는 아니요, 비록 지금 한국인들이 지나치게 육식을 많이 하고 있다고 해도 그것을 죄로 단정할 수 없다. 이 소설 속에는 월남전에 참전한 경력을 가진 여주인공의 아버지가 그녀가 어렸을 적에 개를 오토바이에 매달고 달리면서 맛을 좋게 한다는 대목이 등장한다. 이 아버지는 죄인인가? 또, 아홉 살 먹은 여자아이의 충격적인 경험이 그녀의 뇌리에 박혀 사라지지 않고 있다가 어느 날부터 고기를 먹지 않게 한다는 설정도 '너무' 프로이트주의적이라 할 수도 있다.

하지만 작가는 자신의 작품 속에서 그 채식과 육식에 상징적 의미를 부여했다. 이제부터 그것은 현대문명의 속성에 대한 진단과 분석, 해부를 대신한다. 우리들이 속해 있고 하루하루 적응해 가고 또 그러면서 만들어 가는 이 문명은 아주 기이하다. 그것은 타인에 대한 흡혈적 착취나 유린 같은 것을 법제적으로 정당화하고, 기아와 질병에 시달리는 타인들에 대한 무관심, 무감각 속에서 자신들의 향락을 극대화하는 별종들을 무한복제 할 수 있고, 전쟁이나 제재의 형식을 빌린 살상, 인명 유린, 침략, 점령 같은 것이 상시적으로 행해진다. 내가 당하지 않으려면 먼저 공격해야 한다는 짐승 '사회'의 논리를 세심한 절차적 법령들로 촘촘하게 수를 놓듯 짜놓은 것을 가리켜 문명이라 한다.

말하자면, 『채식주의자』는 상징적 비유의 기법을 빌려 많은 문장, 구체적인 적시 행위로서는 이룰 수 없는 비판을 행한다. 낱낱이, 하나하나 지적하기에는 너무 많은 악을 처리하는데 리얼리즘은 무기력한 면이 있음을, 『채식주의자』의 작가는 깨우쳐 버렸다. 이 악의 비판을 위해서는, 전형적인 사실적 사례를 들어 그 사례가 포함된 시대현실 전체를 비판한다는 논법은 다소 무기력해 보인다. 근본적 비판은 그 근본에까지 내려가 닿을 수 있는 언어 형식을 필요로 한다.

『채식주의자』는 소설, 즉 산문을 빌렸지만 확실히 시적이다. 이 소설의 문장들은 저 깊은 심연으로부터 물을 퍼 올릴 수 있는 두레박을 가지고 있는 듯 보인다. 어쩌면 그 문장들은 힘을 합쳐 하나의 물을 가득 실은 두레박을 들어 올리고 있는지도 모른다.

세계문학이란 만만치 않은 개념이다. 그것은 각 민족들, 국민들의 문학의 총합이라기보다, 그것들이 산출하는 삶에 대한, 좋은 언어예술적 성찰 및 비전의 총합이다. 한국의 현대문학은 이러한 세계문학의 공동체에 얼마나 기여해 온 것일까. 또, 그렇게 기여할 수 있는 시선과 태도를 가진 작가, 시인은 얼마나 보유하고 있는 것일까.

이를 생각하면 두려운 생각마저 든다. 웬만큼 하려면 누구도 할 수 있을 듯한데, 진짜로 해내려면 결코 쉽지 않다는 것. 학문과 예술의 공통점일 것이다.

노벨문학상 문제

올해, 2012년 노벨문학상 수상자는 중국의 모옌으로 결정이 났다. 말로는 말하지 않고 글로나 말하겠다는 뜻에서 필명을 말 막자, 말씀 언자, 莫言으로 했다는 작가다. 우리에게는 장예모 감독이 연출한 〈붉은 수수밭〉의 원작자로 더 잘 알려져 있고, 이 영화에 관한 얘기 없이 작가 이름만 가지고는 낯설게 느낄 수 있는 작가다.

〈붉은 수수밭〉을 본 것은 한참 된 일인데, 아직도 화면에 흐르던 중국적 색채인 붉은 빛과 지독한 고량주 냄새는 생생하기만 하다. 주연을 맡은 공리는 이 영화로 일약 스타덤에 올라 그 뒤로 숱한 영화들에 출연하는 명배우가 되었다.

모옌에게 명성을 선사하고 끝내는 그를 노벨문학상 수상자로까지 만들어준, 〈붉은 수수밭〉의 원작 이름은 『홍까오량 가족』이라는 상당히 긴 장편소설이다. 이 소설은 연작 장편소설로 영화 〈붉은 수수밭〉에 나오는 이야기는 그 첫 번째 연작이라 할 제1장 「붉은 수수」에 대부분이 들어 있다.

이 소설을 읽으면서 나는 중국에 노벨문학상을 안긴 모옌이라는 작가는 과연 어떤 미덕을 가지고 있는 것인지 생각해 보았다. 그런데 먼저 서구인들은 역시 중국에 대해 어떤 고정된 이미지를 가지고 있다는 생각이 먼저 들었다. 일찍이 펄벅에게 노벨문학상을 안긴 작품이 『대지』였음은 무슨 뜻일까? 서구인들에게 중국은 광활한 대지, 황원, 그 위에 터를 잡고 자연-인간으로 살아가는 사람들을 먼저 떠올리게 하는 것 같다. 그들에게 중국은 역사-인간 이전에 자연-인간의 모습으로 다가가는 것 같다. 그래서 역사-인간으로서의 삶을 살아가면서도 자연-인간의 본성을 버리지 못하는 중국인들의 초상을 접하면서 예술미를 느끼고 감동을 받는 모양이다. 『대지』가 그리고 있는 중국인들의 모습이 바로 그런 것이었고, 이 『대지』의 풍경화가 바로 이 모옌의 『홍까오량 가족』에도 여실히 담겨 있음을 본다. 그러니까 『홍까오량 가족』은 서구인들이 머릿속에 떠올리는 중국인의 심성을 가장 그럴 듯하게 보여준 작품이라고도 말할 수 있는 것이다.

그 연장선상에서 모옌이 중국 내에서도 상당한 정도로 친정부적인 성향을 가진 작가라는 점도 음미해 볼 수 있다. 십여 년 전인 2000년에는 사실 지극히 '반중국적인' 소설을 쓰는 중국계 귀화 프랑스인 가오싱 젠이 노벨문학상을 받았었다. 그는 중국을 떠나 프랑스로 망명했다 아예 프랑스 국적을 취득한 작가다. 나는 그의 장편소설 『나 혼자만의 성경』을 통독했는데, 문화혁명기에 대한 이 작가의 처절한 고발과 비판에 전율감마저 느끼지 않을 수 없었다. 이 작가는 그 반체제적인 철저함 때문에 노벨문학상 수상 작가가 될 수 있었던 것이다.

그러나 모옌은 소설 속에서 마르크스주의를 인정하는 듯한 화자의 어조가 말해주듯이 체제내적인 속성이 있다. 『홍까오량 가족』은 중국인들의 빛나는 항일 반제 투쟁이라는 이념에 결부되어 있다. 거기서는 중국주의의 냄새가 나고 중국식 속류 사회주의의 영향이 엿보인다. 그런데도 왜 서구인들은 그에게 노벨상을 수여했던 것일까?

모옌 소설은 어떤 표방하는 이데올로기에도 불구하고 역시 자연-인간의 모습을 풍요롭게 그려내고 있다. 이 속에서 인간들은 대지가 그들에게 부여한 강인한 생명력을 잃어버리지 않고 살아간다. 때로는 죽음마저 그들에게는 생명을 지키기 위한 적극적 수단이 된다. 그것은 더 많은 생명을 번성하게 한다. 숄로호프의 『고요한 돈강』이 카자크 인들의 생명력을 보여줌으로써 역사-인간에 대한 자연-인간의 승리를 보여주었다면, 『홍까오량 가족』 역시 그 점에서 훌륭한 점이 있다. 모옌은 작품을 쓸 때면 늘 붉은 수수밭 들판이 있는 고향에 돌아가곤 한다고 한다. 성공하면 대지를, 고향을 떠나는 작가들과 달리 그는 늘 그곳으로 돌아가는 진정성이 있다.

한국 작가들이 노벨문학상을 못 탄다고 야단들이다. 그러나 나는 우리 작가들이나 우리들 자신이나 더 여유를 가져야 한다고 생각한다. 그리고 더 근본적이 되어야 한다. 우리가 서구인들이 찾아 헤매는 인간의 모습을 보여줄 수 있다면 노벨문학상도 그렇게 먼 남의 일만은 아니게 될 것이다. 얼추 많이, 여기까지, 왔다.

올해의 노벨문학상

올해, 2013년의 노벨문학상이 캐나다의 여성 작가 엘리스 먼로에게 돌아갔다. 소식을 접하고서 비평가로 이름을 내놓은 사람이 그냥 넘어갈 수는 없다. 서점에 가서 『행복한 그림자의 춤』이라는 책을 사서 들고 다니며 읽었다.

그녀는 단편소설 하나에 세상을 다 담아낸다고 하는 광고 문구인지 심사평인지가 있었다. 본래 나는 그런 과장법을 믿지 않게 된 지 오래, 큰 기대는 하지 않고 읽었다. 그래도 노벨문학상인데, 하는 다른 한편에서의 기대가 없었다고 말할 수는 없다.

그런데 세 번째 작품까지 읽고 네 번째 작품을 읽어 가다 그만 심드렁해져 버렸다. 여성 작가의 소설로서 이만하면 단편소설답게 꾸며 놓았다고 평할 수는 있다. 그런데, 그 대목에서 나는, 그런데, 이건 노벨문학상이라는 아우라에 딱 들어맞지는 않는데, 하는 생각을 하지 않을 수 없었다.

만약 엘리스 먼로의 단편소설 같은 것들이 노벨문학상에
값하는 것이라면 한국문학도 이제는 어엿한 세계문학의 반
열에 들어섰다고 해도 별로 과장된 표현일 수 없겠다는 일
종의 '반감' 같은 것이 드는 것은 왜였을까. 엘리스 먼로의
소설이 나쁜 것은 아니고 꽤 좋은 단편소설들이지만, 이 정
도 수준의 단편소설을 한국문학은 어지간히도 많이 가지고
있노라고 생각하지 않을 수 없었던 것이다.

지금 나는 최인훈의 『구운몽』에서 도스토옙스키의 『까라
마조프의 형제들』로 넘어 왔고, 이게 끝나면 손창섭의 『부
부』를 읽을 것이며, 그 다음에는 무라카미 하루키의 『색채
가 없는 다자키 쓰쿠루와 그가 순례를 떠난 해』라는 소문 요
란한 책을 읽을 것이다. 과연 이 작품들 중에 어떤 소설이 내
게 진정한 영감을 줄 수 있을까.

도스토옙스키의 『까라마조프의 형제들』은 내게 많은 것
을 생각하게 한다. 한편으로는 과연 도스토옙스키다, 하는
생각을 하게 만든다. 그는 시대를 관통하는 인간의 본질적
인 문제를 제기하는 작가다. 그의 시대에는 프랑스의 생리
학자라는 베르나르의 학설이 꽤나 인기를 끌었던 모양인데,
그것은 인간의 사유 작용 또한 뇌수의 작동에 지나지 않으
며, 이 뇌수의 작동은 결국 신경세포의 '경련'으로 인해 생
겨나는 것이라는 식의 이론이었던 모양이다.

도스토옙스키는 이런 시대에 영혼이란 있느냐, 인간이란
무엇이냐, 어떤 가치를 찾아서 살아가야 하느냐 하는 문제

올해의 노벨문학상

를 내놓는다. 신이 없다면, 그러나 영혼 불멸이 없다면 모든 것이 허용된다고 믿는 사람에게 구원이라는 것이 가능하겠는가? 이것이 도스토옙스키의 반문이다.

도스토옙스키가 살던 시대의 러시아는 전제적인 제정과 농노제와 저개발과 사회주의가 혼란스럽게 소용돌이치는 세계였다. 그때 러시아인들은 물질적으로 궁핍했고, 그보다 격심한 영혼의 갈증으로 고통스러워하고 있었다. 『죄와 벌』이나 『까라마조프의 형제들』 같은 소설은 그러한 사회상황에 대한 본격적인 작가적 반응이었다.

왜 하필 『까라마조프의 형제들』을 꺼내 들었는가. 물론 어떤 평론의 과제 때문이기도 하다. 그러나 그것은 무엇보다 소설에 대한 내 갈증 때문이다. 나는 오랫동안 한국소설은 소설의 사회학의 수준에서 더 깊어지지 못하고 제자리걸음을 하고 있는 게 아니냐는 생각을 해 왔다. 그것은 말하자면 이런 것이다.

어느 날 새벽에 잠에서 깨어나 텔레비전 채널을 돌리다 보니, 네 사람인가 다섯 사람이 앉아서 좌담을 하고 있다. 우리도 남들처럼 잘 살아보자고 한 그 생각은 위대한 것이었다는 이구동성이었다. 그때 나는 마침 『까라마조프의 형제들』을 베갯머리에 놓고 잠들어 있었다. 도스토옙스키는 세 사람의 인간형을 제시했다. 큰형 드미트리 까라마조프, 둘째 이반 까라마조프, 셋째 알렉세이 까라마조프가 그들이다. 무엇으로 인간을 구원할 것인가. 미학 또는 사랑인가? 세속적 삶의 개선인가? 종교적 초월인가?

우리 소설은 늘 가난을 말하고, 사회적 부조리를 말하고, 또는 여자와 남자의 갈등을 말한다. 하지만 무엇이 우리를 구원해 줄 수 있는가에 대해서는 침묵한다. 부와 빈의 문제는 중요하다. 그러나 그런 이분법으로는 문제를 풀 수 없다. 그러면 당신은 먹지 않고 살 수 있단 말이냐. 먹는 문제가 해결 안 되고도 인간적인 품위를 지킬 수 있다고 보느냐. 나는 우리 소설이 이런 우문들을 물리치고 진정한 구원의 문제에 직입하기를 바란다.

새 시대 새 문화

소설이라는 말은 그 쓰임이 아주 오래되었다. 옛날 중국에서부터 쓴 말이다. 그때 소설이라는 말은 두 가지 뜻으로 사용되었다.

하나는 역사적인 서술 가운데 믿을 만하거나 중요하지 않은 것들을 말한다. 제왕이나 영웅들의 이야기는 정사 속에 들어가는데 반해 그 안에 들어가지 못하는 긴요치 못한 것들이 있다. 그런 것들을 써놓은 것이 소설이다.

다른 하나는 사상 가운데 중요치 못한 것들을 가리키는 뜻으로 사용된 것이다. 중국은 풍요로운 사상적 전통을 가지고 있다. 유가니, 도가니, 법가니 하는 것들이 그것이다. 그런 사상의 계보 가운데 소설가라는 게 있다. 이것은 말하자면 어엿하지 못한 사상이다. 그럴 듯한 체계도 없고 힘써 의지하지 않아도 될 것 같다. 그런 사상가가 바로 소설가다.

그러니까 고대 중국에서 소설이니 소설가니 하는 말은 다

하급의, 중요치도 않고 믿을만 하지도 않은 역사적 기술이나 사상을 가리키는 뜻을 갖고 있었다.

그런데 바로 그러하기 때문에 소설은 그 나름의 존재 의미를 가지고 있었다. 오늘날로 치면 나는 그것이 일종의 문화의 숨통이었다고 생각한다.

잘 짜여진 역사적 기술의 방법과 체계, 또 잘 구비된 사상적 체계들에 들어가지 못하는 모든 것이 다 소설이 될 수 있었다. 그러니까 소설은 일정한 형식을 주장하지도 않고 특정한 내용을 지칭하는 것도 아니었다. 체계 바깥에 잉여물로 존재하는 게 바로 소설이었고, 바로 그 잉여적인 성격 때문에 소설은 세월을 두고 이어져 오늘에 와 닿을 수 있었다.

나는 우리 문화에 대해 생각해 본다. 우리 문화는 마치 소설과 같이 어떤 특정한 체계에 들어가지 못하고 남은 것들, 잉여적인 것들에 고루 역할과 의미를 부여해 주어야 한다.

사실, 문화라는 말의 용례가 어떻게 보면 소설의 용례와 비슷하다. 문화란 무엇인가? 그것은 삶의 양식이다. 그런데 이 삶의 양식은 정치니, 경제니, 사회니 하는 것들로 나뉜다. 법률이니 예술이니 하는 것들도 있다. 어떤 의미에서 문화는 그 모든 것이 되기도 하지만, 다른 의미에서는 그것들에 포괄되지 못하고 남게 되는 그 모든 것이다.

그래서 문화는 아주 고급한 것도 있을 수 있지만, 아주 저급한 것도 문화가 될 수 있다. 또 균형과 질서, 통일을 이룬 것은 응당 문화가 되지만, 찌그러지고 혼란되고 어수선한 것도 문화의 일부가 될 수 있다.

그런데 우리들 삶의 본질은 잘 만든 문살처럼 규격을 가진 데 있지 않다. 우리들의 마음 세계를 보라. 과연 조화로운가? 우리들의 몸을 보라. 과연 고요하기만 한가? 우리들 사회를 이루는 사람들의 삶은 고전주의적 질서를 추구함에도 불구하고 언제나 그것에 합류될 수 없는 잉여물들을 가진다.

나는 이 잉여물을 잘 다룰 줄 아는 문화가 진짜 좋은 문화라고 생각한다. 잉여에 관대한 문화, 잉여를 허용하는 문화, 잉여 때문에 더 재미있게 살 수 있게 되는 문화가 좋은 문화인 것이다.

소설이 교훈적이기만 하다면 어찌 사람들이 그것을 읽게 될까? 소설엔 사랑이 있고 욕망이 있고 혼란과 비밀이 있기 때문에 사람들의 손을 탄다. 문화도 마찬가지다. 만약 어떤 문화가 스파르타식 체계만을 고집한다면 그 문화 속에서 살아가는 사람들의 삶은 질식될 수밖에 없다.

옛날에 나는 어떤 소설이어야만 좋은 소설이라고 생각한 때가 있었다. 지금 나는 그렇게 생각하지 않는다. 각각의 소설가가 자기 하고 싶은 대로, 그러나 그 안에 자기 세계를 철저하게 쌓아올린 소설이라면, 다 좋은 소설이라고 생각한다. 내가 어떤 소설을 좋아한다면 다른 사람은 다른 소설을 좋아할 수도 있어야 한다.

관용과 허용, 그리고 자유. 새 시대 새 문화는 이런 덕목들을 구비해야 한다.